CÓLERA

Cólera
Jonathan Tavares

Vencedor do Prêmio Minas Gerais de Literatura

© Editora Moinhos, 2019.
© Jonathan Tavares, 2019.

Edição | Camila Araujo & Nathan Matos
Assistente Editorial | Sérgio Ricardo
Revisão, Diagramação e Projeto Gráfico | LiteraturaBr Editorial
Capa | Jonathan Tavares & Sérgio Ricado

Dados Internacionais de Catalogação na Publicação (CIP) de acordo com ISBD

T231c
Tavares, Jonathan
Cólera / Jonathan Tavares. - Belo Horizonte, MG : Moinhos, 2019.
272 p. ; 14cm x 21cm.
ISBN: 978-65-5026-041-5
1. Literatura brasileira. 2. Romance. I. Título.

2019-2109
        CDD 869.89923
        CDU 821.134.3(81)-31

Elaborado por Vagner Rodolfo da Silva - CRB-8/9410

Índice para catálogo sistemático:
1. Literatura brasileira : Romance 869.89923
2. Literatura brasileira : Romance 821.134.3(81)-31

Todos os direitos desta edição reservados à Editora Moinhos
www.editoramoinhos.com.br
contato@editoramoinhos.com.br
Facebook.com/EditoraMoinhos
Twitter.com/EditoraMoinhos
Instagram.com/EditoraMoinhos

AGORA QUE ESTOU SEM DEUS *posso me coçar com mais tranquilidade.* Antes, antes era muito difícil, ia me coçar e pensava NÃO DÁ TEMPO HÁ INFINITAS TAREFAS PARA REFAZER, *pensava outras coisas também, mas a que me doía mais era* NÃO DÁ TEMPO *e outra* A MATÉRIA DO TEMPO SE ESGOTA, DEUS ME VÊ.

Hilda Hilst, O oco, 1973.

PARTE I

1

Isto é o que lhe cabe saber de mim: não é por necessidade que eu uso estes óculos de pernas bambas na ponte do nariz. É por pura lógica — qualquer intelectual que preze pelo respeito de seus semelhantes deve ter uns graus de miopia. O problema visual é o estigma do bom artista, assim feito o casulo cinzento é o passado de qualquer borboleta.

Será que isso bastava? Seu questionário já havia me desraizado da língua respostas íntimas, e esperei que a sinceridade calasse o falastrão. Mas, pelo contrário, pareceu instigado a aperfeiçoar seus dotes para a entrevista e quis saber o que eu fazia para encher os bolsos. Respondi que me meto a escritor, como todo bom falso míope, mas que não me autorizo a grandes aspirações literárias. Por quê? Bem, porque se um dia os meus romances adentrassem as insípidas classes de literatura moderna, eu não pensaria duas vezes antes de engatilhar uma trinta e dois automática no céu da boca e (estalei, sarcástico, os lábios). Fora isso, sou ornamentador funerário, porque preciso comer. Não, não é como um maquiador de defuntos, detesto o termo. Agora, sim, agora isso é o que serve saber de mim.

Pensei que poderia ficar em paz, ouvindo os tiques da tesoura fina que rasava, como um aeromodelo, em torno das minhas orelhas, mas o barbeiro perguntou quantos anos eu tinha. Sua inquisição me pôs pensativo por um momento. Respondi, conferindo o relógio de pulso por baixo da capa sintética que impedia os restolhos de cabelos de caírem no meu colo, que estávamos a vinte e dois dias de comemorar meu meio século e um ano de existência.

Quando anunciei em voz alta, o assombro da idade se experimentou real; o reflexo no espelho foi anuviado pela inutilidade das minhas lentes. Mas, mesmo depois de tirados os óculos, a cara duplicada no vidro permanecia turva. Esfreguei as pálpebras no dorso da mão e voltei a encarar o gêmeo, preso detrás do vidro; ainda confuso. Era como se meus olhos fossem objetivas conduzidas por um cinegrafista de pretensões suspeitas, filmando-me fora de foco por uma espécie de joguete artístico. O barbeiro atrás de mim, no entanto, continuava perfeitamente discernido enquanto podava minha juba branca. Seu longo nariz de ponta vermelha, que fungava incomodado por uma mosca luzidia, me lembrou uma raspadinha coberta de calda. Só o meu duplo na sua frente continuava intangível, como um espírito que é incapaz do reflexo.

O homem franzino, interrompendo o abre-e-fecha da tesoura depois de golpear um fio de cabelo especialmente resistente, perguntou se estava bom. Eu menti que estava tudo bem e que minha perturbação era só por conta de um resfriado que não tinha sido totalmente extirpado dos pulmões. Ao notar que o barbeiro se referia ao corte, e não ao meu estado de confusão, pedi que ele abaixasse mais uns dois dedos, deixando meus tufos bem juntos ao veludo róseo da cabeça.

Algumas mutucas, irmãs daquela que rangia em volta do rosto do barbeiro, voavam contra a única lâmpada do teto. Suas sombras baças dançavam nas dobras do meu pescoço. O sol amarelo salpicava o pote da espuma de barba, brilhando a haste plástica do pincel que descansava dentro da vasilha de ferro. Incapaz de aparar meus cabelos em silêncio, o homem passou a fazer comentários rememorativos sobre a sessão de comédia que ele tinha pegado por acaso no cinema e que, mesmo após uma semana, ainda o fazia rir. O que *me* divertia, no entanto, era a permanência de um pensamento obscuro, mas singular:

se na cadeira da barbearia eu era o fantasma, fiquei pensando onde estaria meu corpo. Pelo canto do olho (evitei mexer a cabeça com medo de fazer a tesoura escapar), eu vi a rua cinza-escura ferver sob o resto de tarde que já se oprimia pela noite. Imaginei um segundo Bartolomeu caminhando distraído lá fora, calmo como quem boia. Um carro, cortando a avenida aos cento e vinte por hora, levando um rapaz imprudente cravado ao volante, não veria a forma porcina do velho se formando rapidamente sobre o para-brisas. Passaria por cima de mim, fatiando em meia dezena de pedaços.

Todo mundo na calçada ouviria o som dos meus ossos craquelando contra o capô. O fêmur rasgaria para além da carne flácida, provocando um jorro vermelho, hidrante de sangue. Um hidrante real acertado na confusão também faria o seu jorro, este de água, sobre os curiosos. Minhas escápulas atropeladas se torceriam dentro das axilas, e os braços estirados formariam uma angulação esquisita, de anjo gótico, sobre o asfalto sebento de gasolina e lubrificante. Minhas pupilas moribundas seriam tomadas pela bruma talhada e as imagens perderiam sua nitidez quando a brancura me fechasse toda a visão. O que sobraria como herança seria só meu par de óculos inúteis, tortos sobre o meio-fio.

Perdendo a continuidade desse pensamento, senti uma picada no canto da nuca. O barbeiro, provavelmente desastrado por causa das coisas que tagarelava, desgovernou a navalha e me feriu. O filete de ferrugem quente escorreu até os meus ombros e eu levantei de sobressalto, correndo até a pia de canto — o cabeleireiro me pedia perdão sob o seu nariz rosa. Abri a torneira esperando me lavar, mas só uma cascata ridiculamente fina gorgolejou do cano. As gotas se espatifaram, depressivas, na bacia do lavabo.

Um homem insólito passou pela porta da barbearia, tocando o sino que ficava pendurado no alto; fez um cumprimento, mas eu não respondi. Pus os óculos de míope nos olhos não-míopes e saí rosnando de ódio contra o barbeiro, anunciando o mesmo sino que o recém-chegado havia batido. Perturbado pelo cheiro de loção e talco que ainda me acompanhava e sentindo a dor da navalhada quase que na carótida, entrei no bar apertado do outro lado da rua. Estendendo os cotovelos sobre o balcão de pedra granito, desembolsei um maço de grana e pedi para a copeira um refrigerante de soda e uns chicletes. Ela me deu um punhado das guloseimas e a bebida que, mesmo recém-saída do claustro gélido do refrigerador, ainda estava morna. Recebi o troco na mão aberta, esbarrando de propósito no seio dela enquanto recolhia meu cobre.

Novamente na rua, a noite despencava do céu como bolas de estrume, batendo pastosa e fresca no passeio. Não houve nenhum acidente automotivo naquela tarde, senão aquele nas brenhas da minha criação. Depois de todo o calor, um chuvisco não custou para despenhar e, tentando debandar antes que a chuva ganhasse grossura, um mendigo bateu no meu braço, derrubando a soda nas minhas calças. Fiz valer o lenço que andava no bolso. Apoiei na banca de madeira de um sebo para conseguir equilíbrio enquanto esfregava na flanela os sapatos melados; ia manchar o couro. Já injetado pela raiva, vi que um dos livros expostos na loja, custando muito mais do que valia sua capa vulgar — um casal, nudez em exposição, expressões de arrebatamento em seus rostos e um título igualmente estúpido —, carregava em letras garrafais a opinião de um crítico de sobrenome conhecido. E aqui mais uma coisa que cabe saber de mim: certa vez, eu fui lido por esse mesmo homem. E ele me deu uma, de cinco estrelas possíveis. Ao lado da única forma estrelada colorida de dourado, as outras quatro, vazias como poços de água desativados acima da coluna do jornal, pareciam fazer escárnio de mim.

Lancei com um tapa a lata de refrigerante, deixando que tombasse sobre um amontoado de sacos de lixo escorado na envergadura de um poste. Acontece que, no local de despejo, habitava outro mendigo, que protestou quando recebeu a latada no meio da testa; ele me disse que não era caçamba. Dei palmadinhas sobre os meus óculos e aclarei algo sobre serem novos, que eu estava enxergando mal por conta disso, mas em silêncio gozei do engano.

Enquanto caminhava de volta para casa, a escuridão se intensificou e as lanternas urbanas foram acesas por mãozorras invisíveis, transformando a rua preta em um palanque cor de toranja. Na meia-luz, vi a poça de melaço começando a corroer meu sapato. Minha cabeça ardia a enxaqueca da semana inteira. Odiei um transviado que passou do meu lado, impossível de se dizer tanto homem quanto mulher. Odiei a chuva que caía sobre mim como caspas translúcidas. Quando chegasse em casa, procuraria consolo na terceira gaveta. Tive um momento de codeína ou morfina?

Pisando no carpete de entrada do prédio, odiei o entusiasmo no olá do porteiro. Abri o apartamento, usando a chave mais gasta presa ao chaveiro de madeira, e vi lá dentro a fuça enxerida da minha ex-mulher — o diabo vinha cumprindo seu trabalho sem descanso. Abaixada, ela estalava os dedos para o cachorro. Definitivamente, seria morfina.

Úrsula, como uma mãe que espera acordada a filha adolescente chegar de uma falsa festa, repreendeu-me sem nem carecer do contato visual. Entretida com as lambidas viscosas do animal virado de patas para o alto, ela perguntou se eu tinha visto o doutor Chaves — é claro que ela já sabia que eu viria com uma negativa. Eu disse que a chuva havia me encontrado no meio do percurso e que por isso estava encharcado e não pude me consultar. Penetrando os meus olhos com os seus pontiagudos, ela sinalizou, em um simples adejar da cabeça, que os meus cabelos estavam cortados. Pus a mão na nuca, como se pudesse esconder o feito, e lorotei que tinha passado no barbeiro de costume para ficar apresentável, já que doutor Chaves era um homem de cacife. Dei as costas para ela e para o cachorro, mas senti seu julgamento de longe. Abrindo a janela emperrada da sala de estar com dois trancos, olhei a rua agitada embaixo, onde faróis de carros incineravam o asfalto e uma faixa estreita de grama bordeava o passeio. Uma nuvem, e era das grandes, circulava o meu edifício cor de fuligem como se o protegesse em seu algodão e eu atinei, em um instante de distração, que poderia tocá-la. Queria atender ao impulso e me entregar à sua maciez, deitar em seu abraço branco, chapado de comprimidos.

Estou falando com você, disse a minha ex-mulher de repente, com raiva, tirando a minha atenção da buzina persistente de um táxi. Ignorando sua repreensão, perguntei se gostaria de beber ou comer, mas ela se negou. Fui aprontar um sanduíche de patê.

A nuvem também era visível pela pequena abertura vítrea da cozinha; ficava me convidando a mergulhar de cabeça. Caso abrisse os braços para a insanidade por um segundo mísero e me lançasse de cabeça naquela fumaça... Sei que as nuvens não são fortes o bastante para dar conta do peso e sobrepeso de um homem, como nos fazem acreditar os desenhos animados e as histórias de ninar. Eu acabaria caindo na rua. O mesmo carro daquela tarde voltou a circular, veloz, na minha imaginação. Quem sabe ele me esmagaria depois que eu estabacasse, dirigindo para frente e depois de marcha a ré, não deixando resistir o menor dos meus ossos. No que você está pensando, perguntou a vigilante Úrsula ao aparecer no batente da porta. Dei um pulo alto. Olhei para o seu rosto, redondo e branco como um pão de queijo mal-assado, e senti vontade de enxovalhar até sangrar.

Só me aliviei do estresse quando ela me disse que aquela era a última vez em que insistia comigo para qualquer coisa, e que por isso iria embora e não me ligaria mais. Fazendo carinhos no cachorro antes de pegar a bolsa sobre o sofá, ela quis sinalizar o quanto o cão era mais digno de cuidados do que o ex-marido. Após, saiu com um estrondo, em outra demonstração de infantilidade. A porta ficou tremendo no batente.

Deixado sozinho, os refletores da minha atenção jogaram sua luz acurada sobre aquele fato que crescia dentro de mim — eu tinha vinte e dois dias para morrer. Estava certo de que tudo deveria acontecer, limpa e organizadamente, antes dos meus cinquenta e um anos de idade. O suicídio era um embrião que eu gestava devagar; computava a data para o parto.

Fiquei pensativo por mais um tempo, espichando o olho para o jardim do prédio, sujo de folhas secas de violeteiras. A chuva vinha chegando às minhas bandas e o jardineiro se adiantava, babando de permanganato as plantas antes de o céu se estabacar. Entediado da cena, fui para a frente da tevê. Apertei o botão vermelho do controle, liguei no noticiário das seis. Vi cenas de um engavetamento com mortos de sangue PAL-M e as imagens borradas de censura ainda revelavam, para o espectador atento, a realidade interior dos defuntos — vísceras, tripas. Quatro deles estavam desmantelados e distendidos, enquanto o repórter impassível explicava o acidente, sinalizando horários exatos e nomes de ruas entrecruzadas.

Entrecruzei meus olhos nos do meu reflexo. Encarando à esquerda o espelho de esquadros quebrados que enfeava a parede, finalmente entendi as minhas formas engorduradas no vidro. Voltei a me reconhecer, como um reencarnado que tem vislumbres momentâneos da vida anterior. Era um homem excêntrico, de fachada ruim e com olhos que pareciam uns guaranás abertos. O corte do cabelo não ficou bom, parecia mordido de traça.

Eu me sentia exausto. Fui perdendo lentamente a consciência dos nervos, despercebendo a existência. Sentia que eu era um artefato à mercê do meu próprio espírito. Inquieto, andava até o parapeito com pernas anestesiadas, passava ali alguns minutos de contemplação da avenida e depois voltava ao sofá. Os movimentos se repetiram até quando o sono me intimou à cama. Coberto no edredão, ouvindo de longe o som do televisor que tinha esquecido ligado nas notícias, sentia minha cabeça como um albergue de fantasmas. Cada um vagava em seu isolamento, murmurinhando coisas abafadas que me enlouqueciam. Queria morrer naquele dia. Esquematizada na minha lógica particular, a obrigação era tão sólida quanto um teorema. O suicídio não era só um sentimento corriqueiro nem era um clamor estulto por socorro; era algo de mais parecido com um músculo, com certeza o tecido mais firme que palpitava dentro do meu corpo mole. Essa fibra tremia dia e noite e eu tinha espasmos indômitos e cãibras terríveis. Talvez por ser tão exercitado pela morbidez dos meus desejos, o músculo suicida hipertrofiou e me saiu — macerou minhas margens e represas — e agora estava exposto, tamborilando como um coração de boi. Meu órgão batucava sem descanso, querendo morrer naquele dia.morrer naquele dia.

E não é que eu tivesse em minha posse uma lista de razões para a morte; simplesmente faziam falta as razões para viver.

2

E não é que me faltasse o amor ou que nunca houvesse estado em intercurso com a felicidade. Não é que nunca houvesse amado Úrsula ou que abominasse por completo a sua companhia; é que os pés das nossas fantasias haviam trilhado passarelas distantes que não se encruzilhavam, e no fim das contas as ambições se desencontraram — percebemos que a vida conjunta não era para nós.

O sucesso da separação se deve especialmente à minha independência. O talento para estar em solidão é um dos meus íntimos orgulhos, mas eu esperava me deparar um dia com uma presença feminina que me entorpecesse, arredasse meus interesses mórbidos — só assim estaria livre da jaula onde havia estado a vida inteira acuado. A prisão em questão era meu apartamento de dois quartos, no qual eu cumpria minhas necessidades básicas, quando não afundado no trabalho ou na labuta dos romances. Desde o início, eu sabia que Úrsula não se interessava por ser a mulher decente que eu ambicionava, mas me achava vocacionado para mudar seu jeito. Fui tolo. Havíamos nos conhecido no ambiente absurdamente masculino de um bar, o que me impediu de lhe dar credibilidade no início, já que, como os exemplares barbados do lugar, ela mantinha as pernas abertas e apagava cigarros em cinzeiros colados às mesas. Eu bebia um uísque vagabundo quando os dedos dela, feito o feijão folclórico que se transforma instantaneamente em grelo e logo em árvore cheia de galhos, brotaram e se ramificaram em volta do meu copo. Dobrados os dedos em torno do uísque, suas enormes unhas tocavam umas nas outras, enfeitadas por pequenos diamantes de plástico que eu acho que são algum tipo de moda juvenil.

Ela se assentou na banqueta ao meu lado e começou a tecer uma conversa frívola, obviamente planejando me costurar no seu enredo e, se o seu fiar tivesse sorte, partiríamos para uma noite de ardência. Usava vestido, o que lhe contava pontos favoráveis no meu placar mental, mas ele revelava toda a sua coxa através das fendas laterais, o que tornava negativos todos os bônus. Sua idade variava entre os trinta e os quarenta anos, a depender do tom da iluminação que recendia sobre ela. Quando entornou a minha bebida com o cotovelo arqueado para o alto, era uma jovem espertinha de traços rústicos, seus lábios formando um círculo sensual visível no fundo do copo; mas, ao bater o vidro vazio sobre a bancada, seu rosto se eclipsava por duas profundas covas roxas e ela parecia cansada de viver. O prazer de uma mulher madura também me interessava, coisa que me manteve sentado, esperando seus próximos golpes. As sombras toldavam a sua face com mistério e ela, no escuro, iluminou um cigarro, segurando-o em um sorriso levado. Depositei minha boca em sua orelha e perguntei seu nome. Sem responder, ela, pelo contrário, aproveitou para me questionar: qual era o meu nome? Respondi: "É Bartolomeu". E ela pareceu satisfeita sabendo apenas isso de mim, como um bandido a quem só interessava o meu ouro suado. Nós emudecemos rápido, ambos incapazes de criar um assunto para quebrar o constrangimento.

Toda vez que suas pupilas caíam nas minhas, ela gargalhava manhosa. Tentava uma sedução fácil, de menina, mas que estava em desalinho com sua idade. Seus sorrisos eram sem razão e durante nosso primeiro contato eu a tive como uma mulher vazia e desinteressante. Mas ela se satisfez com o nosso momento; a excitação de estar com os desconhecidos era claramente o que a divertia. Seus seios eram grandes e chacoalhavam, como guizos em coleiras de animais domésticos, quando ela cismava de rir para o acaso. Não descobrimos nenhum fato interessante acerca um do outro, mas a sua tática de conquista estava dando sólida amostra de resultado, porque o meu romântico interior já queria dar para Úrsula a noite de carícias que ela explicitamente ansiava. O garçom desceu outro uísque para o cavalheiro, mas desta vez também bateu um copo para a dama, que agradeceu. As caixas de som, emitindo brilhos de diferentes cores, tocavam músicas ruins e ela martelava seus pés grandes contra o escoro horizontal do banco. O salto alto era vulgar como o das animadoras de palco de programas dominicais, mas as pernas eram bonitas, fazendo um balanço flácido quando bruscamente cruzadas. De minha parte, careciam os cabelos na cabeça, circulada apenas por uma estreita faixa de fios que ia de uma têmpora a outra. Minhas sobrancelhas ralas, mas especialmente expressivas, davam saltos de interesse quando Úrsula chacoalhava suas duas protuberâncias dentro do vestido. Meu lábio superior é tão fino quanto o de baixo, minha boca é apertada como a de quem lambe sal e o nariz simiesco quase oblitera todo o buço, caído que está por conta da ascendência incontrolável da idade. Já ela tinha uma bela e minúscula boca, não muito recheada, mas que lembrava a de uma boneca chinesa. Na realidade, tudo nela me fazia recordar uma miniatura em porcelana. A sua carne era branca como papel sulfite, mas as bochechas gordas pintadas de vermelho pareciam ter sido acendidas por dentro por uma rede de luzes natalinas; sua testa era grande e oleosa, os olhos tinham o formato de um retângulo com dois pingos dentro. A sobrancelha era bosquejada a lápis preto e o seu cabelo curto era da mesma cor, um piche tão intenso quanto a tinta das máquinas de datilógrafo. Ela repartia o penteado no meio da cabeça, quase rococó. Sua aparência era levemente sindrômica e faltavam o queixo e as orelhas.

Movia-se sem muita classe. Deixou cair de propósito umas guimbas nos meus joelhos, para que pudesse limpá-las com um toque impudico. Quando nos defrontamos em meio à conversa, ela fez como se fosse me beijar. Várias vezes ela me provocou com a menção de um beijo que nunca se concretizava, porque ela afocinhava na direção da mesa quando chegava muito perto da minha boca sedentária. Provocado pelos seus gestos, eu sabia que deveria levá-la para casa e cumprir meu dever viril. Ela parecia convidativa e obviamente interessada; logo estava deixando suas coxas roliças rastejarem entre as minhas pernas — como numa brincadeira de passa-anel, em que a menina que chefia o jogo escorre suas mãos juntas no meio das palmas amigas e, em uma delas, mais querida, larga o adorno.

Por volta da uma da manhã, trinta minutos após termos nos encontrado, subi com ela para o meu apartamento, um ato de louca ousadia ao qual o recluso Bartolomeu não estava acostumado. Poucas pessoas podiam adentrar meu santuário. Os amigos não me faziam falta e as fisiologias nunca me incomodaram; por isso, ninguém partilhava do meu sofá. Estranhei quando, incisiva e indiscreta, ela perguntou onde ficava o meu quarto. Tocou no livro que dormia profundamente sobre o meu gaveteiro; era um romance de minha autoria, mas menti dizendo que estava lendo um amigo de longa data — vale manter o pseudônimo. Rapidamente entediada após conhecer toda a mobília do quarto, Úrsula se fartou na minha cama e, de nuca apoiada contra a dureza da cabeceira, deu tapas no colchão, me convidando para chegar perto. Desabotoado da camisa, fruí com ela nos lençóis que eu bem conhecia. Às vezes, era distraído por uma mancha descolorida na roupa de cama, quase invisível, mas ainda cheia de histórias, que eu sabia se tratar de molho de tomate derramado. Outra, amarelada, era mel que tinha caído de um pão doce na primeira dentada.

Enfim com uma mulher, passei a ver o meu universo sob novas perspectivas e tudo me parecia diferente. Os cômodos tinham se encompridado e os barulhos da rua gradativamente aumentavam. Eu tinha a impressão de ouvir a respiração afoita de um cachorro dentro de um carro, com a cabeça para fora, ou o peso dos pés pisando os aceleradores. Não demorei a me acabar, liberando um berro satisfeito e um suspiro que há muito tempo tinha fenecido dentro de mim. Por fim, eu respirava em solavancos e sentia uma fome animal. Minha parceira rolou para o lado, bateu gordurosamente as suas patas no soalho e, ainda fechando o sutiã de bojo, olhou-me entre seus cabelos amarfanhados. Parecia ter envelhecido enquanto nos embolávamos nas trevas, como se eu tivesse mamado a sua energia vital. Estendendo-me a mão, Úrsula disse o preço da nossa meia hora de amor.

Um frêmito de raiva me esquentou e eu senti uma veia rachando na testa. Não acreditava que havia dormido com uma prostituta e que ela havia me enganado, aquela dissimulada! Mesquinha! Quis matá-la, mas não podia porque os vizinhos ouviriam tudo naquele prédio, as paredes eram finas como seda.

Abrindo uma gaveta sem tirar o ódio de cima daquela mulher, peguei algumas notas e pus o maço embolado em suas mãos. Ela foi embora de sapato na mão e fiquei sozinho, refletindo. Eu mesmo me pego em delírio: o que um homem de bem, o que o correto Bartolomeu, essa figura boêmia e gentil, pensava quando decidiu pelo matrimônio com uma prostituta? O fato é que eu sofro de uma triste duplicidade, um sofrimento que me força à autodestruição — há quem diga altruísmo. Não fosse pelo meu gosto masoquista, quem sabe eu nunca houvesse subido ao altar. Percebi logo que o que me atraía nela era também o que eu abominava; ela era mulher demais, em excesso, transbordada da própria feminilidade. E por isso mesmo eu gostaria de contê-la, ensiná-la os meus valores e sorver o que lhe restava da perversão; cumprir a imcumbência marital. Não sabia por onde começar, como convencê-la de que sua pele lívida era mais apresentável sem o oloroso pó de arroz, de que suas pálpebras rasas não mereciam aquela purpurina.

Eu era o sofredor do pior tipo, um bicho trágico por natureza, sempre em queda pelas piores escolhas. Esse meu desacerto datava dos tempos remotos, quando eu ainda era aquele Bartolomeu de canelas finas no uniforme de colégio.

Não digo que a morte tenha sido um desejo a vida toda, mas tive sempre a consciência dessa finitude. Quando criança, eu passava longos momentos encarando o fundo do prato vazio antes de a janta ser posta e, como se de frente para a bola de cristal legítima, via refletida no fundo do objeto a certeza de que iria morrer. Quando meu pai me servia uma colherada do borrachudo purê de batatas, ele, sem saber, aliviava o meu agouro. Logo meu destino impresso nos pratos era encoberto por costelas de boi respingando óleo, por carcaças de frango meio roídas que meu pai não queria mais. Se eu deixasse sobrar a carne nos ossos quebradiços da ave, ele me encheria de sopapo.

Outra coisa frequente se dava quando eu estava entre grandes grupos. Se estivesse no meio de muitos colegas de escola ou se a família inteira se reunisse para um almoço na casa do parente que estava com o fígado comprometido, eu me sentia inesperadamente desamparado. Como se as conversas fossem todas inacessíveis, seitas privadas, eu não conseguia me inserir e a melhor recreação que me sobrava era imaginar se a calha frouxa cairia na minha cabeça e esmagaria meu cérebro, ou se o primo desastrado, que fazia graça com seu sedã, perderia o controle da direção e trituraria minha perna. De vez em quando, eu era notado pelo meu pai enquanto estava prognosticando essas coisas fúnebres, e ele vinha na minha direção mancando (resquícios dos tempos de militar) e torcia os meus mamilos vesgos. Se eu chorasse, bastava ele me mostrar o cinto que estava sempre soterrado debaixo da barriga. Ninguém se livrava da autoridade da chefia. Para cada membro da família, havia o método de tortura específico, cuidadosamente estudado e escolhido através dos anos. Se o cinto de tachas prateadas era a minha punição por direito, seus punhos fechados eram de minha mãe e para minha irmã mais velha era garantida uma boa palmatória. Circulava encapotada a história de que Rúbia, minha irmã, havia caído morta depois de uma surra bem dada.

Meu pai gostava da televisão, não gostava dos livros, amava as armas, e por isso me ensinou a atirar, e abominava categoricamente qualquer evolução. Nos fins de semana em que andava comigo de carro até o campo, ele levava no banco de trás um pequeno arsenal de preciosidades. Depois de estacionarmos derrapando no topo da encosta, ele saltava do banco e distribuía cada uma das formas negras perfeitamente polidas sobre o capô do veículo, de forma que todos os canos estivessem arrumados sobre uma reta imaginária. Ele explicava que, apesar de a polícia não usar mais as de calibre 32, eram suas preferidas. Ensinou-me a amá-las. As pistolas 38 também tinham lugar especial sobre o veludo vinho do estojo. Para fingir conhecimento no assunto, eu falava que o calibre 22 era maneiro, por falta de um adjetivo melhor no meu enxuto dicionário. Eu gostava da espessura fina da munição e imaginava que ela se alojaria facilmente no vão entre as costelas, a um passo de promover a fatalidade. Meu pai ria do meu interesse, mostrando um exemplar podre no meio da sua arcada dentária pontuda.

Meu pai jamais foi prolixo nem muito interessado em assuntos que não as armas de fogo e as mulheres. Segundo o que ele me contava, havia desvirginado dezenas, purificado dúzias e se divertido muito com muitas. É claro que minha mãe aceitava conviver com o seu adultério e acho até que gostava de vê-lo satisfeito com suas outras parceiras, porque na cama ela nunca demonstrou talento — palavras dele durante uma picuinha entre os dois. Dessa maneira, não era incomum a visão de garotas deixando a nossa casa enquanto afofavam o coque ou amarravam o rabo de cavalo de volta no elástico. Normalmente, minha mãe tentava, indiscreta, tirar a minha atenção, presenteando-me com uma cuia de sopa e torresmos, mas eu sempre saltava da cadeira alta, ia à sala de estar e me despedia gentilmente das amantes do meu pai antes de terminar a refeição. Ele nunca as escoltaria até a porta, não, nunca. Certa vez, uma universitária lunática com quem ele havia se deitado perdeu a hora enquanto falava comigo sobre assuntos diversos — ela sonhava em se tornar uma famosa compositora de hinários. Foi expulsa inospitamente pelo meu pai, que veio do quarto a passos largos ao ouvir sua amante cantando para mim o novo hino nacional que ela compusera para a Espanha; o atual já tinha dado o que tinha que dar, ela alegou. Pôs a louca para fora e ela nunca mais apareceu. As traições de meu pai prosseguiram descaradas mesmo após Rúbia, aos dezesseis, experimentar o sabor da terra cavada. O comportamento da minha mãe repentinamente mudou, como se o falecimento da filha anulasse todo o contrato de infidelidade que operava entre os dois; de súbito, ela queria ser acarinhada e mimada, esperando ser sua única fêmea. Ele se negava a aceitar, achando absurdo ter de aconchegar uma senhora, e, cansado do suplício febril e carente de minha mãe, socava-a na boca do estômago como um pugilista em seus melhores dias de ringue.

Mais ou menos a essa altura, ele contraiu uma doença e, como não era afeito aos hospitais, decidiu que se trataria em casa, curado pela solidão do sofá e pelos programas investigativos que eram transmitidos toda noite. Um dia me informou que eu deveria ficar com seu revólver favorito caso o pior lhe ocorresse. Sua pele vivia agora eriçada de calafrios, como se ele estivesse assentado o tempo inteiro dentro de uma banheira fria, abraçado a estalactites congeladas. Ocupava-se o dia todo no banheiro, humilhado pela falta de freio do intestino. Curvo sobre a própria mão que pressionava o abdome dolorido, meu pai bufava de ódio, mas não tinha medo da morte. Preferia o túmulo à fraqueza. Minha mãe chorava e o hidratava com soro caseiro — no qual eu ocasionalmente tentava enfiar o dedo. Ela vociferava e me enxotava com um empurrão no peito, não me deixando provar o que meu pai estava tomando, porque queria fraturar o amor entre nós dois.

Inutilizando todos os nossos esforços, meu pai morreu numa tarde de verão muito amarela; o calor era insuportável. Eu fiquei livre para outra vez encarar o fundo da louça e ver ali, projetada, a minha própria morte, mas me fazia falta a sua colherada amorosa de purê.

Ainda guardo, envelopado, o seu último documento. No obituário, a provável causa mortis: desidratação intensa. Nome do falecido: Alfredo Bérgamo. Idade de morte: cinquenta e um anos.

3

Meu pai nunca foi um orador eloquente, mas sabia como dobrar o mundo sob a sua vontade: se não pela palavra, pelo chumbo. Ainda lembro do cheiro de pólvora tostada que sucedia suas brigas com os vizinhos que deixavam o pé de caqui invadir a raia do nosso quintal.

Meu pai levava medalhas de condecoração no peito fardado e muita proteção na cintura. Nas noites de terça-feira, a gente jantava com patentes-altas, comendo de um bom cordeiro; na quarta, os colegas de mesma classe apareciam na porta às seis da tarde para umas partidas de baralho — aí era carne de boi. Meu pai era boçal no buraco e tenebroso no truco. Quando Leônidas, um jovem com mãos sortudas para as cartas, deitava uma canastra limpa na mesa, meu pai abria o coldre e olhava de soslaio para o menino. Leônidas, que não tinha a bravura do rei espartano, a despeito do nome, arrastava sua pilha de fichas para o lado do meu velho. Como a ameaça sempre o faria vencer, Alfredo, o insolente, se barbeava na mesa. Por vezes, apenas o olhar injetado já fazia os amigos perderem.

Enquanto as partidas se estendiam, minha mãe era encarregada de gelar a bebida e tostar as costelas. Ela podia roer o que restava nas tigelas antes de lavá-las em água quente, mas jamais interromper a confraternização com frivolidades. Íngride nunca foi benquista pelas esposas dos amigos de meu pai, não era chamada para o grupo de bordado das quartas-feiras e nem para o suposto clube do livro — disfarce para tardes embebidas em conhaque.

Domingo era a data da missa, à qual Alfredo arrastava a família bem-vestida para seduzir a comunidade do arredor. Com um novo início de semana, tudo se repetia. O conforto da falta de novidades acalmava as nossas expectativas e tudo era tão igual que toda semana as miudezas retornavam, desde a comida repetida feita pela minha mãe até os dedos dos pés que batíamos em uma mesinha de centro mal colocada.

Dentre as coisas cíclicas, a mais aborrecedora era minha mãe, repetindo diariamente sua personalidade mansa e seus trejeitos neuróticos. Íngride era uma mulherzinha insossa, e viver com ela era experimentar a doses constantes seu dissabor. Seus cabelos eram castanho-avermelhados e seu queixo era evidente, e não esquecido como a maioria dos queixos, porque o dela parecia carregar uma bola de golfe por debaixo da pele. Sempre dei graças a Deus por não ter puxado o seu maxilar, mas também brigava com o Criador por não ter herdado a ameaçadora dentição de meu pai. O nariz de minha mãe aparecia como uma lança entre suas bochechas e, os seus seios murchos, dois triângulos apontando para os pés. Rúbia era seu único amor verdadeiro e ela jamais gostou de mim. Suas rezas provavelmente propunham um escambo com a morte: que me levasse, mas ressarcisse a minha irmã. Na mocidade, minha mãe era muito parecida com a filha morta, muito desbravadora, e estudava num conservatório; tinha um péssimo timbre, mas uma técnica precisa e controlada, a qual o tempo lhe surrupiou vagarosamente. Após o falecimento da filha, jamais voltou a cantar e uma triste ruína começou a apodrecer seus órgãos. Odiava se recordar do episódio. Guardava uma foto ampliada de Rúbia em um quadro escondido atrás do armário de mogno e versões diminuídas do mesmo retrato na sua bolsa de sair. Quando ninguém estava olhando, só eu pelas gretas, segurava a Rúbia de papel fotográfico contra o seu argiloso coração e chorava soluçando.

Depois da morte de Alfredo, entravou-se na cama.

Ela fingia ler poesia. Declarava ter lido a contística completa dos autores expoentes em apenas um mês, quando na verdade tinha passado todo esse tempo folheando magazines fofoqueiros. Apaixonada pelos comprimidos, foi em sua escrivaninha que eu encontrei minha primeira dose de codeína — grito primal do adicto. Transcorrido o seu mês de luto e drogas às escondidas, levantou da cama dançando ao som de seus elepês arranhados e se juntou com um farmacêutico local, antes mesmo de alguém ter tempo de canonizá-la por ter enviuvado. Seu novo homem era abominável, primeiro porque tinha bigodes volumosos cobrindo a boca, uma típica morsa de cartum, segundo porque o tal bigode era uma vassoura de migalhas e terceiro porque era um frouxo. Se um mosquito o incomodava, ele o espantava por pura pena de matar e, se as massas de minha mãe ficavam cruas, não tinha culhão de reclamar, às vezes até lambia os beiços. Comprava-me na volta do trabalho sorvete de casquinha e não me castigava fisicamente mesmo quando eu o provocava. Cismava de me segurar em extensas conversas intelectuais, enquanto meus olhos impacientes se viravam para o teto e minha boca tombava para o lado, imitando um ronco. Até seu nome era odioso — Terêncio. E o seu sobrenome, Palmas, não subia ao pódio se em disputa com o Bérgamo de meu pai verdadeiro.

Terêncio me apresentou ao zoológico e aos brinquedos automáticos, aliciou-me com livros de vívidas figuras e me ensinou a pilotar a sua moto magrela. Mas eu o detestei até o fim de seus dias.

Ele apoiava o meu primeiro amor por uma rapariga de tranças que estudava comigo na classe, ele não achava estranho que eu namorasse a vista de um pôr do sol ou que me deprimisse no meu quarto ("isso é sintoma de poeta", dizia). Ele batia palmas embevecidas para a minha leitura e nunca teve outra amante que não a minha mãe. Ele nunca rompeu o tendão do meu tornozelo e nunca deixou de me fazer reverência ao entrar pela porta de casa. Mas ele jamais foi o meu pai, mesmo dada a insistência. Nunca foi hábil a preencher aquele vazio machucado que pedia para ser reaberto numa surra de cinto, nunca capaz de estancar a ferida exposta que ele mesmo sulcava no meu corpo. Era das ambiguidades que eu gostava.

O que tivesse a ver com meu padrasto me enojava. Apesar de trabalhar com fármacos, ele se dava com os números e com a aviação. Detesto fazer contas e detesto voar. Estimulava Íngride a desenvolver suas peripécias vocais e a ceder-lhe algumas das tarefas domésticas. De tanto ouvir minha mãe falar sobre Rúbia, logo o homem da farmácia passou a chorar no túmulo da menina e deixar flores sobre o seu epitáfio. Ele sentia por minha irmã uma espécie de curiosa nostalgia: a saudade daquilo que não lhe foi permitido conhecer. Outra curiosidade sobre o estrambólico Terêncio: ele acreditava na vida após a morte e achava que todo defunto reencarnaria como cachorro se tivesse sido boa gente, e de novo como humano caso houvesse sido ruim.

Na altura dos meus dezessete anos, convenci minha mãe de que o seu namorado a estava traindo. Para a tarefa, surrupiei um batom e um perfume da farmácia do homem quando ele me levou para conhecê-la. Enquanto ele aplicava vacina nos fundilhos de uma idosa, coloquei os dois objetos roubados na minha ceroula, disfarçando o volume com a camisa afofada. Quando as roupas de Terêncio ficavam em minha casa para minha mãe quarar, eu ia sorrateiramente ao tanque e borrifava alguns jatos do perfume feminino no colarinho dele. De quando em quando, eu passava o batom sobre a boca murcha e beijava os botões dos punhos e o peito das camisas brancas.

Fato é que minha mãe, já habituada a ser usada, não se importou com as encenadas traições do meu padrasto e permaneceu com ele, tontamente feliz.

Em posse da minha arma de fogo herdada, um dia eu pensei em matar Terêncio. A ideia era encenar um assalto — parecia propício, quando ele podia perfeitamente ser atacado pelas costas, na farmácia, por um viciado atrás de dose. Foi esse o meu plano, distraí-lo um dia dentro do seu comércio e então propelir alguns estouros em seu corpo desprotegido, deixando-o cair morto na ardósia. Seria digno matá-lo com aquele revólver que era o arquétipo metálico de meu pai. Porém, o plano suscitou minha derrota. A arma, que até então estava secreta em uma tábua solta do chão, enrolada em um pano xadrez de piquenique no interior do buraco cimentado, apareceu às vistas da minha mãe quando ela abriu de repente a porta do quarto. Isso se deu em 1982. Íngride, espalhafatosa, deu um grito afinado antes de cair contra a parede, atraindo Terêncio, que acabara de chegar à sala levando para ela um buquê de tulipas. Deram-me a punição que acharam adequada — eu seria enviado para o sanatório de um conhecido, sugestão do meu padrasto.

Eu tinha pavor da loucura e, mesmo conhecendo a ojeriza, minha mãe me botou no manicômio quadrado. Lá permaneci por dois meses terríficos. Terêncio sugeriu que eu poderia escapar dessa provação caso aceitasse ingressar no ensino superior e me formar com méritos, e assim rematei na literatura.

O livro encontrado por Úrsula, em profundo ócio sobre o criado-mudo, foi meu último romance antes de entrar no extenso hiato que aqui me trouxe. A primeira metade foi escrita ainda no hospício, onde eu me sentava carrancudo nas pedras do jardim e rabiscava com fúria em um bloco pautado. Malditos enfermeiros aqueles que ficavam me olhando de longe, sussurrando coisas a meu respeito, enquanto eu produzia loucamente — por falta de melhor adjetivo — sob o morno do sol. Às vezes, faziam anotações em uma ficha na mesma velocidade com que eu escrevia. Eram interrompidos quando dois internos começavam a rolar no soco por causa de cigarro. Eu também parava a trama, cruzava um joelho em cima do outro e me deixava assistir à rinha dos loucos. Cansado dos gritos, entrava para o quarto depois do almoço e continuava a escrever no alto do beliche. A história contava sobre Horácio, também forçado a um manicômio branco e sufocante, onde havia uma única regra: causar o trauma era proibido. Ele dormia e acordava na companhia de bichas pedintes e maltrapilhos viciados, incapaz de meter um tiro nos companheiros subversivos. Sentia-se sujo quando esbarravam nele e nem podia cortar a própria garganta, porque não havia uma única coisa pontuda por perto.

O romance foi escrito a giz — ninguém me dava caneta.

Findei a obra na faculdade; publicada por um editor chinfrim, pode ser achada em algum sebo, as páginas comidas por bichos. Por conta da mente fechada dos estudantes que dividiam classe comigo, tão desorientados quanto o crítico que me leu, não fiz sequer um amigo, e quem dirá um simples parceiro de profissão, durante a peregrinação universitária. Sempre de mãos dadas com a solidão, eu apreciava minha companhia e a de mais ninguém, como os bons homens que amam seus legados. Minha vida era um monólogo interno, infindo. Sentia que eu era diferente em tudo — enquanto meus conhecidos literários tinham grande preocupação com o conteúdo objetivo de suas criações, com o *diga-me sobre*, eu estava mais interessado nas formas. Se o mundo inteiro coubesse dentro de uma caixa, me tentaria mais observar a prisão, o retângulo de madeira talhada com força para comportar a fúria do universo, do que o próprio universo que estava em claustro. Alguns professores ácidos me confrontavam, tentando me aliciar de que as artimanhas e técnicas também eram necessárias na nossa atividade.

Não odeio a técnica, só não quero ser embeiçado aos modos dos outros.

Depois de acharem meu pseudônimo em alguma banca, os professores insistiram que eu deveria voltar para a internação psiquiátrica. A sugestão deles se repetiu na voz de Úrsula, muitas décadas depois, mas ainda capaz de me pungir a mesma raiva. Minha ex-mulher ama o vinil calorento de um divã. Nossas discussões geralmente se encerram com sua alegação, usando o tom de quem fala com um doente, de que eu deveria ser mais otimista e enxergar o lado da metáfora nas coisas. O que a limitada Úrsula não tinha palanque para entender é que eu não desgostava da vida simplesmente, o que me desgostava era a limitação; e mesmo que eu fosse feliz dentro das normas, sorrisse aos quatros ventos e gargalhasse sem razão como ela fazia, mesmo que suportasse a presença de enormes grupos de comparsas e mesmo que amasse de maneira tola e fácil, eu ainda desejaria me deitar sob os carros alegóricos e ser prensado até a morte. Não estava deprimido e triste, só não via razão para permanecer quando uma saída racional poderia me libertar do vazio de sentido. Não considero que sofro daquilo que alguns chamam de depressão melancólica e nem do que os poetas definem como propensão criativa. Apenas concluo que o descanso debaixo da lápide é mais apetecedor do que me agarrar à alegria com força capaz de quebrar os braços, como se a vida fosse o navio e, eu, só uma craca grudada no seu metal. Se o prazer é tão difícil e distante, não vejo por que persistir.

Mas Úrsula pensa que tudo é regido pelas regras do esforço e da vontade. Ela sempre foi a típica acéfala leitora de autoajuda, dando conselhos para me estimular, ordenando que eu reagisse e que combatesse a suposta tristeza que estava me enegrecendo. Enquanto professava, eu tinha apenas uma certeza: deveria me exterminar já que ainda esbanjava força.

Os cinquenta e um anos estavam assinalados em meus calendários como o trigésimo terceiro ano para Jesus. As falanges ficariam velhas, tomando a textura de um tronco queimado; os olhos seriam costurados pelas linhas falhadas e rugosas de pele; o nariz derreteria, ficando a cada dia mais longo e líquido; de repente, começaria a sentir os ossos gelados mesmo debaixo do sol escaldante e teria que passar dia e noite enrolado em agasalhos de lã, como um porco vestido em papel alumínio. O gosto da decadência desceria, amarga drágea, lento pela laringe, provocando caretas de desagrado — mas a morte, esse eterno copo de água fresca, teria de fazer a pílula escorregar e se dissolver. Bastaria um único segundo, talvez dois ou três, para ter minha vida filmada passando na minha frente — sensação banalizada pelo cinema, mas que eu acreditava ser verdadeira. Relembraria de porradas merecidas e filmes de guerra, até cair como casca desabrigada por inseto. Falava disso com prazer para Úrsula. Em vez de horror, ela me acarava com caridade.

Incapaz de ficar longe por mais do que algumas horas, ela acabou voltando na minha casa no dia seguinte à sua última visita. Faltavam vinte e um dias para o aniversário trágico, quando ela acessou meu apartamento com sua chave de emergência, sempre usada para outro fim. Voltando da rua, levei um susto e dei um salto quando a vi na mesma posição, com o cachorro debaixo das pernas estufando a barriga para um carinho. "Que diabo de grito foi esse, homem", ela disse quando eu abri a porta, tentando debochar do meu susto. "Não teve nada de anormal", eu respondi no tom grave que me era característico, "e o que você está fazendo aqui?". Ela explicou que havia passado para um drinque na casa de uma amiga ali de perto; outra vez, tinha nas mãos algumas cópias do cartão de visitas do seu analista, onde o contorno de uma poltrona de consultório se unia ao seu sobrenome, Bessa, ferindo o potencial criativo de algum universitário do design. Úrsula, sabendo que eu os recusaria, pôs os cartões na minha mesa, que também servia de apoio para os calcanhares, sem nem sugerir nada dessa vez. Senti um caldo de raiva borbulhar dentro da minha espinha, cair na minha corrente sanguínea e afluir as veias do meu punho, pronto para um murro. Pedi que ela parasse com a insistência e que me deixasse fazer meu escalda-pés em paz. Um calo amarelo doía intensamente naquele dia, depois de me apoiar por horas ao lado de uma maca no trabalho; tive de maquiar três das vítimas do engavetamento que vi no noticiário.

A lava efundiu dos vulcões quando Úrsula exigiu:

"Você tem que ser mais otimista!" Não fiz mais que abrir a porta e saudá-la com um convite gestual para que sumisse da reta. Ao sair, quando passou colando o seu olhar desafiador em mim, eu disse:

"O otimista é só um pessimista com bons eufemismos."

O cachorro abusado tentou escapar atrás de minha ex-mulher pela fresta da porta. Chutei-o na barriga carente e ele rolou, bola felpuda cor de terra, topando no pé do móvel central e fazendo alguns dos cartões do doutor Chaves caírem no tapete. Como autômato sem emoção, apanhei os recortes de papel, devolvi-os à mesa e me assentei no sofá murcho para ver o jornal.

Dono de um cérebro tão voraz quanto prolixo, logo cedi ao delírio de um novo livro; já era hora de sacudir as traças da preguiça e voltar à atividade. Úrsula também insistia para que eu retomasse a produção criativa, que ela considerava um auxílio para a sanidade — em seus termos, essa era a minha válvula de escape, metáfora mecânica que me desagrada. Contudo, à minha percepção, a literatura nunca foi atividade de inspiração, mas exercício da linguagem. O que me vale na escrita não é a fórmula, mas a forma; não o roteiro, mas a rota; não a imaginação, mas a moderação. A noção jovial de que a literatura é um canal para expelir taras irresolutas é um incerto. Os vulgares acham que a escrita é um espaço convidativo, que nem uma loja de departamento; mas a verdade é que o escritor deve conter em si a rima imprópria entre destino e estilo. A literatura não é repentina — demora tempo para que a língua mature e se abdique de emitir mensagens e ela então se torne a própria mensagem. Não acho escritor aquele que se afeta pelos enredos intrincados, mas aquele que ama as letras, o desenho dos vocábulos, a geometria da escrita sobre o papel. A formatação dos parágrafos, o som ofídico da leitura, tudo isso que seduz. A literatura é o emprego, e a inspiração não é mais que a vontade necessária de sentar e trabalhar.

Discuti a questão com o sonolento Aragão, meu parceiro de trabalho no necrotério, na manhã seguinte — agora eu tinha vinte dias para me alforriar de mim. Seus olhos, muito mal encaixados na face e sempre parecendo prestes a fechar de sono, faziam menção de soltar do rosto e cair em cima de uma horrenda dona Iolanda, a primeira cliente do expediente. Ainda começando a cerimônia de preparação do cadáver, estávamos firmando o algodão em seu nariz com pinças anatômicas quando chegou a entorpecente Diana, flutuando atrás de mim. Com dedinhos de alcaçuz cutucou minhas costelas e se lembrou:

"Bartô", assim ela havia apelidado o velho amigo, "falta menos de mês para o seu aniversário!".

Ela me abraçou pelas costas. Eu bufei, pouco emocionado por fora, mas fervido por dentro pela textura de suas duas goiabas maduras, uma de cada lado da minha inflexível coluna, aquentando minhas células ao auge da ebulição. Querendo me animar, ela noticiou:

"A gente já encomendou o seu bolo, Bartô! É assim, confeitado de glacê e cereja, feito de creme de damasco por dentro."

Rabugento como não me via há muitos meses, decepcionei-a dizendo que não gostava de bolos com glacê e que, pior do que isso, só os aniversários mesmo. Sendo camarada, ela me fez um afago no nariz com a ponta dos seus dedos de açúcar e mandou que eu não fosse tão chato; em passos melindrosos, como uma bailarina alada, ela voltou para a recepção com sua saia colada e seu cabelo preso.

A dona Iolanda foi pintada de pó compacto, que para mim tem cheiro de suor de puta, e depois recebeu umas batidas enérgicas de maquiagem rubra, aplicadas contra as sinuosas maçãs do rosto. A pintura era capaz de mentir uma fachada saudável, fingindo que não estava irremediavelmente morta. Na morfologia dos cadáveres, cada pincelada dada com descuido pode significar desrespeito com o falecido; se o morto chega ao próprio velório com as bochechas espancadas de vermelho ou com a pele irradiada pelo excesso de hidratante, há sempre um pivete, insensível como só um pivete, para apontar e debochar da pessoa endurecida que habita o caixão. É preciso ser um gênio ou um poeta de vista acurada para reacender um morto. Não sei como Aragão veio desbocar nesse ramo.

Com cuidado, ornamentamos Iolanda com lírios amarelos, feitos de plástico mesmo, com cabos envolvidos em papel de seda — sua família escolheu o plano econômico.

Uma renda creme foi distribuída de fora a fora no caixão, fazendo moldura para a morta, a pedido de sua centenária mãe que, apesar da cadeira de rodas, estava melhor de saúde do que a filha. Eu sentia inveja da velha por ter sua própria condução, enquanto eu era obrigado a caminhar pelas ruelas pretas do Centro, aguentando súplicas de drogados que punham as mãos no meu caminho pedinchando um dinheiro.

Terminamos de montar dona Iolanda quando desenrolamos a manta de tule sobre sua cara emagrecida. Firmei um fiapo de algodão que insistia em cair da narina esquerda, com um barbeador descartável cortei uns poucos pelos que pulavam do queixo e voltei a pôr a rede em cima dela. Entregamos a mulher, batemos papos casuais por vinte minutos dentro da sala clara, depois tivemos mais três clientes para maquiar, pentear e ornar. Entre uma operação de embelezamento e outra, descalçávamos as luvas cirúrgicas e trocávamos por novas; às vezes, eu parava e sentava, porque as pernas doíam sob o meu peso. Minha barriga vinha se expandindo feito uma cadela prenha nos últimos anos, culpa da imprestável tireoide. Lembro que, na infância, a gordura não era um problema. Se olhasse no interior curvado das bandejas de metal onde guardávamos as pinças ou se me observasse refletido no cabo prateado das lâminas, eu ainda via aquela criança engomada, sem pescoço além de dobras de banha. As amigas de fofoca de Íngride entravam em casa apertando minhas bochechas e forçando meus cabelos para baixo.

Atormentado pela visão daquele Bartolomeu infantil, de olhos suínos e a boca escorrendo de chouriço, encerrei o trabalho do dia com a ajuda pouco empenhada de Aragão. Ao fim da tarde, após me despedir de Diana, caminhei pelo inferno da cidade até estar de volta ao meu cubo — onde eu já esperava encontrar Úrsula outra vez. Pensei no que comeria naquela noite, talvez amassasse um purê de batatas com sabor de saudade. Perto da entrada ínfera do prédio, onde o porteiro principal estava sempre cumprindo o seu ofício com dedicação, havia uma confeitaria muito da simpática. Levado pelo automático, entrei na padaria e caminhei de ponta a ponta na área dos doces. Um gentil atendente acomodou-se ao meu lado, um garoto atlético de hálito mentolado, perguntou o que eu queria e ajeitou a rede nos seus cabelos espetados que saíam pelos furos. Eu falei que já tinha me decidido e que queria uma grande fatia de bolo, daquele lá do canto. Qual deles, meu senhor? Aquele de damasco, coberto de glacê e cerejas falsas.

4

O tédio e as tentativas frustradas de distração fermentavam o meu rancor. Encontrei uma caderneta no baú do escritório e passei a anotar coisas inúteis: tive duas dores de estômago, quatro pontos de varizes eclodiram na minha coxa e na tevê noticiaram três atropelamentos. Havia uma única menção de alívio, um quê de felicidade no meio da rotina: o momento de chegar ao meu celeiro de cimento e pastar do prazer de tirar os óculos. Em seguida, descalçar as meias e ruminar a visão daquele calo que intumescia mais e mais. O ritual de purificação continuava com um escalda-pés, dois esguichos de álcool sobre as mãos que alisaram defuntos azuis. O televisor conversava comigo e debaixo de um livro de capa pesada na mesinha estava sempre um pacote esquecido de petiscos daqueles deliciosos, que colorem as pontas dos dedos de laranja e incrustam sal nos cantos da boca.

Tão enorme era a minha felicidade em poder cavar com uma unha eternamente esquecida pelo cortador o calombo do tornozelo — que acabei marcando um horário com o doutor Chaves. Não foi fácil, mas queria brincar de seus jogos acadêmicos antes de finalmente morrer. Precisei de vinte minutos encostado no bocal do telefone. Puxando o gancho, desenrolei o fio encaracolado que havia se agarrado a uma caneta esferográfica e teclei os oito números. Tru-tru-tru, evidenciou a linha, indicando que uma secretária preguiçosa provavelmente estava assoprando o esmalte enquanto o telefone chamava. Quando eu já pendia para desistir, uma voz feminina disse alô e se afobou a virar as páginas de uma agenda quando eu pedi uma sessão.

Dali a três dias o doutor estaria livre para me ver; apenas um horário disponível nas próximas quatro semanas. Eu tive a sorte de ter acontecido uma desistência, porque a Vanda, aquela ruiva, estaria operando o estômago dali a três dias. A secretária falava um bocado.

Assim que desligamos, senti uma ansiedade aversiva. Já temia o momento que doutor Chaves esticaria um braço e me convidaria para sentar na sua poltrona. A poltrona onde a gigantesca Vanda deveria se assentar com seu estômago enorme, caso eu não houvesse me apossado de seu horário. Comecei a imaginar como seria o contido doutor Chaves — em sua página virtual, descobri que havia sido abençoado com uma educação de qualidade. Que pena ter dedicado o aprendizado a uma profissão tão insólita. Mas não havia muito mais para saber dele. Além dos elogios proferidos por Úrsula, nada. Por isso, restou-me a liberdade de projetar uma imagem fictícia do doutor Chaves no telão interno das minhas pálpebras. Não encontrei fotos em sua página profissional, que transparecia muita privacidade.

Os três dias de fevereiro passaram, insones e pensativos, e meu compromisso havia chegado.

Tomei um banho tépido e pus roupas de verão. Trespassei uma mochila a tiracolo sobre meus peitos inchados e caminhei para a rua cheia de sol; não ficava longe. Minha ex-mulher foi nocauteada por uma alegria indescritível quando soube que eu acataria sua sugestão e finalmente veria o analista; ela me visitou no dia anterior e me encheu de beijos acalorados na testa. Com a didática que se usa com uma criança estúpida, ela me explicou em detalhes como chegar ao prédio. Úrsula nunca confiou na minha maturidade e debochava da minha suposta falta de malícia. Andando e me lembrando com rancor das piadas que ela fazia de mim, eu me equilibrava no passeio, tentando pisar apenas nos pontos de interseção entre um e outro ladrilho, numa espécie de jogo solitário para o qual eu mesmo me desafiava. Ocasionalmente, alguma coisa assim me divertia, um jogo inventado que tinha como prêmio coisas místicas e trágicas — se errasse a fenda do passeio e pisasse no meio do ladrilho, eu ficaria cego; se me desequilibrasse e caísse, eu seria enterrado junto com minha mãe. Divertindo-me no calçamento, via de relance os nichos das lojas, com suas vitrines decoradas, mil selos promocionais onde um preço tinha sido substituído por outro várias vezes e roupas dependuradas em manequins de cabeças decepadas. O sol me fazia suar como uma manga melada, já sentindo a calça me empacotar a vácuo. As pessoas eram não mais do que pelotas de luz. Diferente dos manequins, os caminhantes da cidade grande tinham apenas suas cabeças, enquanto seus corpos eram uma maçaroca grudenta. Os restaurantes desprendiam arume de alho e as cafeterias o aroma do grão sendo moído. Tropecei em uma vagabunda e quase caí de encontro ao chão quando suas canelas miseravelmente magras me bloquearam. A inconstância no tamanho dos ladrilhos e a maldita perna da mendiga me fizeram atolar o pé no meio da laje do passeio. Agora estava amaldiçoado, diziam as regras da brincadeira. De qualquer forma, o que importa é que, após sucessões de raios solares e sombras de edifícios, cheguei à recepção do doutor. Doze andares de elevador depois, lá eu estava, no anguloso corredor da sala de espera, onde uma curva à direita continha os consultórios, enquanto a antessala guardava duas poltronas, uma previamente ocupada por um homem grande que caía pelos lados no assento. Uma música navegava para fora de pequenas caixas de som para encobrir a conversa que acontecia dentro das salas de atendimento. Naquela hora, a recepcionista deixava a sua mesa, sob a qual seus joelhos ficavam amassados, e saía para o horário de almoço. O relógio cravado na parede delatava que eu estava adiantado, ainda faltavam vinte minutos para a consulta. Eu gosto dessas elegâncias de que os jovens se esqueceram. Andei pelo cômodo a passos preguiçosos, mas o repuxar nas pernas me fez sentar no único lugar que estava vago. Fiquei vendo dois mosquitos copularem no chão, mas os óculos embaralhavam a cena. Um porta-revistas enferrujado era o que me separava do vizinho de banco, que me olhava pelo rabo do olho.

Decidi tomar uma água, mais por tédio do que por sede, mas o bebedouro ficava na dobra do corredor. As pernas me incomodavam de tal maneira que essa pequena caminhada me cansaria. Deixei minha bolsa sobre a cadeira e, dorido, dobrei a minúscula esquina da sala de espera, parando de frente para o filtro cromado que segurava um galão azul. A testa suava, as vozes do lado de fora do condomínio falavam alto e picotes de conversa saíam por baixo das portas dos dois consultórios. Puxei meu copo de um tubo de metal preso na parede. Refrescado, voltei à antessala no momento exato em que o homem de olhar fixo fugia para o interior do elevador levando a minha bolsa.

Andei arquejando até ele, mancando da perna e guinchando de dor, mas a porta se fechou para mim bem quando eu ia prendê-la. Espumando em desespero, pressionei todos os botões na parede para fazer com que o elevador voltasse, mas a placa de plasma no alto mostrava, em números vermelhos formados por pontinhos, que ele já estava descendo para a portaria. Por sorte, estacou no nono andar e eu aproveitei para pegar a saída pelas escadas. A ardósia polida dos degraus estava escorregadia, ainda molhada de cera, e quase caí nos primeiros passos. Coxo, eu apertava a virilha tentando minimizar a dor nas pernas e virava o corpo na dobra de cada corrimão. Sabia que havia descido um andar quando uma porta de acesso entreaberta lançava sua luz sonolenta sobre os escuros lances de escada — décimo primeiro, décimo, nono, oitavo, até que eu atingisse a abertura mais iluminada, que era a do primeiro andar. A panturrilha doía e eu bufava com tanta força que o porteiro, segurando um cigarro, olhou para mim com estranha bisbilhotice. Tentei perguntá-lo se havia visto um homem corpulento sequestrando uma bolsa bege, só que os tremeliques na minha voz não falavam português, mas uma língua de ira e pavor. Apoiei-me na bancada de pedra da recepção e trotei até a rua. Quiquei os olhos para os lados, como bússola defeituosa, mas nem sinal do ladrão. À esquerda, havia uma confeitaria de onde estudantes saíam segurando pastéis fritos; à direita, uma farmácia de manipulação. Desisti, frustrado.

Foi quando ouvi um grito de horror. Quase no fim da rua, que desembocava em duas direções, uma mulher escandalizada apontava para um larápio amassado debaixo de um veículo. O carro sujo de terra amassava o tórax do homem. A multidão se aglomerava como se assistisse a um carnaval, mas em vez de maracas o que tocava eram as buzinas dos outros carros. O ladrão estava jogado em ângulo impossível debaixo da roda do Palio — a articulação quebrada de seu punho ainda segurava minha bolsa pela alça. Caminhei pendendo para um lado, porque as pernas ainda incomodavam, e fui pegar minha bolsa. Dei uma boa olhada no bandido, que morria por trás dos olhos opacos. De seu peito aberto, apontavam seus ossos marmóreos, e o sangue descia pela barriga; tive inveja. Tanta gente havia se aproximado que o lugar já estava quente como uma panela de pressão. Olharam-me com desconfiança quando eu peguei a minha bolsa.

Em posse da bolsa, voltei ao prédio. Custei a pegar o elevador para o décimo segundo andar; uma velha claudicando sobre seu andador bloqueou a passagem. Do lado de fora do consultório, um dos analistas passava o olho pela sala de espera, procurando pelo paciente — mas a saleta de espera estava colonizada por mim e ninguém mais. Ele não sabia que seu paciente acabara de morrer, torto como um boneco articulado de desenhista.

O analista tinha os cabelos duros rentes à cabeça, como grama aparada a cortador elétrico. A pele era da cor de um clarinete de ébano. Seus óculos de aro de tartaruga, verdes, contrastavam com o negror de suas sobrancelhas, que mais pareciam carpetes grossos.

Ele perguntou se eu era o paciente das onze horas.

"Estou marcado para as onze", eu disse, "mas sou paciente do doutor Chaves".

Ao que ele me respondeu:

"Eu sou o doutor Chaves. Venha, vamos entrar".

5

Fez um gesto espanéfico com a mão, mandando que eu continuasse o assunto. "Não admiro ninguém que esteja vivo. Quando todo mundo tem voz, o herói é inviável", expliquei quando perguntou sobre meus ídolos; os que eu havia nomeado até então já descansavam em seus túmulos. Doutor Chaves pareceu honestamente interessado e franziu seus sobrolhos grossos, tique da profissão. Repuxou o canto da boca e produziu um rumorejo bovino. Espumei.

Como é de costume, a consulta se resumiu a apresentações genéricas. O homem repetiu parte do que eu já havia lido no seu currículo virtual, falando em linhas gerais sobre a sua formação, e, antes de chegar à seção "Psicanálise a quem?", fez essa pergunta para mim. Sincero, culpei a insistência da minha ex-mulher como motivo de estar ali, contando o quanto ela me havia aconselhado a buscar as terapias, a sentir o divã me segurando nas costas. Eu desconfiava de que as inúmeras perguntas proferidas por ele naquele primeiro dia seriam o prelúdio de um vindouro silêncio, porque assim são os analistas: a mudez é seu maior sinal de afetação. Doutor Chaves tinha todos os chavões esperados, dos aros de tartaruga dos óculos ao sapato de fivela proeminente. Algo me incomodava quando estávamos frente a frente, coisa esta que eu não identificava com a precisão de um rifle, mas que me desconcertava. Sua fala era emplastada, como se sobrassem dentes na boca, e ele ficava estirando um braço musculoso por cima dos joelhos e depois tornava a recolhê-lo. Tudo se movia vagarosamente na sala. Dentro do colarinho, eu vertia água salgada, encarcerado no tecido. Alguma cor que trepidava naquele consultório espaçoso me incomodava e me asfixiava, até; uma coloração pesada, insustentável. Talvez fossem as pinceladas de tinta castanha no quadro decorativo para o qual eu olhava, formando arabescos desprovidos de sentido. Talvez fossem os papéis metálicos de seis tons diferentes que se amontoavam dentro da bomboneira de falso cristal, provavelmente usada durante os atendimentos com pirralhos. Mas, muito arguto, eu percebi que o problema estava mais próximo do doutor, como se aquele tom incômodo, aquela cor opaca, emanasse dele. Um incômodo visual que me agoniava fisicamente, que apertava meu pescoço como um gola rulê. Algo nele — dele — me sufocava.

E o que seria, se não a sua cadeira! Mas é claro, era isso! Quem diabos colocaria uma cadeira vermelha e berrante em uma sala de paredes brancas? A respiração retomou seu compasso.

Alguma perturbação ainda levava minhas coxas a um estado espasmódico, mas se tratava apenas da típica estranheza sentida ao entrar em um ambiente inóspito, a sensação de não pertencer; como se eu fosse o gigante de quatro metros e meio tentando caber, encolhido, na velha cabana de madeira.

Falamos mais das minhas referências e desconsolos. A frase que eu disse para ele, a citação sobre os heróis da nova era, eu havia afanado do meu livro. O trecho era parte da minha última publicação inédita, ladroado por falta de ânimo para pensar em uma resposta melhor. Muito do que eu armei em resposta para o doutor Chaves era inspirado no que eu próprio já havia descrito nos meus romances — todos eles tristemente esquecidos nas estantes poeirentas. Perguntou o que mais me fazia sofrer. Acho que minha maior dor é que enxergo tudo em macro, como se sempre estivesse tentando capturar a visão de irrisórias gotículas de orvalho no veludo interno de uma flor. As miudezas mais ridículas me tomam por inteiro e a visão delas é o que me distrai — isso me enfraquece. Perguntou o que eu fazia quando me sentia assim. Suas perguntas eram previsíveis, já estavam respondidas nas minhas junturas neurônicas havia muitos anos.

O que eu sinto é uma agonia única, eu disse. Só tenho uma tristeza em vida, a mesma há tantos anos... Envelhecemos juntos: eu e o que me perturba.

As coisas para mim foram sempre um cinema mudo e nada tinha graça; uma indisposição generalizada, se você quer o nome científico da coisa, e a única solução era me meter o dia inteiro no trabalho, emproando aqueles cadáveres duros. Se eu estou realmente vivo, não sinto a vida passar, essa é a angústia. Esperava o correr das horas como um defunto desavisado, apenas no aguardo de algum homem caridoso que me batesse no ombro e dissesse que eu estava morto. Só me excitava o momento de fechar definitivamente os olhos. Não estimava mais nada, que se danassem as joias, o dinheiro, as mulheres oferecidas seminuas sobre a cama, os prazeres imaginativos. Só me importava o fim. O fígado se recolheria primeiro; depois estacionaria, entre um bater e outro, o meu coração. Eu daria qualquer coisa pela possibilidade de observar a expressão de arroubo daquele crítico literário quando recebesse, das mãos do empregado, o obituário com meu nome impresso. Reconheceria, enfim, a minha genialidade, e o que antes ele taxava de desprezível ganharia o título de excentricidade. Ele utilizaria, em suas desculpas públicas, os termos "estilo particular" e "visão de futuro". Do além, eu gargalharia e assopraria a orelha do homem, enlouquecendo-o gradativa e engenhosamente — estou apenas brincando, doutor.

Sim, brincando, porque não acredito que a alma possa se projetar outra vez no mundo se já deu cabo à sua trajetória. Deus é que me livre.

Chaves me vislumbrava como um leopardo de taxidermista, seus globos oculares empalhados acima do nariz grande e da mandíbula distendida, escancarada como se eu lhe houvesse fornecido material suficiente para uma noite de insônia. Distraído, ocasionalmente ele deixava os óculos escorregarem; quando chegavam à altura de seu ralo bigode, ele os levava de volta ao lugar certo usando apenas o dedo médio. Deseducado, ele por vezes riscava algumas palavras na agenda. Cinquenta minutos escorregaram como uma revoada e logo ele estava na porta estendendo sua mão para darmos um aperto de despedida, até hoje não concretizado por culpa da minha extrema distração — ainda amedrontado pelo assalto, eu dava olhadelas por cima do ombro como se um ladrão pairasse eternamente no meu encalço. O último questionamento a que respondi foi "Mesma hora na semana que vem, Bartolomeu?", ao que eu disse que na semana seguinte eu não poderia deixar de comparecer ao trabalho outra vez. Ligaria para marcar a sessão seguinte assim que eu conseguisse ajeitar meus horários.

A verdade é que não queria voltar.

Tirei outro copo plástico do suporte e me servi de água fria. Remexi na bolsa até encontrar, pressionado entre uma cópia do meu livro e um guarda-chuva, um sachê de açúcar refinado pego de uma lanchonete dessas de esquina, com cestinhos na mesa para que os cleptomaníacos se sirvam à vontade. Virei o açúcar no copo, logo abri outro pacote resgatado das profundezas e o despejei na solução. Balancei minha poção, alguns grânulos de açúcar ainda sedimentados no fundo, e bebi como calmante, na falta de coisa melhor.

Voltando para casa, tomei o metrô lento da cidade, minhoca de ferro que circula sem fazer curvas. Fiquei em pé. Dois pivetes, um preto e um mulato, ocupavam os assentos preferenciais, mesmo sob o aviso que indicava um senhor idoso, uma vadia prenha e um aleijado. Os dois tomavam sol na lombar, recostados com a nuca na janela, e fingindo dormir desde que me viram entrar no trem. Por sorte o trajeto até em casa era mínimo e eu pude aguentar, com esforço, ser dirigido em pé, apoiado no emaranhado de tubos de aço do vagão. Meu antiquado telefone móvel chamou no bolso de trás da calça, mas ignorei-o. Quando cheguei ao condomínio, recebi um boa tarde festivo do senhor lá da entrada. Subindo para casa, derrubei com um esbarrão um pitoresco pé de samambaia filhote que supostamente adornava o saguão do edifício, mas que na verdade só fazia enfeá-lo. Deixei a planta caída ali, e mais tarde eu reclamaria da sujeira nas dependências do condomínio — quem sabe eu conseguiria fazer o porteiro ser desempossado. Parado de frente para o 403, a mesma chave de sempre saltou aos meus dedos, em um daqueles raros momentos em que cismamos que pequenos agentes do universo se movimentam em nosso favor, um tipo de presente pelo bom comportamento. A mesma tranca se abriu no tambor e a mesma porta se arreganhou. O mesmo sofá me esperava — vazio, dessa vez —, mas mais me interessava o baú do escritório, onde o meu propósito estava guardado, repousando como um rei em sua cama de dossel forrada de seda. Larguei a bolsa no tampo da mesa da cozinha. De joelhos, como quem paga penitências com o Divino, abri a tranca do baú. O objeto era uma hereditariedade disputada na família, um aglomerado de memórias físicas que há gerações tramitava entre as posses dos meus parentes. Lá dentro, encontrei um de meus dentes, não um de leite, mas um molar que foi desenraizado pelo punho do meu pai — durante aquele longínquo passeio na feira, eu havia afirmado com empolgação que queria ser igual ao violinista que passava seu chapéu de feltro para colher esmolas. No meio da praça, meu pai me esmurrou a boca. Se colocasse a língua contra a gengiva, no lugar certo, ainda podia sentir a ausência daquela parte da minha arcada dentária. Um caminhão feito sob encomenda, também achado no caixote de recordações, havia sido dado pelo meu pai depois de eu pedir um conjunto de pintura. Ele nunca fazia embrulhos para os meus presentes porque, segundo teorizava, os homens detestam as surpresas. Ainda sinto saudades de sua larga e recôndita sabedoria. Boa parte da sua genialidade ainda é um mistério completo para o imaturo Bartolomeu... Relembrando seus trejeitos com saudosismo, abri uma caixinha forrada e de dentro deste esquife de veludo peguei uma seringa, dotada de fina agulha, devidamente lacrada. Prezar pelo asseio é minha mais barata amostra de orgulho.

Com dificuldade, amarrei uma mangueira acima do côncavo interno do meu braço, pressionando o sangue do bíceps a descer na direção do pulso. Na superfície rasa de uma colher, dissolvi a heroína em um respingo d'água; pinguei algumas gotas de meio limão que já congelava em uma prateleira da geladeira. Um isqueiro, eu o tinha guardado em algum lugar — aqui, escondido, brincando comigo de um involuntário pique-esconde no fundo de uma gaveta. Prendi o cabo da colher nos dentes, deixando os dedos livres para girar a roldana do isqueiro, estourando, com a fricção, uma faísca alaranjada que depois virou uma chama vertical, e cujo fogo azulado se roçava no traseiro da colher, derretendo a mistura. O pó estava guardado havia séculos no esquecimento do baú. Custou-me uma pequena fortuna e a habilidade para fazer negócio discretamente com um traficante escandaloso.

Usei um algodão como peneira para filtrar a goma sobre o talher; suguei o caldo com a seringa. Dei tapas macios na minha veia, que agora saltava, e aproximei o pequeno alfinete, pronto para me injetar um pouco de paz e formigamento, uma picada de insânia e alucinação.

A coragem fugiu no momento decisivo. Fui para o banheiro, sem coragem de fazer a coisa. Abraçado com a decadência da latrina, senti as lágrimas prateadas se embotando na minha cara. A veia amarrada quase detonava, a ponto de jorrar ponche nas paredes. Um alguém imaginário troçou de mim com risadas, me apontando, enquanto eu, lamurioso e envergonhado, admirava a garganta de cerâmica chupar os detritos e depois regurgitar água limpa.

Todo homem tem, nos seus arquivos cerebrais, uma evidência de acusação que o perturba: é como um engenhoso gravador interno que toca uma fita estridente. A voz da gravação é sempre a de um conhecido. Ao menor sinal de dúvida ou inquietude, destravam-se os alto-falantes, que começam a fazer acusações ou a inquirir conselhos. O anonimato da voz não costuma durar mais do que alguns segundos, e a pessoa que fala é sempre identificada não pelo seu tom ou sotaque, mas por ser um exagero de si mesma, uma versão amplificada da persona real. No meu caso, era Úrsula quem conversava energicamente nos tímpanos, arranhando meus canais auditivos com sua voz microfonada. Ela me sugeria uma pá de coisas e derramava uma cachoeira de ofensas; tudo o que eu tinha consciência de ser num instante se resumia a um único ponto final, desimportante. Pressionei novamente a descarga. Mais uma porção de água foi embora e mais água voltou gorgolejando através do buraco na porcelana. Apertei mais uma vez. Mero divertimento infantil, antiecológico.

Minha seringa bateu no piso, agora infectada. Eu havia desejado tão ardentemente aquele pico de agulha no antebraço, mas agora o abominava.

Pelos olhos cerrados, via as sombras do meu banheiro, a pia, o armário debaixo da pia, o rolo de papel higiênico desenrolando pelo chão, e era muito triste. Apesar de tudo estar embaçado, tudo era muito triste. Eu queria de fato evoluir os meus vícios, calar os espectros femininos que falavam nas minhas orelhas e enlouquecer na solidão aconchegante do apartamento — um disco rodando no aparelho de som, um charuto se projetando do meu cenho e a mente aberta. Queria ficar chapado, porque quando estava limpo não tinha impulso para viver. E quando eu estava sóbrio e em um bom dia, se finalmente tinha a mínima vontade de viver, começava a temer irracionalmente a morte, enxergando-a em cada beco da cidade, em cada espelho de provador, em cada fundo de prato. Ou a desejava ou a via dobrar em cada esquina.

A Úrsula dentro das minhas covas oculares continuava conversando e gesticulando enquanto eu refletia. Ela tentava, de modo agressivo, recuperar a conversa claudicante que levava comigo. Conversa em que só ela falava, porque era assim que ela gostava das coisas, aquela matrona. Minha participação ideal era permanecer de boca fechada, mas de olhos atentos. Pressionando as laterais do crânio, eu me retorci na frente do vaso bege.

Resolvi que caminharia até o telefone e marcaria uma nova data com o doutor Chaves. Ao cumprir minha promessa, talvez a Úrsula no cérebro finalmente calasse a boca. Bati no teclado pesado do telefone os quatro primeiros dígitos, mas por nada no mundo eu conseguia me lembrar do resto do número. De repente, os algarismos me voltaram à mente, caíram ferozes do céu como aviões de brinquedo dirigidos por mãos de criança sobre a cidade feita com blocos de montar. Digitei-os no telefone antes que me esquecesse outra vez. A chamada foi estranha, como se cada tru-tru-tru se aproximasse de mim e depois se afastasse, indo até o telefone da recepção do psicanalista e novamente voltando correndo — um toque aqui e um toque lá, como se eu pudesse ouvir o próprio percurso da linha telefônica. Até que fui recebido por uma voz de menino, que mascava alguma coisa liguenta, e ele me informou que eu havia ligado para um telepizza. Abraçando o acaso que veio saciar minha fome, pedi um talharim ("Entendido", disso o menino com sua goma de mascar chapinhando entre as mandíbulas) ao molho pesto ("Sim..."), acompanhado por um refrigerante de cola, do mais capitalista ("Beleza, senhor!"). Feito o pedido, restou aguardar o soar do interfone, quando o porteiro me pediria para confirmar se o motoqueiro trazia mesmo uma encomenda ensacolada na garupa ou se era um assaltante engenhoso que tentava ludibriá-lo. A esta altura, a distração passou e eu voltei a me sentir consternado e impaciente, de repente desmotivado até mesmo para saborear a pasta que já estava a caminho. Nas narinas, um desagradável perfume de incêndio começava a se acusar. Logo, grãos incinerados começaram a invadir minhas janelas. Em um lapso surtado, achei que tinha esquecido uma panela sobre as chamas do fogão a gás — e fui à cozinha para constatar o cenário óbvio de normalidade. Pequenas fagulhas e recortes de papel queimado entravam na cozinha. Alguém tinha ateado fogo sobre uma pilha de trapos na calçada vazia; o responsável já havia partido, mas sua pira de lixo torrava a céu aberto lá embaixo. Do meu andar, não era discernível mais do que um tecido, solto no passeio, e as chamas que ardiam, liberando um acetoso fedor. A quietude era total, se não por um ônibus vazio que corria — de visor apagado, para passar despercebido por possíveis passageiros — ou por uma viatura que parecia incapaz de localizar uma denúncia, passando consecutivamente na rua de baixo e na rua de cima — a sua sirene trombeteando e perturbando minha calma. Tudo o que era visível era entediante. Na janela de frente, um pai, entre caretas, fazia barulhos com a boca para provocar o riso na filha feiosa, enquanto a mãe da criaturinha cravava em sua goela uma porção de papa amassada. Noutra, um casal explícito trocava beijos indecentes. O porteiro de um dos edifícios comerciais trocava de turno com outro, mais baixo e mais preto. Nada me atiçava o interesse.

Outra garoa chegou, empantanando as imagens. Os pingos espaçados começaram a tilintar nos carros e a escorrer pela folhagem frondosa do jardim, e logo estava formada a cortina de prata, varrendo o asfalto e cortando a penumbra como guilhotina. A arquitetura do condomínio me evocava memórias do manicômio onde fui posto um dia, com seus corredores estreitos engastados de portas feias; especialmente quando caía um pé d'água repentino, a memória das paredes brancas e das janelas gradeadas invadia meus olhos, dissimulando qualquer outra visão. Aos meus ouvidos chegava o alvitre dos guardas que passavam inspecionando os quartos à noite, mandando que eu saísse de debaixo do peitoril para não acabar me resfriando. Diziam que os antigripais custavam muito caro para a enfermaria. Mas eu permanecia recostado com a cara apática grudada no vidro, meio corpo saindo pelo encosto da cama, desejando rasgar a barreira que me impedia de cair com tudo no pátio de concreto. Sabia que a vida ali não tinha valor; mas não é como se lá fora fosse muito diferente. Dentro ali, pelo menos, os viados estavam abobalhados de medicação ou amarrados com tiras de pano, inofensivos, nas macas duras. Havia só um homem, um militar aposentado, surdo por causa dos estampidos de tiros, que não me provocava a completa repulsa. Em alguns trejeitos, parecia meu pai — uma vez tentou espancar o enfermeiro novato, e eu assisti a briga por detrás do meu copo de café. Com ele eu podia mancomunar planos de fuga e tragédias. Dócil de comprimido, ele me passava o pacote de cigarro com uma mão enquanto a outra estapeava o próprio ouvido, esperançoso de voltar a escutar mais do que o chiado habitual, e traçava comigo estratagemas de suicídio. Em nosso canto enfumaçado, arrancávamos os filtros do cigarro para o tabaco bater mais forte. Ele queria tentar uma doença do pulmão, coisa lenta, mas eu preferia a praticidade de uma queda — já pensava na chuva varrendo meu sangue, deixando-o aguado, os loucos berrando excitados e incontroláveis... Mas nossa seita da madrugada era sempre desmontada pelos guardas metediços que, vendo os pontos vermelhos da nossa guimba acesos na escuridão, apontavam suas lanternas azuis na nossa cara e, com vozes fantasmagóricas, mandavam a gente dormir. Com um toque amigo das mãos, eu desejava que ele arrumasse logo seu câncer no peito e ele prometia gentilmente que, qualquer dia, a grade da janela soltaria e eu voaria de cabeça no cimento. Adormecíamos com esperança.

O mesmo veículo policial vinha dobrando a esquina da rua, seus faróis pardacentos se confundindo com a ribalta dos postes e com a chuva. Vi nisso a doce possibilidade que queria. Ali no meu apartamento não havia grade bloqueando o salto. Se eu elevasse os calcanhares, despencasse pela janela e caísse na rua em um segundo, haveria uma fração segura de tempo para que eu fosse amassado pelo carro da polícia — antes de assimilarem que o que viram cair era um corpo, os milicos já teriam comprimido o suicida no asfalto.

Esperei que a viatura passasse pela loja de penhores da esquina, então me dependurei no cubículo da cozinha; como se outra vez eu fosse me esticar do beliche até a janela do hospício, tomei impulso e me atirei para a morte.

6

Minhas patas ficaram suspensas — mas não morri. Fiquei entalado na aresta de metal da janela, com metade do corpo para além do concreto e a minha barriga túmida debruçada no parapeito. A viatura parou na rua, quase na entrada do meu edifício, provavelmente esperando que os tripulantes dessem um pulo na confeitaria. Lentamente, o sangue parecia deixar minha testa e se encaminhar para as pernas doloridas; minha pele encheria de coágulos e ficaria marcada pelo metal afiado do batente. Eu sentia que os vidros se dilatavam com minha pressão agoniada para tentar sair. A janela inteira parecia que estava prestes a quebrar. Por cinco minutos de pura humilhação e desgraça, fiquei como um objeto decorativo, meio para dentro e meio para fora, nem lá nem cá, balançando os pés que não tocavam o chão. A campainha do apartamento foi batida; era o entregador, que naquele momento fez uma rima perfeitamente profética com a palavra salvador. Pedi que empurrasse a porta, estava destrancada. Mais tarde, em qualquer reunião de condomínio, eu humilharia o porteiro por não ter feito aviso ao interfone e faria com que ele fosse expulso do meu prédio em definitivo. Ele podia facilmente ganhar a vida vendendo balas no sinal; sua simpatia finalmente serviria para alguma coisa, estava bem desperdiçada ali.

O garoto das massas, ainda usando seu capacete, seguiu o ribombar da minha voz e ficou assustado ao se defrontar com meus flancos anexados à parede da cozinha. Esganiçando, pedi que ele me ajudasse a sair. Pelos sons, consegui entender o que acontecia nas minhas costas: ele havia colocado a encomenda sobre as trempes do eletrodoméstico à direita, clicado a correia do capacete para soltá-lo de seu pescoço e posto o equipamento de segurança em cima da mesinha, ao lado da geladeira. O velcro das suas luvas fez um barulho de rasgo ao ser destacado em duas metades e elas também foram jogadas sobre o móvel. Suas mãos ossudas, um pouco irresolutas, não sabiam bem onde segurar para me ajudar. Ele segurou em minhas cadeiras e logo comecei a ser puxado. Ele persistiu por uns minutos, até que eu descolei com um barulho de sucção e cambaleei para trás. Indescritivelmente humilhado, mal tive coragem de olhar na cara do menino, então só enfiei a mão no bolso e dei-lhe um valor exorbitante. Soltou uma fungada de satisfação pelo nariz. Tentando fazer valer a quantia que eu tinha posto em suas mãos, ele gaguejou, agradeceu e gentilmente perguntou se poderia deixar meu jantar sobre a mesa do canto.

"Sim", eu disse, minha visão perpassando suas botas sujas de terra vermelha e os jeans excessivamente lavados, meio caídos pelas coxas, que acentuavam seu traseiro de maneira muito feminina.

"Sim, pode deixar aí, vou comê-lo."

PARTE II

1

"Não creio nisso, Bartolomeu. Tentando enxotar um pombo na janela! Você podia até ter morrido!", lamentou Úrsula, caridosa.

Abaixada no chão de taco do meu escritório, ela revolvia comigo aquele antigo baú, avaliando a importância de minhas recordações.

"Se o bicho tivesse dado as caras no janelão da sala, Deus sabe lá o que teria acontecido com você. Tentando acertar um tapa no pombo, você poderia ter desbarrancado com tudo e caído na rua e aí... Deus que me livre!", disse ela, fazendo o sinal da cruz com gestos ágeis.

Minha ideia de tentar a janela da cozinha era tão ridícula que agora eu sentia a culpa apontar para a minha testa como mira de fuzil.

"Você não queria isso de verdade. Se quisesse mesmo, teria feito a coisa com cuidado", Úrsula investiu.

Eu me apavorei com a declaração, retraindo o corpo como um bichano assustado. Ela se referia a algumas fitas de vídeo que foram de minha mãe, as quais eu havia embalado de maneira desleixada em papel pardo e fita.

Eu disse a Úrsula que ela poderia doar aquilo para algum antiquário, que de fato as fitas não me interessavam.

Sentada sobre a planta de seus pés varonis, ela escavava geringonças sepultadas debaixo de molares perdidos, de chumaços de cabelo amarrados em fitilho, de diversões que fizeram minha infância e de papéis gatafunhados. O exoesqueleto crocante de vespas que eu havia juntado na adolescência permanecia intacto em uma caixa de insetos dentro do baú, a tampa acrílica permitindo espreitar uma monarca ao lado de uma cigarra, surpreendida pela minha agulha enquanto ainda trocava de casca.

Um saquinho acetinado guardava lascas de minerais colhidas no quintal de casa, perto da cerca baixa banguela de algumas estacas. Sobre o nosso gramado verde, nacos de quartzo rosa luziam, e eu me apressava para metê-los nos bolsos antes que Alfredo me espiasse pela janela alta e me mandasse entrar — me enxotava para o banho.

Entre os outros pertences resguardados, rosas murchas, pingentes cróceos em correntes frágeis, coletâneas de receitas guardadas pelas fêmeas da família.

Apesar de aquela caixa conter migalhas da trilha histórica de meus parentes consanguíneos e de suas raridades passarem despercebidas aos primos e tias pouco afeiçoados aos anais em que se plantava nossa árvore genealógica, eu queria tudo o que remetesse diretamente ao meu pai.

Ainda residia, na página onde eu escondia meus achados, a estrutura do que havia sido a planta e o pingo de ferrugem que um dia foi a joaninha vermelha.

Detive-me na observação dessas memórias, incapaz de discernir o que Úrsula miava ao deixar sua mão pousar nas minhas lapelas ou enquanto jogava a nuca para baixo e começava a rir. Eu só pensava que era hora de varrer debaixo dos móveis e sacolejar os carpetes. Tinha pegado o telefone de uma serviçal com o vizinho do 102, disse que ela limpava como o próprio aspirador de pó. Em certo ínterim da minha meninice, havíamos mantido uma preta de empregada em nossa residência; meu pai era um mártir da generosidade com qualquer desafortunado. Empregava qualquer preto pobre que lhe pedissem trabalho. A servente, Isabel, com esse nome muito branco, chegava cedo carregando uma sombrinha japonesa de tecido perolado e dezenas de bambus transpassados que havia encontrado no lixo de uma patroa — e que provocava um confuso choque de raças. A gueixa caminhava com sua face recortada pelo guarda-chuva de dragões costurados, mas, ao erguer sua cabeça pesada e bater a campainha, em vez do rosto encanecido de farinha que se esperaria ver, ela exibia um grande nariz e uma pele tostada de sol.

Limpava como se a própria vida dependesse de quantas vezes ela encerava o taco debaixo da escrivaninha. Fora isso, eu não sabia muita coisa dela, porque meu pai julgava nocivo o excesso de presença feminina, especialmente quando Isabel tinha vocações muito líricas — pintava quadros realistas com tinta a óleo e litografias monocromáticas de natureza-morta —, no que se identificava com minha mãe, artisticamente frustrada. A empregada solícita me ensinou pequenas diversões, como andar de bicicleta ainda aos sete anos e a desenhar um gato perfeito com apenas cinco arqueadas de lápis.

Na sombra de uma praça esverdeada, ela me cravou no banco do velho veículo de aros largos, deu-me um cutucão na traseira que fez girarem as rodas e sentou-se ao lado de um arbusto de flores violáceas, chupando um sorvete enquanto segurava também minha casquinha e me observou. Trêmulo, eu dirigia o guidão em zigue-zague, como um caçador que corre para fugir da boca de um crocodilo. Eu era bom no novo esporte: quando voltei para perto dela, a minha bola de sorvete já tinha se tornado suco e o biscoito da casca estava murcho. Eu ficava exausto facilmente e tinha que descer do brinquedo para respirar. A misteriosa Isabel, enquanto isso, apoiava sobre as suas pernas um calhamaço de papel de alta gramatura e, munida de um carvão que borrava a carne externa de suas mãos, fazia retas e curvas porosas que viravam desenhos. Seus temas eram extremamente variados, como se ela não se tivesse estilo próprio.

No início, meu pai considerou sadio o meu passatempo sobre rodas, porque era bom que eu estivesse realizando atividades de menino, até que me meti a contar para ele as minhas impressões sobre a brincadeira. Com a boca inflamada de júbilo e as pupilas enfeitiçadas de paixão, narrei como a sensação era estranha: ao pedalar, o joelho dobrado parecia amputado, como um naco mal desenvolvido de corpo; mas quando eu descia a perna no pedal de novo, as patelas voltavam a se mexer debaixo da minha pele, como hospedeiras intracutâneas andando dentro de mim. Minhas impressões eram muito profundas para uma manhã na pracinha e incomodaram o patriarca, que pegou uns pregos de marcenaria e espocou, numa manhã de céu cinza, as câmaras de ar da minha bicicleta. Após toda a diversão daquelas últimas semanas, ela morreu tragicamente em cima dos próprios pneus, agora flácidos e amassados como massa de modelar.

Como se tivesse ficado ofendida com o castigo do meu genitor, Isabel adotou uma postura extremamente profissional e pouco lúdica, parando aos poucos de me educar na arte de erguer castelos de barro ou assobiar com dois dedos na boca para atrair os cães; e como ela era excelente no assobio, chamando os cachorros para si como o flautista de Hamelin!

Meu pai, notando com sagacidade a sutil alteração nos modos da empregada, começou a caçoar dela; jogando, por exemplo, um dado no chão durante as partidas de quarta-feira, fazendo

Isabel catar. Mandava, com postura de orgulho, que ela checasse bem o número exposto na face superior do dado antes de pegá-lo do chão, o que garantia a seus parceiros de jogo longos segundos de observação do traseiro empinado da servente. Instalavam-se os risos e os tapas nos ombros uns dos outros, gestos de cumplicidade masculina. Espalmavam o glúteo polposo da mulher, enquanto ela servia a bebida, e proferiam obscenidades quando, esfregando um pano contra o verniz da mesa marcada pelo fundo úmido dos copos, suas formas se balançavam dentro do avental fino. Do canto da porta, minha mãe vislumbrava tudo sem se ofender. Mesmo que Isabel fosse cobiçada por Alfredo como a presa por uma harpia, minha mãe simpatizava com a mulata. Antes que a serviçal nos deixasse pela porta dos fundos no fim do dia de trabalho, Íngrid se adiantava para fisgar a sombrinha nipônica do vaso da sala e entregá-la em mãos. Agradecendo à minha mãe com olhos lassos e protuberantes, minha preceptora dava beijos imaginários na mulher branca, beijos que estalavam no ar antes de ela partir para a rua, onde um ângulo estranho do passeio obliterava a visão de seu corpo. Devia caminhar bastante, porque as suas panturrilhas carnosas mostravam músculos grandes e saudáveis. A visão da Isabel de costas estava acesa na minha memória quando Úrsula espirrou, muito alérgica, e foi como se um estalar de dedos me alforriasse da hipnose e, confuso, eu me visse encarando o relógio de bolso de um senhor bigodudo — sem, porém, me lembrar do que havia imaginado durante a sessão de transe.

 Minha ex-mulher punha alguma bugiganga ao lado do rosto e se observava em um espelho de maquiagem, como se tudo o que ela encontrasse pudesse servir de adereço para o seu cabelo ou para suas orelhas de esquilo. Mostrou-me um quadro em que um perfil austero de mulher se contrapunha ao fundo verde-musgo.

"É minha mãe", eu disse, incapaz das emoções.

"Ela era bonita", Úrsula pontuou, "eu vi muito pouco dela, sempre do lado do seu pai".

Minha mãe era eterna figurante na vida do marido; a odalisca insulsa, conscientemente trivial, que serve os merecimentos a um sultão. Íngride não tinha encantos, mas também não era terrível na aparência; era simplesmente morna em qualquer quesito, incapaz de se superar em beleza, inteligência ou talento. Nem sua educação a tornava mais interessante, mas acho que Íngride era como a lua: um astro de luz furtada, fatalmente menos importante do que o sol, mas que precisa aparecer à noite para deixar o outro astro ter seu descanso. A mulher é não a costela, mas a espinha dorsal.

Meu avô, vestindo a máscara da ignorância digna da paternidade, sempre acreditou que o homem que desposasse minha mãe seria um benfeitor abençoado. Talvez a frustração de observar a gradual submissão de sua filha tenha contribuído para o seu enfarte, sofrido em meados de uma primavera. Transcorridos anos e anos desde a sua repentina partida, minha mãe continuava a reviver a tragédia a cada setembro, quando um lírio dava o ar da sua graça no meio das gramíneas veludosas do quintal, abrindo suas pétalas pintadas feito couro de onça. Meu pai mandava que Íngride choramingasse menos e alvejasse mais roupa, que ele andava sem camisa limpa na gaveta.

Minha mãe era quem gostava muito daquele baú, apesar de ele não ter muitos objetos da sua família. As únicas coisas que eu já a havia visto guardar foram uma garrafa de conhaque que bebia sozinha, um pequeno frasco que ela tacou ali quando a surpreendi em seu quarto uma vez — provavelmente algum remédio que ela tomava só pelo prazer sintético — e a sombrinha de Isabel, quando ela foi embora correndo um dia e deixou para trás. Havia sido uma manhã comum como qualquer outra, apesar de meu pai e a empregada terem sumido o dia inteiro. Por alguns instantes, tive a impressão de ouvir gritinhos de Isabel, enquanto eu via Íngride se consolar no conhaque. Uma hora, a sombra da empregada passou acelerada pela porta da frente, e não pelos fundos como ela sempre fazia, com a roupa rasgada na altura dos seios, e a apressada acabou deixando sua sombrinha japonesa para trás. Desde então, eu nunca mais a vi.

Úrsula de repente se levantou do chão, consultou o relógio preso no pulso e disse que tinha compromisso. Quando dizia essas coisas, é porque tinha algum cliente esperando em um boteco e ela só não dizia claramente por um medo tolo de me magoar. Eu estava confortável, sabia que ela nunca estaria disposta a largar a prostituição. Apesar de agora, segundo ela mesma, ser apenas uma agente. Seu trabalho era encontrar os homens numa espécie de entrevista sexual, reconhecer os apetites deles e direcioná-los para a sua garota que melhor poderia atender a cada um. Monique gostava de tabefes na lombar, Paloma fazia o estilo ninfeta com a cara cheia de cravos e Laura não era de todo mulher — jurava que aquilo era um resto de bigode despercebido pela navalha. Todas me pareciam desagradavelmente sujas e sexuais de um jeito estúpido e infantil, mas rendiam bem a Úrsula, porque ela estava para financiar um veículo; e se acabava de prazer contando que poderia me buscar no trabalho ou me carregar no banco do passageiro para que voltássemos a tomar uns drinques, apenas amigos, porque eu precisava conhecer gente nova e sair da fobia do apartamento. Eu entendia o seu sucesso como cafetina: Úrsula tem jeito de alcoviteira desde que a conheci, um cupido pervertido de nascença, e sua habilidade oratória permitia que dobrasse os tarados na conversa, fazendo-os pagarem muito mais do que suas meninas — e sua meio-menina — valiam.

Aproveitando-me que ela partia para seu labor, tomei o trem e fui para a funerária iniciar meu turno ao lado de um horrorizado Aragão. Logo na porta, fui recebido pela bela Diana, que sempre cheirava a capim cortado. Cumprimentei a recepcionista acabrunhado e pus meu guarda-pó antes de acessar a sala de trabalho, onde meu colega já me aguardava junto do defunto esbraseado sobre a maca. Aragão sacudia a cabeça, implicado com alguma perturbação, enquanto retirava cuidadosamente com uma pinça alguns pedaços da pele do cliente.

"O que é que aconteceu com esse daí?", perguntei.

Parecendo prestes ao vômito ou ao escândalo, ele me informou:

"Foi queimado vivo ainda ontem à noite. A coisa já se resolveu na polícia, parece."A cara do homem parecia um churrasco mal feito, grelhado em algumas áreas e ainda cru em outras, a boca em sua glória, escancarada, sem lábios, e o nariz chamuscado. Ainda pontuou, tão informado quanto um âncora em bancada de telejornal:

"Aconteceu na Bahia. Não é onde fica o seu condomínio?", perguntou, e eu balancei a cabeça com malemolência, enquanto calçava as luvas cirúrgicas.

"Mas ontem foi um dia calmo lá nas redondezas", eu disse, incapaz de me recordar de qualquer incômodo que não a frustração do meu suicídio. Aragão ainda me inteirou:

"Parece que o menino já era conhecido na região e uma mulher de perto vai arcar com o enterro. Ela diz que não quer cremar o cara".

"Tarde pra isso, né não?"

Enfeitamos o homem com rosas, como pedido na ficha plastificada afixada no quadro de camurça da sala por uma tachinha colorida, esta última um mimo oferecido por Diana. Ela morava nos detalhes, agia como uma espiã da dedicação, deixando pequenas pistas de amor para o seu amigo Bartô. Dali a dezesseis dias, se estava certo esse cálculo, Diana irromperia pela porta como uma criança, trazendo um bolo para mim. O que eu admirava nela era a sua capacidade de me agradar, como devia ser uma boa esposa. Diferia-se de Úrsula, que cultivava uma imponência ímpar e poderia ser confundida, se não por mínimos detalhes, com um homem.

Ainda tivemos que maquiar um velho que morreu de refluxo e uma jovem menina atropelada por um 4x4. Apesar da eficiente reconstrução facial que realizamos nela — uma repuxada aqui, um repelão de pele ali —, sua barriga estava achatada, os órgãos amolgados como ovos fritos, e nem todas as escoriações foram cobertas pela maquiagem. Aragão demonstrava sua gastura quando encostava a ponta da língua nos dentes cerrados e chupava a saliva; ele tentou estocar algum material no interior do abdome atropelado para fazê-lo se intumescer. Até que podia não ser má ideia o fracasso do meu próprio atropelamento — quero dizer, a menina na maca não estava muito apresentável. O Criador talvez houvesse me alojado naquela janela, como uma sardinha fechada na lata, por puro esmero à minha pessoa. Será que eu havia planejado mal? Por que a mão divina me deu encalço naquele decisivo instante, livrando-me de falecer? Considerando cuidadosamente, concluí que Deus havia me salvado de um potencial erro de processo e agora me dava a chance de fazer a coisa mais organizada. A falha era, na verdade, uma honra.

Eu tentava decidir o melhor método no qual apostar; passavam recortes de pensamentos na minha cabeça, ou muito oblíquos e abstratos ou muito secos. A depender da minha escolha, o jornaleco da cidade se ocuparia ou não de noticiar a minha morte em uma notinha quadrada da décima página. Se ao menos ainda tivesse posse da arma de meu pai, com um estrondo emplastado eu cravaria uma bala gelada no alto da boca — e a chuvarada de miolos esbofetearia as paredes como bifes suculentos. Esse tipo grotesco de visão me despertava o interesse desde pequeno; ainda aos cinco ou seis anos de idade, o vislumbre de uma proibida revista de anatomia me acordou para gostos um tanto quanto sinistros. Eu me excitava morbidamente ao observar as estrias dos músculos desenhados no papel, os tendões repuxados como cordas de violões, cada qual indicado por um pequeno numeral dentro de um círculo e nomeado na legenda que ficava ao lado das ilustrações despeladas. Folheando mais algumas páginas, as figuras apareciam despidas dos músculos e passavam a exibir sua ossada amarela. Mais uma vez, o quadrado destinado às legendas apresentava algarismos seguidos de nomes indicativos — fêmur, esterno, vértebras cervicais, sacrais e úmeros. Gargalhava contido, imaginando quem seriam as pessoas vestidas por cima do amontoado de musculatura e ossos.

Anos depois, quando no colo de Terêncio durante um natal, ele coincidentemente me presenteou com aquela mesma revista científica e mais uma pilha de outros quinze romances e revistas. Íngride me tomou a caixa ganhada, admirando atentamente cada um dos calhamaços encapados, elogiando a seleção feita pelo seu amado e depois lhe dando um beijo na jugular. Com descaso, eu terminei de degustar as castanhas torradas que enchiam os pires, levantei da mesa e parti, esquecendo de propósito o meu presente sobre um dos bancos da sala de jantar. Em meu quarto, afofando meu rosto contra o travesseiro, eu senti especialmente a falta de meu pai. Sua memória ainda subsistia, reinando disfarçadamente nas reentrâncias daquela casa, no oco das fechaduras, nos quadros pendurados. Tão intensa era a sua presença, que Íngride, incapaz de superá-lo, morreu assim que completou, em janeiro, cinquenta anos.

2

Fui para a segunda consulta com o doutor Chaves. Como um presságio, o céu da manhã exibiu nuvens grávidas, prontas para parir água.

Ficamos marcados para os sábados, meu dia de folga agora sendo ocupado por aquela terrível obrigação — a voz de Úrsula me dizia "cuide-se, cuide-se". Deus me alertou, com Sua discrição, que tudo daria tenebrosamente errado naquele dia; começou quando esqueci minhas chaves e tive de voltar para buscá-las, incapaz de me lembrar onde as havia deixado. Não sei como pude esquecer, se atrás da porta da sala estava um daqueles quadros de chave usados por gente esquecida — presente humilhante dado por minha ex-mulher. A chuva instantânea começou a cair do céu no momento em que pus o pé na calçada, fazendo com que eu retornasse outra vez para dentro porque havia largado para trás o meu guarda-chuva de lona meio rasgada. De fato, metaforizar com opostos — sol e chuva — é uma tática infantil, mas também eficiente; eu acredito que essa oposição de ideias é uma espécie de conhecimento que atravessa gerações e não merece ser ignorada. Naquele sábado, por exemplo, eu deveria ter atendido à vontade do clima e permanecido em minha cama morna, deixando-a ceder sob o peso do meu corpo enquanto eu tomava um chá de camomila e comia bolachas. Mas o fantasma em minhas aurículas não me deixava em paz, até porque essa é a função das assombrações que incomodam os homens bons.

Disfarçadas sob uma curiosidade ou uma mentirosa preocupação, essas aparições servem para tirar os homens de sua rota, como a névoa que desvia navios. A Úrsula metafórica me lembrava de coisas que eu podia ter me esquecido de fazer, como se minha ex-mulher fosse, na verdade, uma lista falada: fechar a janela por causa da chuva, desligar a tevê da sala, servir a comida do cachorro mal-amado, retirar os biscoitos roídos de cima da mesa de centro. Havia feito tudo o que era capaz de me lembrar. Já na rua, rapidamente emplastei meus sapatos em poças d'água e cheguei ao prédio megalomaníaco. Dentro do elevador, cliquei o quadrado com o número doze incrustado. Após a subida enervante, não foi preciso aguardar mais do que cinco minutos até Chaves abrir a porta, deixando aparecer seu rosto torto e a carapinha baixa colada no couro da cabeça. Enquanto se despedia da paciente que deixava a sua sala, ele gesticulava fortemente. Lançou-me um gesto com a palma aberta, pedindo que eu aguardasse uns segundos. A menina que deixou o consultório me dedicou um sorriso ao desaparecer pela fresta do elevador.

Naquele período de aguardo, apesar de ter sido inesperadamente curto, refleti sobre uma dolorosa dubiedade: enquanto eu voluntariamente me segregava na terapia, lá fora a vida acontecia, inteiramente independente da minha presença. A tempestade se interrompia e, irônica, voltava a se despejar; as famílias tomavam juntas o primeiro café do dia e lojistas iam para trás de seus balcões. Por um instante, considerei de verdade a hipótese de correr para bem longe dali. Quando comecei a enfiar a jaqueta em um dos bolsos da mochila e a sacar meu guarda-chuva para a fuga, fui pausado no ato pelo chamado do doutor Chaves. Lá fora, ainda cheirava o café, muito preto e muito forte. Fingindo que estava no meio de uma arrumação rotineira da mochila, voltei a embalar minhas coisas e cambaleei até o sofá dentro da sala. Fiquei sozinho por um segundo, enquanto o doutor se servia da água filtrada. Voltando, trancou-nos lá com um adejar da chave e se assentou sem emitir um único som. Eu já conhecia bem, àquela altura, o costume freudiano, o mais imaturo, de preservar o silêncio; "é necessário que o cliente faça a condução", dizem eles com orgulho. Todos os analistas são, por essência, paródias de um pai morto. Para provocá-lo, passei um bom tempo calado, fazendo como se estivesse muito entretido com a pastilha de groselha na mão. Distraidamente, vi pelas aberturas da persiana plástica que a chuva ainda se coava nas telhas, tremelicando as calhas do comércio em frente e escurecendo o passeio. O vento baforava os telhados, levantando lonas e fazendo as pessoas se acariciarem para aquecer o próprio corpo; o céu estava nebuloso como nanquim aguado. Mesmo as árvores na calçada, mangueiras e ipês, pareciam deslavadas e corcundas, cedendo à pressão das gotículas que caíam com persistência daquelas nuvens morbíficas. As portas de metal da pastelaria rangiam e, na papelaria fechada, o logotipo tremia feito as alucinações noturnas de um homem solitário. Dentro da sala também fazia frio. O analista permaneceu calado até eu contar que aquela havia sido uma semana comum, de muito trabalho e poucos acontecimentos extraordinários — talvez a maior emoção tenha sido maquiar um par de gêmeas chamadas Sara e Lara, cada qual morta por uma razão, respectivamente hemorragia interna e infecção. Quiseram enterrar as coitadas em conjunto, como se fossem uma orquestra em uníssono, privadas da singularidade.

Ajeitei meus óculos inúteis.

Além disso, não tive muito mais o que alegar. Decidi que guardar para mim a origem de meus devaneios era a melhor opção, por isso mantive secreto o meu impulso de me tacar na frente robusta de um vagão de trem, de me deitar num salto sobre a ponta inquisitiva de uma lança. Toda a previsão era real: eu deveria mesmo ter me mantido distante daquele consultório e aproveitado meu dia de descanso com petiscos e bebidas, quem sabe até puxado um fumo que há muito ocupava minha carteira. Enquanto falava com Chaves, eu enxergava muito pouco; minha mente estava sonolenta e preguiçosa como se acabasse de sair do almoço de domingo direto para o sofá acolhedor, e tudo o que eu dizia se transfigurava em meros chiados. Eu sentia leves sopradas de ar deixando meus lábios compactos, falando em uma língua que os homens, e, em especial, aquele homem ridiculamente moderno à minha frente, não eram capazes de dissecar. O vento entrava sem convite pelas aberturas do caixilho fraco, confundindo-se com a minha voz, o que me isolava mais ainda das coisas que eu estava falando. De repente se abateu sobre mim um peso terrível e eu quis emudecer. Aquilo era tão entediante e desconfortável que quase me levantei no meio de uma frase, dei as costas e sumi da vida do doutor Chaves. Fiquei mais aliviado quando ele se entreteve no copo d'água e tirou seus olhos abrasados de mim. Assim, fingindo que o seu olhar desviado havia me ofendido, como se fosse um sinal de desinteresse, aproveitei e calei a boca. O homem, ágil, aproveitou a deixa: perguntou sobre a minha ex-mulher, Úrsula, porque eu falava muito dela. Queria saber se eu havia amado a mulher, se eu considerava amor o que sentia por ela. "É claro que eu a amava", respondi, "porque ela foi minha mulher. Mas é aquilo... Às vezes as coisas não dão certo." O doutor Chaves apontou, não me lembro de suas exatas palavras, para a possibilidade de eu ser minha maior ocupação. Eu falei que ele tinha razão, e o que havia de mais interessante para me preocupar era minha própria pessoa. O método fóssil do meu analista me agoniava; eu queria partir dali o quanto antes e me tacar na cama para um sono drogado. Pensei de novo em correr sem dizer meios-termos, mas senti o peso do meu ventre sobre as coxas e soube que não conseguiria ter força para isso; não sabia por que estava tão obeso. A maldita tireoide devia estar inflamada outra vez, mas eu não gostava de hospital. Considerei cortar os carboidratos; estava mesmo exagerando um pouquinho no pão preto de sexta à noite — era algo como um ritual meu, uma alusão à jogatina do meu pai. Tive de me acalmar e fazer força sobre-humana para permanecer estático na poltrona, sentado de frente para o homem empalhado. Cada minuto era uma hora inteira. Meu alívio foi gigante quando o analista virou o pulso para checar no relógio: a sessão estava encerrada.

Mais rápido do que um pivete ao ouvir o sino do ginásio, fugi destrambelhado pela porta, depois pelo corredor e então irrompendo escadaria abaixo (o elevador nunca chegava ao décimo segundo andar), até desembocar, esbaforido, na rua vazia. Tomei um lanche na padaria, incomodado com a algaravia dos vagabundos que discutiam dramas sem sentido. Uma das esmoleiras, usando touca de meia, estapeava o marido; as enormes unhas sujas raspavam próximo aos olhos dele, que sangravam. Ambos gritavam, mas suas perturbações nada tinham em comum; ela falava debilmente sobre um bebê e ele a acalmava com tapas no lombo e com palavras sobre certo desastre natural que estaria por vir. Ele a aninhava, ela o repicava na unha. Eu bebia um pingado e roía com as pontas dos dentes um pão de queijo que queimava a língua.

Eu lambeava as comidas, mas não sentia o gosto. Quando dentava o pão de queijo, vinha o gosto monótono de polvilho cru. O café com leite não era além de água morna, que eu adociquei com seis sachês de açúcar dos que estavam sobre o balcão. Cuspi tudo na lixeira de canto. Passei pelo caixa, paguei, peguei o troco em pirulitos.

Em uma das mesas plásticas da calçada, uma trupe de meninos caçoava dos mendigos; eram três garotos de pouca idade, brancos como a lepra, que enchiam as bochechas com água e cuspiam na cabeça dos indigentes. Suas gargalhadas me contagiaram e fui embora admirando sua coragem e senso de justiça, ainda rindo dos jatos de água que faziam arcos, como em chafarizes em formato de anjo, e caíam molhando os mendigos. Quando cruzei a rua para me proteger nas marquises protuberantes e nos toldos das lojas, um carro de duas portas, mais vermelho que um cabaré, por um triz não me varou no meio; o motorista, estranha junção de óculos grossos e peitoral forte, pôs a cara barbada e um dos braços inflados para fora da janela, desrespeitando-me com xingamentos. Fiz cara de susto e xinguei sua mãe — mas bem baixinho. Duas dondocas que observavam tudo na calçada, espantadas, jorraram uma intempérie de palavrões contra o motorista desatento. Junto com elas, gritei contra o homem, que saiu buzinando, até chegar do outro lado da rua, e ali recomecei o jogo de não pisar nos ligames dos ladrilhos.

Naquele dia, mais tarde, aconteceu uma coisa engraçada. Eu estava tirando a rolha de um vinho quando a campainha tocou, coisa que raramente acontecia. Botando meu olho na forma gelada do olho-mágico arranhado, encontrei do outro lado uma Úrsula deformada. Sua cara estufada pelo aparato de silicone era quase irreconhecível, mas os cabelos curtos não me enganavam. Era um milagre que não havia usado sua chave para emergências. Havia começado a me respeitar desde que eu cedera aos seus devaneios terapêuticos. Para testar sua paciência, eu recuei alguns passos, fingindo que estava na toalete, e pedi para ela esperar. Inacreditavelmente, Úrsula ficou quieta e calma no corredor de pedra, escorada na base da escadaria e trazendo uma sacola. Fingi me embolar nas trancas, levando mais tempo do que deveria para descolar a porta do batente, mas ainda assim ela entrou com um sorriso tímido na cara. Debruçou-se em meu trapézio para um abraço, ao qual respondi com palmadas fofas em seu culote. Ofereci-lhe uma taça do vinho que eu tentava abrir; ela aceitou, passando à minha frente para me tomar o saca-rolha e a garrafa, que deu um pequeno arroto e se abriu com facilidade. Serviu nossas taças e pudemos nos resfolgar na sala de estar, agora aproveitando os amendoins temperados que ela tinha trazido na sacola.

Perguntei com franqueza o que a havia levado até minha casa. Úrsula alegou que estava carente da nossa amizade, que ainda prezava e tinha afetuoso esmero pela relação que vínhamos mantendo desde o divórcio. Enquanto apreciava a crocância da carapaça de um amendoim se desfazer nas minhas mordiscadas e virar uma massa nas reentrâncias dos meus dentes, parei por um momento e olhei suas bochechas descoradas e sua feição de boneca chinesa. Ela permanecia atraente e ainda transpirava sensualidade, como se, feito no nosso primeiro encontro, pulsasse pela minha ardência. Um suspiro que se acalmava e um ajeito das coxas me mostrava sua lascívia — e eu roía um amendoim depois de outro, feito uma máquina de roer — e se ela quisesse rememorar minha virilidade, eu assim faria. Seria um cavalheirismo. Compreensivo com suas afirmações, acenei positivamente a cabeça algumas vezes enquanto ela numerava as coisas boas advindas da nossa separação. Proferi:

"Entendo. Também prezo nossa amizade". *Entendo*, palavra preferida de toda mulher, deve ser usada com moderação.

Corri a mão prestativa pelo seu colo, ofertando o conforto que ela descaradamente almejava. Quando já estava prestes a me assenhorear do seu sutiã de alças finas, ela irrompeu em choro, apoiando a sua cara grande na palma da mão. Tentei mais uma investida em suas mamas formosas e redondas, mas as lágrimas começaram a pingar acompanhadas de gritos abafados e longos. Retirei a mão já ardente na rapidez de um estalo de chicote e, gaguejando, quis saber o que houve — cumpri a obrigação de querê-lo. Esganiçada, ela soluçou:

"Cometi um erro que puta nenhuma pode cometer." Eu disse que não estava entendendo.

Úrsula, que agora estava frágil e diminuída como jamais, entornou a meia taça de vinho que esquentava sobre a mesa de centro, depois varreu num tapa a mosca varejeira que bebia o seu choro salgado. Incapaz de dizer alguma palavra de conforto ou de afagar a sua nuca, catei o controle remoto e me preparei para ligar a tevê, interrompendo a sessão de piedade. Fincando em meu peito o seu olhar úmido de cílios emplastados, ela gemeu quase inaudivelmente:

"Estou apaixonada".

Dei uma bufada pela lateral dos beiços, prevendo que o papo desagradável tomaria mais tempo do que eu queria dispor. Sem escapatória, relaxei no assento, enganchando a coluna no estofado, e lancei questões genéricas para ela:

"Como assim?"Ela explicou que há tempos tinha um cliente em específico — descrição geral: baixo, mas robusto; calvo, mas de pouca testa; olhos escuros, mas iridescentes quando recebiam jatos de luz de bar —, esse que a havia possuído uma dezena de vezes, mas que agora pedia o álbum de fotos para escolher uma das garotas que Úrsula agenciava. O descaso do homem deprimia a mulher apaixonada e ela me dispensava confissões femininas, contando que chorava toda noite antes de dormir e que estava perdendo peso devido ao estresse — eu achei que esse era um ponto positivo. Enquanto ela declamava agruras em meu ouvido, eu roía umas castanhas de caju que também foram levadas em sua sacola. Queria enfiar uma estopa na boca dela e me lançar de barriga em algo afiado, caindo de umbigo em lâminas precisas e estrebuchando como suíno no abatedouro. Minha ex-mulher continuava a contar que o homem tinha, inclusive, uma esposa que era uma verdadeira Amélia. Ela engasgava de tristeza e eu voltava a lotar sua taça com o Sauvignon Blanc, torcendo para que a bebedeira acalmasse seus reclames. O relógio ritmado sobre o móvel da televisão tiquetaqueava alto quando ela fazia uma pausa entre as frases, enquanto o frescor úmido de chuva entrava rodopiando pela janela. A casa toda cheirava a adubo. A mesma varejeira retornou, topando na lâmpada do teto com um barulho de pingo. Úrsula estava encharcada no pranto, e eu só pensava em torcê-la como a uma roupa que acaba de sair da lavadora, e depois crucifixá-la no varal. Não entendia nada do que ela falava. De repente, tive muita raiva, como se estivesse me contando aquelas coisas com o único objetivo de me ver enciumado. Eu ainda era seu ex-marido, seu último homem, e merecia manter o meu orgulho, mas Úrsula tinha a audácia de invadir a minha casa para falar de outra paixão. O que será que deveria fazer para demonstrar-lhe a franqueza da minha indignação? Esbofeteá-la ali mesmo, sem pena? Decidi ouvir um pouco mais; suas costas davam trancos com o choro e restos encaroçados de maquiagem preta caíam das pálpebras, pequenos insetos afogados. Uma pinta acima da boca, seu atestado de meretriz, de pouco em pouco se dissolvia na água salobra que descia dos olhos. Por sorte, o cachorro veio do quarto e irrompeu pela sala, procurando Úrsula para brincar. Ela o chamava de Pimpão, mas eu o dei a alcunha Lambão. Entretida, começou a acarinhar o bicho, desconsolada e carente, e aproveitei para me retirar sob a alegação de que poria as nossas taças na pia, mas parei de cara para o janelão. Pedaços de uma chuva grossa ainda faziam rugir as paredes do prédio.

Tinha uma comichão de estranheza ao relembrar os nossos primeiros encontros, meus com Úrsula. Depois da primeira noite naquele bar fosforescente, fiquei pensando nela; apesar de detestar que fosse uma puta e apesar de ter me passado para trás, eu via nela a possibilidade de se fazer uma boa esposa; enquanto ela fazia agrados ao cachorro, percebi a força de seus braços, bons para esfregar o chão. Poderia ter sido uma boa, mas lhe faltava empenho...

No dia seguinte ao primeiro encontro, voltei ao boteco, onde cada feição se eclipsava na fumaça e nas luzes berrantes.

Com que misto de surpresa, alívio e ódio fui abatido ao dar de encontro com seu cenho de porcelana na escuridão erótica do bar, ainda aguardando no mesmo assento. Pelo escancaro de dentes que ela me deu, ou também ansiava me reencontrar para fazer mais dinheiro ou — eu me esqueci que ela era estúpida. Ela passou a língua, serpente rosa, nos lábios áridos, encimados pela pinta falsa.

Atuando como se nada tivesse acontecido na noite anterior, ela bebeu um pouco da caipirinha e me olhou, plácida. Parecia, na verdade, que me estranhava. Atrevendo-me, puxei sem cerimônia um banco do seu lado e sentei:

"O mesmo que o dela", eu pedi para o barista obscurecido e ele adejou seus olhos empapuçados de olheiras e parou de esfregar os copos no pano de prato. Acusei a prostituta:

"Não me disse o seu nome noite passada." Esperei que ela fosse tomar um susto com minha aparição acusativa, mas ela mal deu ideia. Contorcida numa careta (havia tentado chupar o limão do drinque), ela me respondeu somente:

"Meu nome é Paloma."

3

Dali em diante não houve muito mais o que fazer; após o terceiro encontro, eu já estava afincado em me casar com ela, cumprindo a obrigação conjugal de depurá-la, e ela já estava notadamente perdida de amores por mim. A mulher traçou uma ardilosa armadilha para me conquistar — e o inexperiente e caridoso Bartolomeu acabou devorado pela arapuca de urso. Em apenas três noites, expôs para mim todos os conhecimentos adquiridos em seus anos como dona da noite; aplicou em mim todos os estratagemas que aprendera sob a luz vermelha. Um homem de verdade, um garanhão viril, mas ainda desprovido de muita experiência em matéria sexual, não poderia resistir a esses encantos lascivos. Úrsula sabia bem disso, era um dever de prostituta me incutir o prazer. Desse modo, duramos pouco como amantes, porque pedi sua mão em casamento o quanto antes, ainda durante a quarta cópula, e ela aceitou no meio de um cainho de orgasmo.

Só enquanto ajeitava a papelada do casório é que descobri seu verdadeiro nome. Vi-me, em estado de completa fúria, tirando satisfações com ela aos gritos, mas Úrsula, tão serena, não se abalou. Limitou-se a dizer, como se fosse natural e só eu não percebesse:

"Não uso um nome falso. Uso um nome escolhido." Enquanto proferia suas asneiras, penteava os cabelos com uma escova espelhada, de modo que, quando eu a encarava, voltava-se para mim a projeção do meu próprio olho amendoado. Tentou me engrenar naquele discurso furado, coisa de jovem; um nome é um nome sempre, é uma obrigação e ponto final.

Em vez de esganá-la e largá-la para apodrecer sentada em sua penteadeira luminosa, agilizei os processos no Civil para que nos casássemos tão breve quanto possível e eu pudesse assear suas ideias.

Não convidamos ninguém para a cerimônia formal no cartório e a nossa lua de mel foi um passeio de ônibus para o interior do estado, onde Úrsula bebia demais todos os dias no almoço e eu a carregava como um carrapato nos ombros. Compramos uma dezena de bibelôs para enfeitar o apartamento. Hoje, essas lembranças não me despertam saudade, mas resumem boa parte da minha vida.

Em geral, eu até era capaz de me divertir com minha mulher, e nos comunicávamos na maior parte do tempo em tom amistoso. Nossa eterna fonte de problemas era mesmo a prostituição, da qual ela se recusava a se desprender; Úrsula não via razão para a instituição matrimonial se opor à profissão que levava. Respeitável e decente, eu obviamente não aceitava minha esposa se vendendo, e por isso desatávamos em longas brigas, as quais eram sempre encerradas por um tapa na mesa ou em sua cara. Só minha cordialidade me impediu de matá-la — até que a certa altura da minha insistência ela cedeu e decidiu interromper o trabalho noturno. Seus amigos pederastas lamuriaram a decisão e tentaram virá-la contra mim, injustamente dedicados a injetar nela adjetivos como supressor, controlador e outros ultrajes rimados para me definir. Passei a trabalhar para cortar os vínculos que Úrsula ainda mantinha com essa gente, os depravados libertinos encobertos pela alcunha de modernos. Proibi que os levasse à nossa casa (a casa dela havia se tornado a nossa casa, enquanto que o meu apartamento permanecia sendo meu refúgio masculino) e, em seguida, sua agenda telefônica perdeu um bom número de páginas — o seu rottweiler levou a culpa.

Por mais que eu tentasse afastar dela a própria sensualidade, meus esforços esbarravam no ridículo, porque algo em sua essência não lhe deixava mentir que havia por anos se prostituído.

Quando estávamos em nosso pragmático cotidiano de cópula, ela manejava minha virilidade como quem bombeia água de um poço. A própria rapidez e a habilidade em pequenos gestos mostravam que ela não era só dona de casa. Decidido a me aproveitar de sua dedicação, anunciei que era hora de fazermos um filho. Diante da missão, Úrsula se afugentou como galinha temerosa no canto do poleiro, lançando mil empecilhos para não termos o primogênito. Mas minha palavra dentro de casa era estatuto absoluto e, se o anseio dela fosse viver às minhas custas, era preciso que se incumbisse de me dar um filho, e que fosse preferencialmente um menino, porque faltava homem perto dela, eu não dava conta sozinho.

Para mim, que sou prático, o coito é fonte de indecifráveis mistérios, a cara do sexo alheio é o enigma esfíngico pronto a me devorar impiedosamente se não o decifro. Se for para me recordar do primeiro episódio em que defrontei a sensualidade, eu diria que foi por volta dos nove anos de idade, quando comecei a notar novas denotações em gestos antes castos — a barra de uma saia floral se enroscando nas coxas, o balanço dos glúteos drapeados dentro de uma calça jeans —, tudo passando a adquirir uma malícia pré-adolescente que não compreende bem sua própria cobiça. Fechando o ciclo, numa madrugada insone e mal ventilada, ainda nessa idade de nove ou dez anos, saltei com um baque da cama fervendo e fui procurar no refrigerador o vidro com água que eu havia posto mais cedo.

No intercurso, me deparei com a sombra amarfanhada de Íngride se flexionando, gemendo descontente no sofá da sala. Como um caroço de escuridão que brotou do estofado, ela se remexia em aflitivo lamento. Fiz a ré, calcei umas meias no quarto para não fazer barulho e segui. Vagarosamente, imitando o andar de um bandido de comédia pastelão, apanhei o litro de água no congelador e fiz o caminho em direção ao quarto outra vez; no entanto, fui apanhado no meio do percurso por um muxoxo do meu velho e resolvi passar pelo seu quarto para ver se ele estava bem. Ainda pisoteando devagar, parei na porta com o olho na fresta, a tempo de ver meu pai se debruçando em uma de suas amantes, os dois gingando em obscenidade, enquanto Íngride entrescutava na sala e chorava. Palavras comuns adquiriam novos sentidos em meus dicionários mentais até então sucintos; Alfredo ameaçava comer alguma coisa incomum, sua parceira ria e eu voltei mesmo à cozinha para fazer uma boquinha na geladeira.

Por descuido, fiz barulho ao deixar um triângulo de torta espatifar no chão; minha sorte foi que Íngride ligou a tevê no momento exato e abafou meu estardalhaço.

Pensativo, quase em genuíno transe, saí da janela da sala e voltei a ouvir o que minha ex-mulher balbuciava ao brincar com o cachorro no colo. Enquanto ela estalava os dedos, eu virava discretamente os olhos para o alto, distraído com a projeção das nuvens de fim de tarde que navegavam céu afora. A chuva havia cessado, mas o vento ainda era frio como uma espada. O céu tinha cor de uva chupada, tom de azul arroxeado permeado pelas nuvens — gazes molhadas. Úrsula me agradeceu por ouvi-la tão pacientemente, eu lorotei que não havia sido esforço nenhum e sugeri que passasse qualquer outra hora para entornarmos mais um vinho. Até vê-la finalmente no meio da rua, olhando de ambos os lados antes de invadir a faixa de pedestres, não fiquei aliviado. Só quando o topo da sua cabeça se afastou, achatado e preto como a turmalina lapidada, e dobrou a curva da rua é que eu pude ter certeza da partida. Como era presunçosa, indo me choramingar seus novos amores!

Por um momento, eu mesmo esqueci o motivo pelo qual o nosso romance próspero tinha visto o fim. Mas na rajada seguinte que voou em torno de mim veio a lembrança: Úrsula era infértil como um cascalho. Perto do fim do nosso matrimônio, ela já voltava a se aduzir para os pagantes; engolindo meu orgulho, eu a perdoei com lisura e altruísmo, porque ainda estava disposto a ter minha família com todos os seus membros necessários. Um homem de bem pode relevar infidelidades e reeducar, com santíssima paciência, uma esposa matrona. Mas se ela não lhe pode dar nem ao menos a criança como compensação, a coisa vira um bangue-bangue. Lembro-me de que tentávamos com afinco conceber o terceiro ramo da nossa árvore, nosso pequeno brotinho macho, futuramente médico, futuramente devorador de tontas concubinas — porém, o insucesso estava sempre conosco. Fazíamos os rituais carnais com muita técnica e laconismo, pouco envolvidos pela bobagem que alguns podem chamar de paixão, e mesmo assim o destino nos pregava a mesma peça. Foram anos de tortura pela decepção até que, desiludido da ideia, eu pusesse Úrsula, seu útero pútrido e suas bagagens indecentes para fora de casa. Um amigo dela que era transformista foi buscá-la e, recostado contra a porta entalhada do meu apartamento de dois quartos, pude ouvi-lo dizer p ela que havia aguentado tempo até demais comigo. A mim ele definiu como "escamoso, um perverso". Ela o rebateu, choramingando:

"Sabe como eu sou. Quanto mais o bicho ruge, mais eu quero amestrar." Em vez de me ofender com sua asserção, eu me inflei, no silêncio que imperava do meu lado da porta, de uma poderosa jactância masculina. Desde o episódio da separação, sobrou para mim e Úrsula uma polida amizade, resistente a todos os desagrados pantanosos do nosso passado.

Muitas reflexões depois, vi a noite se estiar como um forro de mesa acima dos picos dos prédios. Nesse meio tempo, uma tia me ligou pela primeira das duas razões possíveis para um parente distante fazer contato: implorar dinheiro ou comunicar a morte de um ente não querido. Eu a assegurei de que depositaria o montante no dia seguinte e, emocionada, minha tia chiou como um camundongo contra o bucal do telefone, fazendo vibrarem os ossos do meu ouvido. Era óbvio que eu não o faria, apenas para ter o gosto de ouvi-la deglutir o próprio orgulho e criar um extenso pretexto para me ligar outra vez, ressaltando o meu esquecimento como se fosse apenas chiste — "Ah, menino, você anda muito esquecido". De qualquer forma, minha situação financeira não me permitia gracejos.

Apesar da minha usual boa vontade em ajudar, eu estava passando por terríveis pobrezas àquela altura, tendo até mesmo de podar alguns caprichos para conseguir quitar as contas do apartamento. As publicações não me rendiam mais nem um tostão e eu já cogitava enviar meus manuscritos engavetados para alguma editora pequena da cidade, na esperança de fazer o mínimo dinheiro. O que me privava de dar continuidade a essa jornada literária era o ciúme. Meu *A solitude do doutor Eliseu*, por exemplo, era uma ousadia para o mercado e, como toda composição de qualidade, deveria permanecer semoto aos olhares audaciosos. Inevitavelmente, sempre há uma das duas figuras mais desdenháveis, uma das duas plebes do universo, para descobrir o romance máximo de um autor soturno, muito provavelmente encontrado durante sua peregrinação *blasé* pelos sebos de usados, e que é responsável por ressignificar a simplicidade da obra para que ela seja consumida pelos intelectuais — são as duas figuras: o jovem psicanalista e o velho crítico literário.

O que quero dizer é que me vi perdido, em uma sinuca sem buracos; tudo em mim corresponde à perfeição de um escritor estilista — já posso ouvir o ganiços dos professores daqui a cinquenta anos, chamando as narrativas de meus imitadores de bartolomaicas, socando meus romances nas glotes de insossos adolescentes —, mas mesmo assim eu nunca tive a ambição de me glorificar autor. O mal maior do pobre Bartolomeu sempre foi essa persistente modéstia que, de tão intensa e meninil, confunde-se com uma falta de perspectivas. Além da pouca ambição, outro acometimento que me judiava era uma tristeza periódica e sem motivo, a depressão bartolomaica, como aquela que começou no sábado de reflexões e só foi terminar na terça-feira de muito cansaço.

Por mais que me ocupasse em refletir ideias cíclicas e me visse preso às incursões da minha mente lenta, a mesma conclusão se mostrava sensualmente: morrer era a melhor opção. Essa decisão era o meu saldo ao final de todo dia, como a soma que o comerciante tem no caixa quando termina o expediente e que conta com paciência, lambendo os dedos e estufando os olhos.

O suicídio existia em mim como um impulso, encarando-me durante as noites mal dormidas, fiando o tempo na sala ao lado enquanto eu tomava a ducha matinal, passeando com um assobio pregado aos lábios bem atrás de mim quando eu circulava pelas ruas do Centro. Sua inesgotabilidade me surpreendia. Mesmo que singelas razões de felicidade aparecessem durante o dia, quando findava a tarde, a morte me espreitava, cochichava nas frestas, e toda a expectativa por uma vida interessante era posta em xeque. Eu não haveria de morrer por razões chulas, por consternações passageiras, mas por uma angústia indelineável: pela obviedade de que morrer era a decisão certa. Como nas camadas de uma cebola, o núcleo da questão se paliava, envolto em folhas translúcidas, e, por mais que se tentasse cravar as pontas dos dedos e descascar a folhagem, as lágrimas embotavam os olhos como pelotas de cimento grosso. E não é também como se o centro do problema tivesse tanta importância — quero dizer, talvez os místicos e os curiosos precisem de razões para se enforcar, mas em termos práticos eu não via por que justificar minha morte. Eu a tinha como um câncer a ser desenraizado ou como um amigo antigo a ser visitado; uma formalidade. No meio da cebola pode haver só mais cebola.

Às vezes, a expansão descontrolada desse desejo me mantinha acordado e, como se eu estivesse febril, variava entre o calor e o frio, molhando o colchão com a baba salgada minha pele.

O umbigo apontando para cima e os artelhos dobrados, eu refletia no escuro do quarto. Ao mesmo tempo, tinha uma claríssima e inquebrável noção da minha finitude e um leve temor de que um infarto durante o sono ou a falta de respiração me matassem. Quase todos os dias, eu dormia mal. Logo o pensamento eletrizado começava a rodear e eu lembrava da falta de dinheiro. Agarrado a essa ideia, a essa dor menos subjetiva, finalmente o corpo conseguia relaxar.

Mas até de madrugada o cachorro latia e latia de pé no sofá da sala, chorando de saudades de Úrsula sempre que ela ia embora. Aí é que eu não dormia mesmo.

4

Certa vez, por exemplo, vi um filme de uma suicida incompetente que se atira do quinto andar e, atrapalhada no processo (algo deve ter amortecido sua queda lá embaixo, talvez um executivo a caminho do trabalho), estatela ainda viva no tapete de concreto. Um mês depois, a mesma mulher é surpreendida por um cano de revólver que relumbra contra a sua têmpora. Para escapar da morte iminente, ela fura a vidraça com o ombro e despenca do quarto andar, desfalecendo como impacto. O mesmo ocorreu com a cliente que pousou na minha maca na manhã de sexta-feira, excluindo-se do seu caso apenas o bandido — havia caído do prédio fatal por conta da bebedeira e da falta de manutenção nos esquadros das janelas. Sua velha tia e seu jovem pai, dois religiosos inflamados, deixaram recomendações expressas de que eu desse jeito na cara da menina, maquiando as escoriações, para que fosse enterrada com dignidade e não cremada.

Passei boa parte da manhã fazendo enxertos nas bochechas da cliente. No caminho para o trabalho, eu havia comprado numa banca de jornal cinco edições de uma revista de curiosidades com a qual eu me entretinha ocasionalmente. Enquanto maquiava distraído a menina na mesa metálica, eu desejava sentar para lê-las, descansar as pernas machucadas. Minha visão embaçava como se eu tivesse xampu nos olhos e eu precisava piscar com força para criar foco outra vez. Tinha borrado a boca do cadáver de preto e agora umedecia uma flanela em removedor para tentar limpá-la. Consequência de uma noite desperta, uma impressão escamosa se avivava diante de mim:

por um minuto, acreditei que a suicida na maca estava de pé outra vez, como se até então brincasse de dormir. Mas qual a probabilidade de a morte falhar com alguém duas vezes seguidas!

A estranha convicção de sentir sua atividade respiratória não durou mais do que um minuto, mas algo nela ainda me desconcertava. Agora que a sua compleição estava maquiada, ela parecia de novo uma mulher normal. Não fosse pelo seu silêncio sepulcral, eu não saberia distingui-la das fêmeas que enchiam a cidade. Era tão insípida quanto qualquer outra das mulheres comuns com que eu topava todo dia.

Um desconforto crescente se embolava nas minhas vísceras, homúnculo perturbado.

Eu senti uma antipatia irracional por aquele cadáver. Saí da sala para beber um copo d'água. Minha face refletida no espelho e no alumínio da pia apresentava uma sobrancelha que escalava até o meio da testa e dois olhos rubicundos.

A consciência do meu fim, programado para dali a alguns dias, estava mais lúcida. Gesticulando com moleza, eu tentava capturar a ponta pendente da toalha de papel que tremeleava na abertura da caixa acoplada na parede. Puxei-a e corri-a contra o suor que minava nos sulcos do nariz. Deixei a mão pousar, envolta de papel, sobre o buço úmido. Orvalho de sal.

Os óculos desciam pela arqueadura do meu septo. Queria estar sozinho, mas tinha que bater ponto. Era insuportável; eu queria fugir sem terminar meu serviço da manhã e me trancar em um invólucro blindado, dentro do apartamento; vedaria as frinchas com panos de chão e fecharia as persianas para o dia virar noite. Não queria ser incomodado nem pela luz. Só esquecer que o mundo estava em seu pleno funcionamento, porque os homens ignorantes que trabalhavam normalmente ou riam despretensiosamente, sem questionar os niilismos, me perturbavam.

Acabei voltando para a mesa de trabalho, limpando as mãos com álcool. Examinei por um momento uma sujeira de canto nos meus sapatos e, ao erguer os olhos, ficou nítido que ninguém habitava o cômodo, nem mesmo a morta. O suor voltou a descer e, acuado, comecei a buscar pela sala o cadáver desaparecido.

Eu não estava louco, então. A suicida estava mesmo viva e caminhava pela funerária.

Veio de repente uma voz de uma das quinas, e Aragão foi parido por uma porta, trazendo consigo a defunta deitada já dentro do seu caixão de pinho forrado de seda vermelha. Respirei aliviado porque estava morta. "Tomei a liberdade de terminá-la", pontuou Aragão. Incapaz de dizer-lhe qualquer coisa, apenas balancei positivamente a cabeça. Inepto das duas mãos por causa do tremor da odiosa emoção, perguntei para o Aragão se ele poderia terminar de enfeitar o esquife da cliente até as onze horas, enquanto eu saía para tomar um café.

Acabei, sem saber bem como, em uma lanchonete próxima, um cubículo quente onde homens de boné e camisas abertas assopravam seus copos de café preto; à sua frente, uma bandeja forrada por um retângulo de guardanapo e salgados frios. Parei na entrada por um instante, respiração ofegante e olhar de luneta caçadora, captando relances do cenário e de seus ocupantes, meros figurantes à vista. Entrei na loja com passos laboriosos e caminhei até o último dos bancos, aquele mais próximo da parede dos fundos, no meio do caminho roçagando sem querer um bigodudo com o meu umbigo — típico do homem viril, lançou-me um olhar de estranheza por cima dos ossos incrivelmente protuberantes de seus ombros. As máquinas plásticas que mexiam os refrescos faziam barulho. Pequenas placas indicavam os sabores: tangerina, morango, melão. Em contrações involuntárias, meu espírito ia, de pouco em pouco, diminuindo para caber no espaço estafante da lanchonete; arrastava-se pelas bordas, esquivava-se dos cotovelos armados e depois, finalmente, assentava-se em seu lugar de timidez. Pedi um refresco, escolhi pela cor. Quanto mais vívida, mais rápido mata.

A garçonete, uma velha de rede no cabelo, batom rubro entre seus dentes e verruga pendurada no queixo, arremessou-me um cardápio, que arremessei de volta depois de escolher. Saquei da bolsa uma revista e fui ler com apenas uma das mãos, porque a outra puxava a gola da camisa para trás e para frente, numa tentativa de abanar. Tempo seco dos infernos.

Na página doze — a garçonete me serviu a empada —, uma chamada em especial conquistou minha atenção quando vi no canto da folha, pavoneado por um desenho de requintes medievais, um grande parágrafo que falava das aplicações homicidas do arsênico. O redator do artigo, um claríssimo aficionado pelas peçonhas químicas, chamou o fármaco de "veneno da sucessão". Em mim, eclodiu a imagem de sorrateiros príncipes em golas de rufos, atrás deles suas esposas em camisolas pesadas e com o candelabro na mão, enquanto os maridos se resvalam nas sombras da cozinha e semeiam o veneno no cordeiro do jantar.

Sintomas frequentes da superdosagem: desidratação, vômitos, diarreia catastrófica, fortes incômodos abdominais (na gravura, o rei se dobrava em pose de bumerangue e o príncipe — meias-calças brancas, sorriso malévolo — se esgueirava de mãos abertas para catar no ar a coroa que caía dos cabelos do seu pai). A vantagem maior de sua aplicação, concluiu o redator da matéria, era a grande semelhança da manifestação do arsênico com os fenômenos da cólera, uma tendência à época.

Logo na primeira mordida, minha empada se esfrangalhou e as migalhas engorduraram a bandeja. Ainda assim sorri sem irritação, porque, atento às coincidências do destino, percebi o óbvio. Meu pai havia morrido de cólera e eu, seu herdeiro, estava prestes a morrer pelo mesmo motivo — a cólera filosófica. Enquanto recolhia os vestígios de ervilhas e massa podre do meu prato, senti finalmente que era herdeiro de alguma coisa. Como um sinal que os esotéricos insistem em ver nas borras do chá, eu tomei aquela reportagem curiosa como uma mensagem e decidi que era hora de tentar de novo, agora tão mais trágico, tão mais eficiente, me matar.

Será que estava sendo muito discreto na escolha do método de suicídio? Talvez fosse aquela a minha maior chance de protestar contra o absurdo desta era, contra a nojeira dos dias modernos que já começava a rastejar para dentro das nossas casas e dos nossos costumes.

Aos cinquenta anos, já havia muito do que a vida poderia me oferecer, mas meu prazer nessas coisas era absolutamente nulo; e a morte, enquanto consequência da vida, como doença autoimune da vida, era apenas lógica. Nada além disso me interessava mais. E ainda que os arcanjos conselheiros tentassem me convencer do contrário — o senhor Bartolomeu já estava mesmo antigo e gasto, era só esperar que o destino fizesse o último corte no baralho —, tal sugestão era justamente o que eu não desejava. A ideia de uma velhice não me incutia repulsa, mas também não me provocava o imaginário de agradáveis tardes na cadeira de balanço, uma universitária necessitada de trocados me banhando com uma cuia e comprando minhas fraldas no mercado da esquina. Não gostaria de fazer o que faz a maioria dos homens longevos: sair da cidade grande e refugiar-se em uma cabana no antro dos matagais, onde criam galos de esporas fortes e mangueiras, onde mosquitos flavos estão sempre luzindo amigavelmente sobre as panelas de barro do fogão. Não gostaria, também, de ser como os anciões enrustidos da própria idade, presos a uma impressão de juventude já esfacelada: enlaçando raparigas menores de idade com maços e laços de dinheiro.

Assim, Bartolomeu, o invisível pensador da lanchonete, começou a delirar sobre quantas mulheres revoltadas lá fora estavam, naquele momento, despejando arsênico na sopa e nos drinques de seus maridos e depois, dissimuladamente, hidratando-os com soro caseiro até que eles morressem.

5

Espelhos são inimigos do homem. Um exemplar ferrugento morava no meu banheiro, por cima de um porta-escovas vazio — a única ocupante estava se roçando nos meus dentes — e sobre um tubo de pasta dental meio torcido que sempre era esquecido aberto sobre a porcelana. No espelho, eu me via estranho e cansado. Ali está o homem que eu sabia tão bem, parecendo receber pela primeira vez uma rajada de sol no rosto, tamanha era sua expressão de espanto.

O narrador obstinado, pequeno para um homem, de olheiras evidentes por conta da noite em claro. O pescoço era massudo, roliço como uma coxa de atleta. Seu desânimo tinha cara de sábado, seus movimentos eram um marasmo. Sua escrita, um nojo. Naquele momento eu vivia um conflito e uma certeza fazia peso em cima de mim, e ambas as coisas me comprimiam em um invólucro claustrofóbico. Eu tinha ódio da aparência que mirava, não porque ela fosse completamente detestável, mas porque não me representava. Eu me agradava do meu maxilar e da pele esticada que a idade ainda não tinha destruído. Mas nada nesse externo traduzia a minha personalidade; nos olhos eu não desejava a doçura, mas a grosseria; na boca eu não queria o asco, mas a sabedoria; na carne, faltava a cicatriz de uma briga já postergada pela memória. Meu corpo era desinteressante e eu me conhecia tão bem que era inepto a descobrir algum encanto na minha expressão franzina ou nestes traços óbvios.

Sou um velho de cara mansa. As crianças querem sentar no meu colo e puxar meu cabelo, as moças jovens sempre dizem que as faço lembrar de seus pais — da forma menos edípica. Sou um velho feio. Parece que meu rosto está escorrendo para baixo do queixo e fico sempre pregado de suor.

Saquei a navalha que levara para o banheiro, abri suas pernas e deixei-a esplender em cima da pia enquanto ensaboava o rosto. O primeiro sol âmbar do dia parecia se dissolver em cima da privada e escorrer até o chão; sua resina alaranjada chegava até meus pés suínos, líquida e quente. Tomei a navalha e toquei seu corpo contra a aspereza do meu rosto. Ela escorregou vagarosamente pela lateral do queixo, seu fio de corte acumulando a espuma do sabão que hidratava minha cara. A cada golpe desferido, vinha à minha frente, com muita clareza, uma projeção de imagens do passado. Lembrava especialmente de quando barbeava os defuntos antes de ornamentá-los; jovens executivos que haviam sido baleados, pais de família que morreram de secreta overdose. Cada rosto permanecia catalogado em meus vastos arquivos mentais. Também me lembrei daquele dia estranho na barbearia, quando fui furado pela navalha do barbeiro e quando, curiosamente, não pude ver meu próprio reflexo — a cabeça começou a arder, tive a sensação de que minhas têmporas estavam em fogo. Sofria agora de uma febre emocional, de uma infecção generalizada de pretérito, e por um segundo acreditei que o mundo estalaria seus interruptores e se apagaria em um desmaio. No entanto, as pernas permaneceram firmemente estacadas no piso rajado de cinza e branco — e eu levei a cabo minha atividade de barbeiro. Cravava o fio de corte da navalha na base dos pelos duros, depois limpava o acúmulo de sabonete em um pedaço de papel higiênico folha simples. Minha cabeça, exaurida em razão do acúmulo de insônias, começava a embaralhar as vistas qual elas fossem cartas de mágico. Me enxerguei um porco com olhos de vermelho-sangue. Ele urrou e eu o ouvi, não com os tímpanos, mas com os próprios poros, sentindo seus gritos debaixo da pele. Arregaçou seus dentes e fez o som dos porcos — cuja nomenclatura formal está agora fugida do meu dicionário de sinônimos. A escova de dentes caiu pro chão. Os raios solares rubros se apagavam e acendiam como se faltasse energia para fazê-los brilhar. O grunhido suíno (aqui está a maldita palavra certa) continuava, intercalado com flashes de meus clientes rijos em suas macas forradas de papel, tão silenciosos. Senti o dorso da minha mão se umedecer — fiz um corte no queixo, que começou a lacrimejar. Cor de cereja. Eu estava apavorado pelos olhinhos purpúreos presos no espelho! E lá fora os sons, os sons da cidade grande...

Colei uma lasca de papel higiênico na boca do meu corte.

Terminada a depilação facial, eu passei a ferro uma camisa de botão usada uma única vez, presente de Úrsula; realmente, as linhas verticais emagrecem. Presenteei-me com umas borrifadas de perfume almiscarado — teoricamente, era inspirado nas ruínas dos castelos seculares já tombados e na fragrância dos carvalhos jovens, mas o produto final tinha só cheiro de mofo de guarda-roupa. A navalha ainda se acomodava no bolso do meu jeans. Enfrentei a rua. Com a mente clareada, enchi o peito de ar e soube definitivamente que naquela manhã de sábado eu iria morrer. A loucura da cidade, este hospício chamado de bairro, pouco me importava; o volume de todas as coisas havia se aquietado. Em um movimento que me pareceu estranho, minhas velhas memórias refulgiram uma última vez diante do meu nariz e depois se depuseram mortas.

Se eu não houvesse, por ocasião de um desmembramento nos rumos do destino, nascido ou comparecido à minha própria existência, o curso das coisas não se alteraria. As fiandeiras do destino às vezes embolam, sem querer, um fio inútil no trançado da vida.

"Calma, Bartolomeu", eu me disse com candura enquanto atravessava para o consultório do doutor Chaves com muito desgosto e desatenção ao sinal de pedestres — um filho da puta buzinou —, "o segredo é não fazer o corte na horizontal".

Pigarreei com força antes de bater na porta do analista, como a placa pendurada em um prego sugeria ("favor bater e aguardar", em letras minúsculas e descascadas). Uma mulher ofídica saiu do consultório exatamente na minha segunda batida, e logo o doutor Chaves me convidou para dentro. Percebi, em tragédia, que tinha esquecido os meus óculos em casa.

Saindo de lá estrompado como se houvesse corrido uma maratona, resvalei cego através das escadas, depois pelo hall de entrada, até verter na calçada. Abriguei-me no comércio logo em frente e escolhi meu destino — a padaria da esquina. Tudo era claro e simples: precisava morrer. Eu só morreria, cumprindo a missão como quem termina uma frase e acrescenta o inevitável ponto de exclamação sem, no entanto, denotar qualquer emoção facial.

Uma algaravia de vozes papeava especialmente confusa nas ruas naquele dia, muito entretidas em conversas casuais e relatos óbvios acerca da inconstância do clima. Aparentemente, a meteorologia é a ciência preferida dos desassuntados. Quando tomei uma mesa na calçada e um atendente melindroso veio anotar meu pedido em seu bloco de mão, a caneta surgindo de trás da orelha como se tiram moedas para impressionar crianças, eu atuei muita calma para pedir a comida. Me traz uma fatia caprichada de bolo com pasta e merengue, meu jovem, estou prestes a fechar mais um ciclo na vida. Sim, verdade, juro. Prometeu-me o maior pedaço que estivesse no balcão e eu esperei pacientemente por aquela fatia de fingimento. A navalha foi imperceptivelmente se livrando do meu bolso e entrando pela manga longa da minha camisa, alojando-se entre o meu pulso branco e o tecido de riscas. Enquanto aguardava, um caminhão-pipa envolveu-se em um incidente com um motociclista muito escorregadio; um cão rasgou um saco plástico e encontrou um fóssil de galinha soterrado entre caixas de leite e bananas. Insetos minúsculos como picos de alfinete despertaram com a expedição arqueológica do cachorro. Mas o que é isso, que bolo mais demorado, por acaso estavam esperando os ovos serem expelidos dos rabos dos galos? Lá veio o mesmo garoto educado (tinha um jeito claro de quem foi criado pelos avós), e em sua bandeja ele transportava não só meu prato com a gigante pirâmide de bolo, mas também uma vela usada. Deus pai. Na cabeça, ele tinha um chapéu pontudo e colorido.

Não bastasse sua dedicação exagerada em me agradar, extraiu um isqueiro do avental e transou-o com o pavio da vela. Quando ele começou a tomar fôlego, previ o que viria em seguida, mas antes que pudesse me erguer para tapar sua boca, ele soltou as ásperas notas de um desafinado parabéns. Não teve tempo de cantar mais do que o título da canção quando percebeu que tinha deixado uma coisa para trás; portanto, pediu que eu esperasse ("Calma aí!") enquanto ele voltava aos fundos da padaria. Vendo-o dar as costas com pulinhos joviais, tratei de sacar dificultosamente minha navalha do seu coio de pano e posicioná-la estrategicamente aberta, pronta para mutilar minha artéria. Precisava agora expor o outro punho para fazer o corte — me embolei na camisa de botão. Enquanto persistia tentando dilacerar a abotoadura, vozes adolescentes pipocaram sobre os meus ombros feito andorinhas de São Francisco. Fiquei assustado com a possibilidade de ser descoberto. Incapaz de formular outra saída que encobrisse meus fúnebres objetivos naquela lanchonete, enfiei a navalha no bolo como se partisse uma tira com uma faca qualquer — a camada espessa de pasta americana ia cedendo lentamente, sob o fio amolado do meu instrumento suicida. A conversa alta vinha dos mesmos meninos com que eu tinha topado na minha consulta anterior. Davam tapas de brincadeira nas cabeças uns dos outros. Espaçosos, eles se apoiaram contra minha mesa e minha cadeira como se eu não existisse ali, e assim permaneceram em uma algazarra púbere, me impedindo de retirar a navalha do interior melado daquele bolo.

O meu garçom solícito voltou arfando com um triângulo nas mãos:

"Tinha me esquecido do seu", ele disse, colocando gentilmente um chapéu de festa no topo da minha cabeça antes de retomar a saudação musical que tinha começado.

PARTE III

1

Cascas de cigarras cantoras se incrustam nos carvalhos. Eclodidas da cápsula que as enclausurava, só o que fica delas é seu antigo corpo craquelado no interior das florestas sossegadas.

Como uma pupa gigantesca com suas asquerosas patas de ventosas, eu me grudava no parquê da sala, ansiando pelo momento em que minhas aurículas captariam o som da carapaça trincando — e, por milagre da biologia, estaria livre do meu corpo. Esta sombra inerte que desde o berço me acompanha finalmente seria recortada por um feixe de irrisória luz; a pele flácida escorreria pelos ombros como um casaco de látex, e de dentro do seu aperto eu me reergueria, espírito soberbo coberto de miasma.

Eu vivia uma constante opressão da alma, como se meu corpo a pressionasse para dentro e ela ficasse resistindo. O corpo físico era a reprodução das paredes movediças cravejadas de espinhos de ferro que apareciam nos desenhos animados, as quais paravam seu abraço assassino justamente quando estavam prestes a empalar o protagonista — um movimento antinatural. O personagem televisivo e as cigarras ciciantes têm a sorte que eu não tinha: nunca seria capaz de escorregar para fora do meu cárcere de carne.

A nébula diante de mim, e o universo se desapegava das regras de forma e proporção, aos moldes de uma viagem de ácido...

Por exemplo, os espelhos: na sala, eu podia me ver, macilento e encovado, marcado por dois sulcos característicos no alto das bochechas; quinze passos mais e, no banheiro obumbrado devido à posição da luz, eu tinha a amostra de um Bartolomeu mais do que nunca repolhudo e transparente. Abrindo-se a terceira porta do meu armário de camisas, surgia outro reflexo comprometedor, este de corpo inteiro, e agora se via o típico beletrista com pernas muito finas. As três efígies cristalinas, mesmo vistas com atenção, não conservavam semelhanças entre si. Eu então era três, inconsciente das minhas reais extensões. As pernas eram mesmo tão finas, o cabelo tão esparso, a testa tão pronunciada, o estômago tão inchado? Espera, é este espelho que está distorcendo as coisas, eu me disse. A janela ao fundo, por cima das suas ombreiras, ela também parece afinada se você olhar com cuidado, e tudo não passa de um truque de incidência da iluminação que invade lateralmente o quarto.

Acendi o interruptor, mas nem fez diferença, só serviu para locucionar as sardas na minha pele queimada. Voltei ao cômodo anterior, tentando me servir de um jorro solar que passava, circular e fino, pelo alto da janelinha; dancei dentro dele, torci minha nuca para um lado e para o outro, tentando encontrar meu melhor ângulo — só o que vi foram os pontos negros encravados em meu nariz e sombreados angulosos evidenciando a obesidade das minhas bochechas. Qual era o meu eu real? Eu ansiava por descobrir, mas a dor da frustração era quase que insuportável. Queria tomar, como os espertos tomam as carteiras dos distraídos, os olhos de um caminhante desconhecido com quem eu trombasse na rua. Assim, poderia me olhar atentamente, ver pela primeira vez com clareza e precisão quem era Bartolomeu, qual asco ou prazer ele despertava ao ser olhado com desatenção pela primeira vez. Mas a formatação do universo, longe das incríveis concepções imaginárias, não me permitia furtar ou tomar emprestadas as córneas dos que passavam lá embaixo — eu olhava do meu topo de prédio, no passeio cinzento e fervido.

Minha última esperança era um espelho de bolso, daqueles que vêm embutidos em estojos de maquiagem, esquecido por Úrsula em uma de suas visitas-surpresa.

Achei o bendito em uma das gavetas do criado, escondido entre refis de navalha e um boleto condominial atrasado. O exemplar de vidro era daqueles que naturalmente aproximam a imagem incidida.

Eu via meus olhos em recorte. Bons olhos, tristes e pretensiosos, jovens, apesar de uma ou outra verruga que a idade inevitavelmente traz; mas nada além disso se revelava e, se eu curvasse o espelho para ver aproximada minha boca ou minha testa, a textura dos anos marcada na pele me apavorava. Constipado de terror, deixei-me capotar outra vez, com um baque surdo, no taco da sala. Fragmentado por causa do tombo abrupto, o meu duplo bidimensional mexia os lábios esquálidos no espelho, dizendo o meu nome, o maldito mantra que não tinha sentido, não invocava nada.

Eu clamava meu nome numa vã tentativa de me reconectar, se não com meu corpo, ao menos com a palavra — Bartolomeu. Mas Bartolomeu é uma palavra que não queria me dizer coisa nenhuma, era só um rastro falado, não formava, não significava, eu não via o significante. Erguendo-me de lado e espichando uma pupila, notei que o fosco do céu começava gradualmente a se constelar, um pingo de brilho aqui, outro mais longe. Feito os holofotes sobre a peça que se encerra, as estrelas crepusculares esporraram suas cores com acertada sincronia. Não havia lua — a apática bola perolada prezou pelo mistério, encavernando-se num buraco e não saindo de lá até a alta noite.

Eu tentava medir a circunferência dos meus tornozelos na espessura do taco da sala — eram magros demais? O cheiro do bairro enfumaçado incitava o meu terror e um laço imaginário apertava seu nó na minha laringe, eu respirava pesado. As partículas microscópicas que me formava pareciam desconexas, livres de sua cola primordial, boiavam no ar rarefeito do apartamento. Os sentidos humanos também estavam comprometidos, desprovendo-se do apertado torniquete da realidade. Meu sofá não era mais sofá, nem sequer correspondia à função de assento, nem sequer era um estofado — era só o formato do que queria ser. Também não tinha sentido o aparelho televisor em que declamava um apresentador pessimista; era só um caixote que chiava. Mesmo as palavras que nomeavam esses borrões desfocados, sofá, televisão, não me vibravam importância. As noções mais comuns foram esmaecendo, piscando devagar como o doente em fase terminal, e vieram a óbito virando para cima seus artelhos. Eu não estava em meu sala-e-quarto; simplesmente eu preenchia um cômodo qualquer em um mundo hipotético. Tudo em mim farfalhava.

O cachorro veio rebolando do corredor, passou cotejando todas as direções como se buscasse por algo e, no fim, deu uma lambida no meu nariz. Pulei de pé e dei-lhe um chute nas tetas, a tempo de atender o infame e espalhafatoso item tilintante que ficava debaixo do abajur da mesinha. O telefone. Hesitei por um momento, deixando a mão pender sobre o gancho sem tocá-lo, como se estivesse em brasa. Peguei-o com tremor nas falanges, fazendo o fone chacoalhar como um brinquedo. Por um segundo apreciei seu silêncio absoluto, o telefone ficou calado quando puxei o gancho; afaguei-o com a orelha. O sopro fantasmagórico da minha interlocutora fez minha alma engasgar. Ela convocava um tal Bartô... Bartolomeu... que eu não conseguia associar à minha pessoa.

Era Úrsula, querendo me felicitar pelo meu aniversário. Eu completara os cinquenta e um.

Minha ex-mulher me tributava frases caridosas, previa beneficência e prosperidade no meu futuro (duas palavras que ela provavelmente aprendeu em cartões comemorativos) e me fazia recomendações preocupadas. Enquanto ela balbuciava, uma cigarra na rua, provocando, começou a trovar sua música. Escorada no tronco de uma árvore, ela ciciou baixinho, aumentando o volume. Dizem que cantam quando estão prestes a estourar como um rojão e sair do seu estojo. Cigarra que muito canta estoura da casca — eu nutria uma forte inveja dela, coisa de inimigo. E era tanta a inveja que eu queria ferir o inseto no tórax, alfinetá-lo na árvore que era palco da sua cantoria. Queria um revólver pequeno e preciso. Sim, isso, isso. Necessitava de uma eficiente, magra, belíssima pistola cor de piche. Alô? Úrsula ainda não tinha interrompido a sua porfia de aniversário.

Em mim, só se passava uma dependência aterradora, uma frustração expansiva por não ter nem mesmo uma dose de morfina, nem um grama de codeína estocado na cômoda — talvez tivesse um comprimido tombado no soalho debaixo da minha cabeceira... Mas eu tinha varrido o quarto naquela semana, provavelmente o comprimido fora embora. Se houvesse uma drágea vagando por aqueles cantos, com certeza já estava num saco de lixo, coberta de poeira e cabelos.

A voz enfumarada de Úrsula foi se dissipando em vagarosas despedidas, até evaporar de vez pelas crateras do bucal telefônico; um som de clique do gancho topando na base, e fiquei finalmente livre da conversa. Do telefone, fui direto para uma ducha tépida (fato curioso: quando a água cascateia bem no topo do crânio, dois filetes grossos escorrem para as orelhas, bloqueando os sons externos e dando a prazerosa sensação de surdez temporária). Depois de me enxugar em uma toalha que sempre deixava frangalhos cacheados de pano azul-marinho em mim, garimpei em meu armário pela jaqueta de couro. Um cachecol no pescoço, porque já fazia frio lá fora — segundo a amostra de ventania que sacodia o voal da cortina. Pus notas desajeitadas no bolso da calça e parti para a rua depois de checar, três vezes, se a porta do apartamento estava bem trancada pela tetra-chave.

Os sons da noite me confundiam, mas me davam um pingo de paz para a alma antes cativa naquele apartamento. Um mugido de buzina, um cantar de pneus, uma ave noturna que pipilava, desafiando o miar de um gato preto... Tudo isso compunha, para mim, uma sinfonia urbana que era capaz de me distrair e me fazer pensar, como um autêntico apaixonado, na longa agulha de heroína carcavando minhas veias e liberando uma dose de aprazimento e diversão no sangue. As sombras citadinas me circundavam como abraços indesejados. Eu tentava fugir para os espaços escuros, evitando a luminescência brilhante dos postes, prezando pela discrição, e assim fui pela Bahia, chegando na Praça Sete. Atravessei a calçada e passei ao lado do monumento que se erguia verticalmente no meio da rua, escorregando como uma larva gosmenta para a quina que eu bem conhecia, habitat das escórias.

De longe, localizei o negociante com quem eu havia planejado meu encontro; ele tratava com três rapazes encapsulados em moletons. Todos os quatro se camuflavam com a perfeição de corvos na noite preta, mas eu me sentia tão contrastado recostado contra o muro quanto o seria um rochedo vermelho que se ergue ao longo do mar esverdeado.

Ansiei por dois minutos contados no relógio de pulso, até que os três pássaros de treva enfiassem seus pacotes no bolso e desvanecessem na imensidão estreita de uma alameda. Passando a toda velocidade pela rajada iluminada que caía de um poste, voltei a submergir na escuridão, arrastar-me contra os paredões de concreto a passos acelerados. Trotei, despistando, até o homem encapuzado que girava erva moída dentro de um papel e fiz um chiado com os lábios, como se faz para espantar um cachorro. Ele nem me olhou. Chiei outra vez, agora cutucando os ombros dele com os meus. Foi necessário chocar nossos cotovelos com brutalidade, fazendo cair um pedaço da sua maconha, para que o homem enfim me encarasse e dissesse em voz alta demais:

"E aí! Seu Bartolomeu!"

Eu pus o dedo indicador sobre a boca, como aquelas enfermeiras mandonas nos cartazes de hospitais, mandando se calar. "Por agora, é Pedro", eu ordenei. "Você tá com o... você sabe..."

Meu traficante adolescente gargalhou e mexeu o queixo para cima, o que significava que eu deveria me explicar melhor. Irritadiço, falei:

"Você sabe bem do que se trata", e, com dois dedos, segurei um cigarro imaginário. Ele gargalhou de novo. Passou-me um pacote bem quando eu estava distraído por um grupo de mendigos que o escuro me fazia me confundir com policiais. Deixei cair a encomenda. Corri para tacar minha jaqueta afobada por cima, e sem tirar o saco plástico de dentro da roupa eu entreguei o dinheiro ao menino, que me satirizava em divertida reprovação, sacudindo a cabeça de um lado para o outro.

"Seu Bartolo... Pedro! Seu Pedro! O senhor é o mais *crazy* que eu sirvo!" — xingou-me como se fosse um elogio. "Não está mais pra uma coisinha diferente esta noite?", ele sugeriu ao sacar um rolo de heroína e uma cartela de alucinógenos com a espantosa habilidade de um ilusionista.

Caindo em sua esparrela, incapaz de dar para trás em qualquer proposta de diversão, dei-lhe um maço de dinheiro e tomei-lhe o pequeno quebra-cabeça. Terminadas as minhas aquisições, caminhei para o canto, adentrando a alameda serpenteante, evitando tomar o mesmo caminho que tinha feito para chegar ali.

A noite estava gelada como um mausoléu.

Um viciado passou ao meu lado e, atrás dele, passou a sua sombra alongada pelas luzes artificiais. Quando dobrei para a esquerda na saída da rua, fui pego de surpresa pelas costas, topei contra o muro espinhento e minha glote foi repentinamente asfixiada por mãos tão ágeis quanto ossudas. Sabendo o que viria a seguir, já fui preparando para esvaziar os bolsos e entregar as drogas à Lei; em minhas gengivas já começavam a formigar as desculpas arrependidas e os juramentos de que não mais faria aquilo, a forçada recordação de que eu era só um homem velho buscando um último prazer em vida, já que estava mesmo no fim dos meus dias.

Antes, contudo, que eu pudesse lhe dar o pacote de entorpecentes, meu agressor perguntou por que eu o vinha perseguindo tão avidamente por semanas a fio. Quando declarei francamente que não fazia ideia do que ele dizia, seus dois capangas (que eu até então não havia notado, acobertados que estavam pelas sombras muito negras que os cobriam) sugeriram que ele me metesse uma porrada. O chefe da malta disse que tinha me visto espreitando a ele e seus homens em uma lanchonete mais de uma vez, e agora eu estava indo atrás deles à noite para observar suas lícitas transações. Quando os três rostos foram repentinamente regados por um farol de carro, livrando-se então da escuridão violácea que os cobria, reconheci os três rapazes que havia visto na confeitaria ao lado do consultório do doutor Chaves. O clique da recognição fez barulho dentro de mim, e tentei explicar que nossos encontros não passavam de armação do destino — porque, sabe, o destino tem dessas coisas.

Eles não me deixaram falar, os dois submissos cantando sugestões ao ouvido do terceiro que ainda me enforcava, argumentando que eu merecia levar no couro ali mesmo.

Vi a raiva deles inchar.

Distância adentro, observando a rua pelo canto do olho, eu via carros nascendo e morrendo com seus holofotes acoplados, e também via uns postes prestes a falhar. Minha vista começava a se toldar de uma penumbra sufocante, porque o menino tinha força na mão que apertava. Os dois outros mancebos, um de cada lado, com as mãos estupraram os meus bolsos, roubando minhas drogas. Entreolhando-se e, balançando seus achados, eles checaram atentamente e concluíram que era ácido.

O líder da matilha, percebendo que eu não era um perseguidor, mas uma coincidência abrolhada em seu caminho, retirou suas mãos de unhas amoladas, permitindo que eu finalmente tomasse ar. Inquisitivo como o carrasco que está prestes a matar e só faz perguntas ao morrediço por pura barbárie, o membro principal do trio quis saber por que eu estava tão presente nos locais pelos quais circulava com seu bando. "Eu bem achei", disse ele, "que você era um tarado". Seu hálito tinha cheiro de vodca e pastilhas para tosse, misto que poderia vir encimado, num livro de receitas, pelo título de gengibre alcoólico. Rindo dele, eu me aprontei a explicar que não era nenhum pervertido e que só tinha aparecido tantas vezes na lanchonete porque ficava localizada na exata mesma rua onde atendia o meu analista. O mais baixo dos pivetes gargalhou de um jeito estranhamente fanho e disse "analista? Eu sabia que ele tinha todo o jeitinho", e o disse fazendo movimentos afetados com as mãos, como se caricaturasse um homem feminino. O terceiro elemento, localizado à minha esquerda, ergueu o punho, esmurrou a parede atrás de mim e, falando no tom que ele provavelmente usava para afugentar garotos menores, perguntou se eu tinha absoluta certeza de que não era um tarado ("porque eu posso arrebentar seu nariz, seu cheira-rabo", jurou). Nervoso, eu gaguejei picotes de palavras, tentando me justificar para um menino que tinha metade do meu tamanho vertical e um quarto do meu volume horizontal.

O chefe analisou os pacotes que seus dois servos haviam tomado das minhas calças e sacolejou-os na minha cara com intempestividade, anunciando que pegaria tudo para si, agradecimento por não me estourar a fuça. Balbuciei em concordância, meu coração batendo, bruto, no tapume do peito. Encerrando esse nosso embate de egos, o menor, antes de me dar as costas, escarrou e cuspiu bem próximo dos meus tênis. Antes de me descolar da muralha de tijolos na qual eu buscava sustento para as minhas canelas bambas, eu me assegurei de que as três hienas já tinham partido no negrume coagulado.

Tão logo o choque com os ladrões chegou ao fim, eu soube que uma cratera profunda havia se escancarado na minha vida. A partir dali, do infausto e profético aniversário, do virar inevitável das primaveras, começou a minha peregrinação.

De início, tudo continuou no mesmo molde: eu acordava bem cedo, logo pegava a trilha para a funerária, tomava café em uma bodega próxima ao serviço, cumprimentava Diana ao chegar, batia corretivo em defuntas, contava com o subsídio e os papos repetitivos de Aragão (o único ser humano que ainda usava um pincenê apoiado nas bochechas ao mesmo tempo em que não estava numa fotografia de colódio), fazia minha hora de almoço na cidade, voltava para o trabalho, saía no fim da tarde para o meu apartamento e passava o que restava do dia na companhia do aparelho televisor.

Suponho que a probabilidade seja uma única em um sem-número de o leitor ter passado por dois suicídios frustrados, o que o impede de imaginar com clareza o tamanho da minha agonia àquela altura. Contudo, em desfavor das minhas tentativas falhas eu chocava, além da esperança de me autoexterminar pela terceira vez, o zigoto de um novo prazer. Desde o maldito aniversário em que fui abordado pela tríade delinquente, passei a ter pelos três meninos uma abelhudice que não era comum em mim. Sempre na surdina dos disfarces — um jornal aberto na frente do rosto que só deixava meus olhos de fora; chapéu e sobretudo alinhados com meus óculos escuros —, eu comecei a segui-los, com interesse, cidade afora. Era fácil encontrá-los rodeando a lanchonete onde havíamos nos trombado da primeira vez, o que me permitia algumas conclusões óbvias: eles provavelmente moravam nas redondezas, o que significava que suas famílias tinham dinheiro; com certeza a lanchonete era um lugar comum para os três, talvez fosse o ponto que ficava no caminho entre suas casas. Pelo nível de indiscrição e segurança nas coisas que aprontavam, eles já mapeavam há anos a região. Como não os via de uniforme e pareciam ter passado da idade escolar, julguei que eles já tinham concluído ou largado o ensino médio.

Minha perseguição tinha como ponto de partida a rua do doutor Chaves e normalmente chegava às regiões mais abarrotadas e lutuosas do Centro.

Suas diversões incluíam dezenas de cigarros por hora, os quais eles aspiravam rapidamente e depois pisoteavam na calçada, além de cervejas geladas compradas em botecos — as quais nunca eram pagas pelo imperante do bando. Após observá-los tão avidamente, talvez caiba uma descrição mais detalhada de cada um, para fins unicamente narrativos, para limitar as construções imaginárias dos criativos. Assim eram eles, em grau de importância decrescente: Áureo, de estatura mediana e olhos opalescentes cor de nuvem carregada, tinha provavelmente vergonha do seu nome frágil, porque certa vez socou um dos amigos na boca o estômago quando não foi referido pelo apelido; despenteado e espinhento, eu só via suas mãos quando estavam segurando o cigarro ou as bebidas, porque no geral elas moravam dentro dos bolsos largos do moletom; sentia frio mesmo nos dias quentes. Donato, o menor e também o mais esquentado, era quem normalmente sugeria uma surra em quem se engraçava; raramente ele abordava um inimigo, mostrando a sua subserviência a Áureo, mas quando cismava de interrogar alguém, não se calava e vazava violência pelos poros todos. O mais alto do time — Lisandro ou Leandro, eu nunca conseguia ouvir muito bem quando eles o chamavam pelo nome — era um rapaz pouco argumentativo e muito cabisbaixo, sempre pronto a acatar mandos e desmandos dos outros dois. Sua atividade mais recorrente era balançar a cabeça para cima e para baixo dizendo "é isso aí" ou outras frases de estímulo; sua falta de vigor contrastava com o seu tamanho grande, e ele era quase uma correspondência perfeita ao clichê do gigante bobalhão. E a mim, sempre de longe e evitando ser pego com a boca na botija, eu poderia definir como um arbusto verdejante nas praças, um ninguém na multidão da Avenida Afonso Pena ou um esfaimado assentado em uma cafeteria, sempre atrás dos cardápios de comidas superfaturadas.

Fato é que, após uns quatro ou cinco dias de constante e secreta vigilância, eu senti pelos meus observados um carinho de pai. O amor que beira a inveja. Os três pivetes viviam selvagemente suas aspirações e tinham uma moral sólida que em mim já começava a pifar.

Os afeminados eles assustavam até que começassem a correr, dos indigentes eles gargalhavam e estavam sempre tentando seduzir as meninas com seus joguetes juvenis. Suas tardes eram sempre refertas de novidades, que fosse uma briga com outro grupo de rapazes ou o furto de um uísque das casas de bebida onde, quando eles entravam, os clientes saíam incomodados. Como se eles soubessem da minha presença o tempo inteiro e só quisessem me mostrar como era a sua rotina, eu já os considerava amigos de longa data e interpretava a minha perseguição a eles como passeios de turista.

Viciado na adrenalina da caçada como os caçadores de marfim, eu passei a intercalar meu trabalho com as perseguições, e até mesmo corria com meus afazeres para ter tempo de pegar os meninos no seu ponto de encontro. Tão cedo aprendi mais ou menos como era a rotina deles, passei a frequentar seu encalço como se eu fosse a sombra comum dos três, sempre estendida e negra atrás deles, sem, no entanto, ser encarada por qualquer um dos garotos.

Era de se supor que, logo ou tarde, algum descuido meu faria os delinquentes olharem para trás e, de pupilas escorrendo raiva, viriam atrás de mim para me espancar. Mas — e a sensação era a mais incrível — eu não tinha medo. O único sentimento era uma apetência feroz de conhecer mais de quem eram eles; aos poucos, retratos se ampliavam na minha cabeça, fatos aparentemente irrelevantes, mas que serviam para a biografia ilusória que eu escrevia dos três. Áureo, por exemplo, possuía no muque uma cicatriz de doze centímetros que às vezes doía e que dava a impressão de que ia se abrir como uma boca; Donato tinha perdido a mãe e tinha pela madrasta nova, que já era a terceira, um misto insano de zanga e libido. Passei a registrar tais ocorrências fortuitas em um caderno de capa mole que andava comigo no bolso ou na pasta, sempre com um lápis bem afiado. Quanto maiores eram os meus registros, mais crescia também a intromissão, e em poucos dias passei a andar atrás do trio também de madrugada. Ainda que dormisse quatro horas por noite, estava descansado como há tempos não me sentia.

Eles frequentavam não o interior, mas as portas das boates, onde conseguiam droga pesada (constantes aspirações de nariz, risos despropositados). Os tóxicos os desamarravam de seu já dissimulado contrato social e, de imediato após o efeito cair em suas veias, eles compravam briga com meninos mais velhos ou se deixavam entrar por baixo da saia de meninas solitárias. Pôr sangue pelo nariz era algo de rotineiro, de que eles juntos gargalhavam e debochavam. Eu, debaixo da projeção lúgubre de um viaduto ou dentro das incrustações noturnas que enchiam a rua, observava de longe suas desventuras urbanas e, com uma lanterna que não usava pilhas (presente de Úrsula para que eu achasse meus comprimidos nas gavetas no meio da noite), iluminava o bloco de anotações e escrevia com voracidade.

Em meus bolsos sempre havia um sanduíche enrolado em plástico filme ou barras de cereal insossas para me sustentar durante incursão etnográfica.

Para o doutor Chaves eu tive que mentir. Seria ridículo explicar para ele a naturalidade com que eu vinha seguindo as migalhas de pão de pivetes inconsequentes, isso após ter esbarrado com eles em uma transação de drogas. Inventei então que eu tinha um novo passatempo — "E do que se trata?", perguntou Chaves debaixo dos olhos felídeos. Uma novela, respondi. Acompanho-a diariamente, não perco sequer um episódio, e há três personagens os quais eu observo microscopicamente, fazendo inclusive anotações sobre eles na caderneta. Três meninos interessantes. O analista tentou me lançar mais uma pá de perguntas, mas eu habilmente me esquivei de suas arguições como quem dá cambalhotas para escapar de projéteis. Devo ao homem merecidos créditos por sua capacidade de transformar qualquer sessão terapêutica em uma avaliação do passado; qualquer que fosse o assunto em pauta, logo era intrinsecamente relacionado a algum fator vindo das minhas lembranças infantis. Citando o próprio caso da novela, o terapeuta cometeu o desfavor de me lembrar de que Íngride, minha mãe, era uma adicta pelas novelas.

O tédio gritante das consultas só aumentava mais e mais a cada sessão, o que me fazia delirar, pensar em aleatoriedades, em vez de dar atenção ao processo que o doutor supostamente conduzia. Eu imaginava, e com grande frequência, um Bartolomeu exausto e entediado caminhando a passos arrastados de um lado a outro pelo consultório enquanto eu, o Bartolomeu real, preso à poltrona que me deglutia, não poderia simplesmente levantar para dar um murro na cara do meu duplo e depois absorvê-lo em mim. Eu me preocupava, em certos episódios desses, com uma enxaqueca que vinha persistindo. Enquanto o doutor Chaves falava, minha cabeça parecia ser espremida nos cantos por prensas de ferro. A dor excruciante durava os cinquenta minutos programados pelo analista e ainda ia embora comigo, torturando meu crânio no metrô a caminho de casa e mesmo no esconderijo do meu apartamento. Para me distrair, eu normalmente folheava revistas eróticas habilmente guardadas no alto do armário em uma caixa, onde estáticas garotas em poses provocantes exibiam com exclusividade para mim as suas penugens dos braços e o bronzeado das panturrilhas. O meu outro entretenimento se tratava ainda da perseguição aos três rapazes. Aos poucos, essa relação unilateral foi se expandindo como gás numa câmara e me engolfando, de maneira que, em vez de matar, acabou me viciando.

Saindo da sala do doutor Chaves, desci até a entrada do prédio e andei discretamente pela rua, já vendo de longe o meu escopo. Meus passos apertaram atrás de Áureo, Donato e Lisandro (ou era Leandro?). Consegui me encobrir atrás de uma pilastra distante, podendo ver dali com exatidão os três empurrando um garoto ruivo que usava roupas justas. Os quatro se mantinham discretos em um canto pouco movimentado do bairro, vistos apenas por um bêbado cambaleante que lutava para ficar de coluna reta. Logo o ruivo foi derrubado no chão, seus cabelos em fogo sobre uma poça de água turva, e os três começaram a descer pontapés na bicha.

Eu os amava.

2

Tenho resquícios, ainda, de hábitos que já morreram. Escrevo sempre à mão, no papel de pauta, com um lápis 2B tão afiado quanto possível (bendito seja meu ruidoso apontador elétrico), que, caso eu não fosse tão habilidoso em engolir a ira, serviria tranquilamente para ser desferido contra uma jugular. Vou escrevendo da margem rosa até o espaço que me cabe, delimitado pela sombra opaca da linha da página seguinte. Há um prazer inenarrável em medir a letra que cravo à grafite nas rugas ásperas da folha pautada, os vocábulos cinza organizados sobre as riscas azuis. Também tenho algum gosto em fazer a digitação no computador — parágrafos justificados, fonte tamanho onze, até que algum editor de senso estético manco modifique tudo, mais preocupado em preencher uma infinidade de folhas para fazer um calhamaço vistoso — e ver as laudas eletrônicas se avolumando. É como se a organização me orientasse, provasse a lógica do que digo. Tento sentar para a escrita todos os dias, mas é impossível, a rotina faz meu pensamento revolver e ele não se assenta de volta, não dá para grafar. É quando sou forçado ao cigarro, ansiolítico injustiçado. No trago, obtenho tudo que quero: o amargo na boca, o peito inflado e o sossego, enfim, que me faz relaxar. Também tem outra coisa estranha, que força qualquer autor a engatar na produção: o cigarro delimita nosso prazo. Ao pô-lo na garganta, sinto minha existência sendo diminuída e dou meu máximo em prol da escrita; risco com vigor e impaciência, como se fosse morrer sobre o caderno a qualquer segundo.

Percebo que minha produção também é melhor à noite. Parece que o brotar pontuado das estrelas brancas no preto-lona da abóbada celeste apaziguava meus ânimos, minha alma começava a dormir. O estado de sonolência é, sem dúvidas, o meu preferido; é tamanha a minha exaustão quando finda o dia que não sinto mais do que uma dormência prazerosa nos membros inferiores. A delícia era batalhar vigorosamente contra o desarmamento completo da consciência. Quando estou batendo o texto, vem o desejo de tombar com a cabeça no teclado, mas uma ideia vai se avizinhando à outra como uma pilha de cartas e o dedo tenta digitar na mesma fugacidade com que corre o pensamento, disputa a linha de chegada. Prestes a despencar, de repente engulo um monte de ar, inflo e consigo pique para teclar mais um parágrafo. Eu me levanto para pegar a garrafa térmica que está esfriando o café desde a tarde — preciso comprar outra. Perco por completo o sono em um minuto, depois ele me abate outra vez com a força da quebra duma onda.

Os olhos ganham quilos e vozes de críticos defloram meus ouvidos, tentando desvencilhar meu foco e me deprimir. Dizem para mim que falo difícil, que não quero comunicar às massas. Não quero mesmo, mais me importa fazer parceria intelectual com os interessados e dispostos. Não devo entrar em questionamento sobre minhas ambições — balanço a cabeça para os lados — e trabalhar é mais urgente. Todo o resto adormece com antecedência às mãos. A consciência dissipa, mas as unhas estalam ininterruptamente as letras.

Se eu enfim aceito a entrega total, bato a tampa do notebook na base plástica, empurro-o de canto e me abro no colchão como um espantalho em sua estaca, puxando as cobertas para cima; encasulado no algodão, peso as pálpebras.

Ah, mas a ironia é o traço comum em tudo o que me circula. No preciso momento em que eu me dou a ele, o sono me escapa como a areia de ampulheta que desce contra a vontade do atrasado. Preciso fumar mais um.

No entanto, há dias em que sinto medo, em especial quando estudo a terrível fotografia no dorso da embalagem do cigarro, com uma carne distendida exibindo os músculos forrados de guimbas fumadas ou fetos esverdeados encolhidos debaixo da frase de impacto. Na mesma hora, sinto uma dor excruciante.

Tudo isso é muito frágil: ligações neurônicas, veias e condutos. Fios microscópicos, de arrebentar. Tem noites sobre a mesa fria, olhos na tela de cristal do computador, quando penso que tudo vai rasgar dentro de mim. Toda teia vai desfiar e eu vou cair no chão, mole e agoniado, crucificado e alucinante — e a consciência irá aos poucos falhar... Meu pulmão vai ficar preto, o coração vai se embolar nos ossos e tudo vai virar sangue. Estou derretendo por dentro, escorregando por entre as costelas, liquefeito de desespero. A culpa destrói o meu sossego. Sentia que precisava de algum novo tipo de distração que não o fumo. Foi quando passei uma ligação para Úrsula.

Se prezasse de fato pelo meu bem-estar tanto quanto proclamou em seus votos de aniversário, que me arranjasse, então, com uma prostituta. Pouco surpresa, mas parecendo compungida pelo meu pedido, Úrsula me respondeu com não mais do que um despencar positivo da cabeça acompanhado de "urrum" — o que me incomodou. Por um lado, eu senti que estava comovida pela situação, como se lançar uma meretriz para os braços de um velho azedo fosse algum tipo de caridade que ela fazia por pena; mas por outro lado, analisando à lupa, ela soava conformada em excesso. E isso me dava a impressão de que ela sabia mais do que eu, de que imaginava que esse encontro sexual arranjado pudesse me fornecer alguma sorte de valioso aprendizado que nem eu tinha imaginado.

Tão logo ela abriu seu catálogo de negócios, os seus motivos pouco importaram. A coisa toda foi tão solenemente administrada que só pude admirar. Iniciamos o processo de admissão de prostitutas com uma reunião — mal acreditei quando Úrsula me recebeu na porta com um aperto de mão, em seu escritório alugado num andar alto no Centro. Tópico tratado: seleção de meretrizes. Recomendações: trabalhamos aqui com as moças mais respeitáveis em matéria de sexo, higiênicas e dispostas a dar prazer e a dar por prazer ("Ninguém aqui está forçada, não") — uma risada. Era uma boa propaganda, um pouco rude, mas que cabia bem.. Em seguida, a agente (camisa de botão, saia reveladora de curvas e saltos altos) depositou, com um baque oco, um livrão de capa dura na mesa à minha frente. Aqui, disse-me ela, estão catalogadas as nossas meninas todas, sem exceção; loiras, morenas, ninfetas e senhoras; basta consultar o índice que eu volto agora, só vou beber um copo d'água — ela me ofereceu um também, já se levantando. Quem diria, minha ex-mulher, uma honrada corretora de prostitutas... Passando por mim ao deixar o cômodo, deu um tapinha camarada nos meus ombros e falou como quem se lembra repentinamente:

"Os nossos rapazes começam na página vinte e seis."

Dei-lhe o dedo do meio.

Eu me detive nas vinte e cinco primeiras páginas, folheando, refolheando e voltando a folhear com íris acuradas e seletivas. Havia um padrão organizacional admirável na lista; começava com três fotos da candidata no topo da página, descia para um nome inventado, muitas vezes esdrúxulo, idade provavelmente falsa e para altura e peso duvidosos; em tópicos, constavam certas preferências e experiências de cada cria da noite.

Sorrateiramente, uma labareda flavescente flechou meu rosto e, na janela do outro lado, fiquei retratado enquanto passava as folhas daquele livro de cafetina. A cena me fez rir: eu correndo atrás de diversão mundana. Mas desde que começara a perseguir aquela tríade de meninos, sentia que minha vida era muito maçante, como bem apresentada até aqui; tentativas frustradas de autoflagelação que fariam enrubescer a cara de um franciscano, uma monotonia crescente que já me afundava sem chance para respirar. Como diria o ditado caso fosse de minha inspiração, se não pode vencer os inimigos, fique observando por trás de moitas virentes, persiga-os camuflado em árvores robustas e interprete-os como num jogo de imitar. Eu queria absorver dos três garotos, em uma invaginação filosófica, o que havia de melhor: a audácia, a ousadia, a quebra de regras, a alegria desregrada. Para qualquer dos três meninos, o prazer estava acima do indivíduo, a essência sobre a experiência, e pareciam se dar bem com isso. É claro que não pensavam tão profundamente sobre essas coisas, deviam ser muito burros em uma conversa séria, mas seu lema de divertimento absoluto me encantava.

Sugeri que o sexo era uma boa atividade pela qual iniciar meu processo de cura do antigo; minha saída de cigarra do vetusto casulo.

Optei por uma loura, a simpática sorridente da página treze, com seu metro e sessenta e oito, cabelos de tranças pesadas atadas nas pontas por fitas e olhos de gata. Quando Úrsula voltou de sua demorada água, apenas encarei-a com profundidade, arrastei o livro de mulheres para mais perto da sua barriga e, com o indicador, apontei na cara da escolhida. "É essa?", ela me perguntou.

"É esta", eu lhe respondi.

Ficamos então marcados para aquela noite — o serviço a domicílio seria presente da minha ex-mulher; eu só teria que esperar acordado em casa. Assim, após um segundo e estranhíssimo aperto profissional das mãos, eu parti para casa para lá aguardar a chegada da minha encomenda sexual. Como eu de repente tinha ficado ousado. Todo o jogo de perseguir jovens me fez bem; eu sentia até que tinha rejuvenescido alguns anos, ganhado a repentina disposição de quem toma choques de desfibrilador. Na volta para o meu lar, as paisagens começavam a mudar, todas as coisas comuns se apresentando de maneira mais sensorial unicamente porque eu estava diferente; as cores tinham se tornado mais vivas enquanto eu estava dentro da sala alugada por Úrsula, o sol agora refulgia como a boca de um fogão. Embora eu associasse toda a minha mudança repentina ao meu trio de amigos novos, a verdade é que algo mais tinha clicado dentro de mim, um interruptor da consciência. A cada falha do meu suicídio, eu tinha mais certeza de que a próxima tentativa seria definitiva. Passava a imaginar como ter mais e mais esmero para fazer a coisa, minimizando, assim, as minhas taxas de falha. Tinha vontade também de aumentar o impacto. Optando por um método de morte raivoso e gritante, tinha a chance de sair na coluna maior do jornal — um ícone da ira, um símbolo da deficiência moderna. Escandalizar.

Chegando em casa, comi pães com pasta de frutas, bebi um chá com gosto de terra e me banhei para esperar a convidada. Fazia tantos anos que não tinha um coito que não me lembrava bem das sensações; na maior parte do tempo, essa falta não me incomodava, porque eu tinha ciência de que o mundo lá fora não comportava muitas garotas dignas de se jogarem na minha cama. Porém, vez ou outra nas minhas expedições pelos grandes bairros, eu observava alguma menina delicada que merecia mais atenção. Entretanto, minha coragem e minha disposição para dar o bote e fazer a investida necessária para iniciar a sedução já não existiam. Na posição de senhor de idade, eu via a conformação como uma dádiva. Ser bem-resolvido sexualmente é uma obrigação da velhice. Eu já não tinha o corpo necessário para seduzir jovens curiosas e nem dispunha da conta bancária que atraía as interesseiras; tudo agora dependia da sorte ou do esforço ou das cafetinas. Se quisesse fornicar, deveria começar a me submeter à humilhação de visitar profissionais mediadoras e desembolsar dinheiro para prostitutas, essas que não querem saber da cara do cliente, apenas querem chegar tão limpas quanto possível ao final do ato.

Agora que eu sabia que uma dessas mulheres estava a rumo do meu apartamento (será que vinha de táxi? Será que suas fotos eram enganosas?), porém toda a minha conformação passou e fiquei refém de um nervosismo adolescente. Lambi o penteado todo para trás, nenhum fio em riste, e depois entrei numa rajada de perfume. Peguei roupa boa, chequei o desodorante com uma fungada e escovei a língua. Bebi água da torneira enquanto encarava o fundo sujo do ralo, cabelos em caracol tentando subir pelo cano e o cheiro de muitos cigarros. Tinha medo de que a puta, mesmo que rapidamente, durante cópula me olhasse com sincero descaso, com o mesmo nojo que as crianças não sabem disfarçar. Por isso, limpava o suor malcheiroso em um lenço, mas no segundo seguinte a umidade gelatinosa enchia minha camisa outra vez. Calor de fim de mês. Tentei esticar a coluna, alongar, a fim de facilitar as peripécias que estavam por vir; cortei com dificuldade a unha do pé que, de tão afiada, poderia ser usada para abrir correspondência. Espirrei uma essência fajuta sobre os móveis, algo que me venderam como odor de cipó, mas que lembrava papel em decomposição. Cabia para disfarçar o fedor de cachorro.

Já eram oito horas e me senti ridículo achando que a garota tinha dado para trás — será que Úrsula a havia assustado com uma descrição precipitada da minha figura? Será que havia escolhido uma foto ruim para me ilustrar?

Só havia uma foto instantânea de que eu realmente gostava, batida por uma alma gentil durante um passeio em Copacabana. Assentada sobre minhas pernas, eu jogado na toalha colorida posta na areia branca, minha mulher se molhava de sol e sorria por baixo dos óculos; seu marido, altivo e grande, segurava-a pela cintura. Gastamos uma pequena fortuna para bancar a semana na praia e os luxos sazonais pedidos por Úrsula (um biquíni de conchas, jantares nos bons hotéis, táxi para voltarmos à espelunca três estrelas que havíamos alugado), mas o investimento valeu a pena — até o quinto dia. Apesar da nossa religiosa penetração noturna antes do banho, os dois salgados de mar, acordei incomodado pela tumescência da bexiga e encontrei minha esposa, pela greta acesa do banheiro, em solitária diversão. Com pernas besuntadas de creme depilatório, a atividade inacabada, ela dançava com os dedos por dentro da camisola translúcida, masturbando-se. Fiapos pretos ainda apontavam de suas panturrilhas como pequenos arpões. Depois do episódio, ela ficou sem entender quando me dotei de um escamoso desprezo, e ficava me cutucando nas costelas querendo uma resposta para os afetos que me propunha — deitava a cabeçorra no meu colo magoado ou corria as unhas de leve nas minhas costas. Ofendido, eu logo caçava uma atividade que me tirasse de perto dela ou inventava uma urgência ("Pensei em algo e preciso escrever agora! Ideia pra um livro novo...") que justificasse meu encarceramento no quarto 302 do hotel a tarde toda. Úrsula, entristecida, franzia seu habitual biquinho de frustração e continuava torrando seu bronzeado lá embaixo.

Fatiando minhas lembranças, o toque da campainha atingiu em cheio os tímpanos; pulei de susto.

O olho-mágico nunca mentia: era a menina da página treze. Usava as mesmas tranças em fitas que ilustravam sua seção no livro de putas. Distraído vendo-a retocar o batom rosa, quase que me esqueci de atendê-la. Gago, pedi que aguardasse um segundo, só o suficiente para eu checar o hálito, soprando contra uma mão em concha. Menta e Marlboro. Pronto, girei a chave, pode entrar. Ela entrou por debaixo do meu braço; cumprimentou-me com um riso ensaiado e disse meu nome. Tinha sido muito bem treinada. Dava para ver Úrsula reverberando discretamente em seus atos, na cruzada de pernas proposital, nas risadas fáceis e até no teatro de fumar ("Posso acender um cigarrinho, Seu Bartolomeu?"). Deixei que sacasse o maço e retirasse um de seus filtros brancos; perguntou se eu queria um e sua investida de sedução teria ido muito bem, não fosse por um imprevisto: ela pediu fósforo e eu só tinha isqueiro. Bateu o dedo com tanta força na roldana do isqueiro que perdeu o cigarro no colo; recolheu-o e deu-se uma nova chance, mas dessa vez puxou tanta fumaça que estourou em tosse seca, rasgada. Pediu desculpa, secou os lábios no dorso da mão.

"É um belo apartamento!", ela saudou, empenhada em construir um diálogo com polidez. Porém, logo voltou a repetir meu nome e isso me tirava do sério. "Realmente um belo apartamento, Seu Bartolomeu."

"Quer conhecer o quarto?", investi.

A prostituta deu uma risada fingidamente acanhada e deixou cair a nuca em um gesto de sim.

Passei à frente e, na entrada do quarto, estiquei os dois braços para frente, convidando-a para acessá-lo. Agradeceu e gingou com seu traseiro magro, piscando para mim por cima do ombro, engajada no papel de adolescente matreira. O *lolismo* pouco me chamava a atenção, mas devo admitir os interesses que a pequena Melissa me incitava; a dureza das pernas e suas coçadas atrás da orelha tinham algum encanto que afogueavam minha virilha.

Posta no quarto, a primeira coisa que fez foi debruçar-se no parapeito da janela como uma namoradeira de barro. Seu rosto minúsculo cabia inteiro na palma da mão, com a qual ficava acariciando as próprias bochechas ou ajeitando o vestido que subia nos joelhos quando ela trocava as pernas — sustentava-se ora em uma, ora em outra. Disse que tinha medo, mas que também gostava. Disse que sentia frio na barriga quando olhava para baixo, tinha medo de altura. Eu sentia fogo no meu ventre. Ainda com sua íris de folha seca mirando o calçamento, de forma que eu tinha a visão do dorso de sua cabeça, mas não de sua expressão, ela passou uma mão esperta pela barra da saia e sacou, usando não mais que o polegar que terminava numa enorme unha postiça, sua calcinha estampada. Foi embolando a veste íntima para a direção dos calcanhares e ergueu o vestido cinturado, permitindo que eu visse suas nádegas brancas. Caminhei com pés preguiçosos até ela, ouvindo ranger o taco, abraçando-a por trás.

Encostei na carne alva de seu traseiro com a sutileza de um restaurador de arte, quase temendo pôr muita pressão no toque e deixá-la marcada dos meus dedos afoitos. Foi ela quem passou a mão por cima da minha e apertou meus ossos, que por consequência apertaram sua bunda. Ela deitou a cabeça sobre o braço que dormia no batente da janela e começou a gemer com a cara afundada, aos poucos arrebitando seu posterior e embrenhando mais o meu toque para dentro de seus músculos firmes; quanto mais a mão entrava, mais trocávamos calor. Senti o meu indicador esbarrando na redoma pulsante do seu anel. Melissa era uma ninfeta das mais sacanas. Conduzia meu desajeito até nos alinharmos, tratando o ansioso Bartolomeu como um aluno excitado, um pupilo cujo sangue já estava completamente afluído para o meio das coxas. Ela intercalava seus ensinamentos com miados finos — uma gata entesada —, e mexia os quadris até que minha primeira falange estivesse bem encaixada na entrada de sua minúscula cavidade. Movendo o braço que servia até então de travesseiro, ela cuspiu em sua mão, a que não estava sobre a minha, umedecendo sua entrada que se escancarava e depois se recolhia... que voltava a se escancarar... e então a se reduzir novamente. Como um pulmão, seu oco vivo inflava e se esvaziava. Sua saliva fez minha unha correr com facilidade para o interior daquele buraco inquieto. Eu, pronto para me estourar na calça, deixei que ela se penetrasse por um momento, mexendo os flancos para trás e forçando-os para baixo, de forma que engolia meu dedo com a garganta de seu cu quente, ninfetescente.

Quando cansei do jeito inquisitivo de Melissa, uma descarga frenética me eletrizou por dentro e rachou com força na minha corrente sanguínea. Eu senti que tinha uma força anormal, de herói; peguei-a pela barriga e taquei-a de uma vez só no colchão, que deu um gemido de mola.

Ficou tudo muito quieto. Por um momento, fiquei bufando ao pé da cama feito um animal, vendo a Melissa surpreendida se acomodar nos lençóis sem despregar as pupilas de mim. Ela, devagar, recolheu a calcinha que estava ainda amarfanhada em seu tornozelo, jogou-a para o lado e abriu as pernas numa reprodução perfeita do abrir de asas de uma borboleta. Lenta, inconsciente da sensualidade contida nesse gesto tão simples. E ali estava sua carne mais secreta, agora revelada para o pagante.

Lisa de gilete, rosada de juventude; eu me sentia encarado por aquela entrada cavernosa.

Acariciando-se, a prostituta desceu a mão até seu instrumento de trabalho, lambeu dois dedos e com eles abriu seu sexo para mim. A pele ia se desdobrando feito as pétalas de uma flor que abre sob o primeiro sol da primavera, perfumada e encharcada de líquido viscoso e transparente. À medida que se despetalava, a vulva da garota se apresenta mais e mais vermelha. Logo escancarada, revelada, mostrava-se por inteiro. Fui para a beirada do móvel e possuí seu órgão. Sovei-o com violência, dando tapas estalados em seu monte de vênus. A menina começou a se arquear estranhamente, gritando abafado de tesão e fazendo uma dança truncada, uns movimentos de possessão. Ela pediu que eu continuasse. Corri o cinto para fora dos prendedores da calça, rangi o zíper para baixo e tirei a samba-canção. Melissa não sabia o que era o pudor, porque foi logo abraçando minha rijeza com lábios espertos. Muita experiência num corpo tão minúsculo! Não teve dificuldade na tarefa; uma mão ainda passava para dentro do decote, torcendo os próprios seios.

Resolvi me achegar ao lado dela na cama, porque ficar de pé fazia as pernas doerem. Com esforço, rolei um pouco no lençol até achar a posição certa. Caí de braços abertos como uma estrela do mar, de forma que minha contratada pudesse tocar na minha virilidade e manipulá-la como bem entendesse. Ela sabia umas coisas que Úrsula não conhecia. Punha o cabelo para trás do ombro e ficava segurando-o ali enquanto se abaixava no meio das minhas pernas e me felava com força. Dava para sentir o fundo de sua garganta sendo preenchido, e seus engasgos quase a levavam ao refluxo. Às vezes, faltava-me o fôlego, mas para Melissa sobrava ar. Punha-me inteiro para dentro como em um truque de mágica e, apesar do tranco que dava quando eu lhe furava a laringe, nunca interrompia por completo sua atividade. A planta dos meus pés formigava e meus artelhos doloridos encolhiam. Só após longos minutos é que ela se reergueu do meio das minhas banhas como crocodilo que se levanta da água para o ataque e jogou sua boca na minha. Foi só quando reparei o quanto ela era sardenta.

Arfando, a menina desenlaçou os nós nas alças do seu vestido e ele caiu em cima de suas coxas lisas — nenhum mísero pelo, como ela conseguia? — e libertou seus seios pubescentes, que mal balançavam. Com seus braços magros e quebradiços, Melissa me juntou nela, pondo minha cara grande entre seus mamilos rosados. Devagar, ela foi se deitando com os cabelos desalinhados no travesseiro e eu vim pelo meio de suas pernas, ela já erguendo as coxas para me deixar acessar. Engatinhei ali, buscando posição, mas minha barriga ficou metida entre nós, distanciando minha ereção de seu sexo receptivo. Mexíamos para um lado e para o outro, caçando o encaixe ideal, mas não havia; eu tentava passar uma perna por cima dela, mas a dureza dos meus movimentos parecia a de um cachorro que tentava escalar um lugar alto, remexendo vergonhosamente suas patas. Ela, depois de uma risadinha, sugeriu invertermos: eu me deitaria sobre as almofadas, estirado, e ela conduziria. Porém, se sentasse em mim de frente, minha barriga também a enxotava. Arranjamos, por fim, que ela ficaria de costas, cravada em meu cacete, conduzindo a movimentação.

A presença de seu peso sobre mim me excitava; gostava de saber que, oferecendo um trocado a mais, poderia fazer o que bem me desse nos miolos. Mas nossa dificuldade em encontrar uma juntura ideal me humilhava. O instinto foi dar-lhe um tapa na bochecha, deixando-a ardida, mas Melissa estava com seus joelhos prensados sobre meus pulsos, travando-os.

Sua vagina começou a descer em mim feito um abraço. Eu logo fiquei sem sangue nos punhos.

Quando todo dentro dela, a menina iniciou uma lenta cavalgada, mas parecia estar em desconforto. Ficava levando a mão até o espaço que havia entre mim e ela, arrumando meu cetro dentro de si, rebolava um pouco mais e depois ajeitava de novo a posição do membro. Então, Melissa renunciou à sua incumbência, saindo de cima, deitando ao lado com uma mão trespassada no meu peito, e falou:

"Vamos ficar assim, também é bom. Não tem problema."

Todo o trabalho para arranjar uma posição favorável tirou a minha concentração; o sobrepeso também estava me deixando cansado.

O esforço para carregar meu estômago estava crescendo. Muito antepasto e pão no final do expediente. Estava arfando como um bicho, com raiva, e nem conseguia agarrar a prostituta pelo cangote e pô-la de novo sentada no meu mastro cansado.

Espichei o muque dormente até o gaveteiro, puxei um chocolate amargo e abri o pacote — "Quer um teco, Melissa?".

3

Chamamos seu táxi, que demorou uma vida inteira para apontar o farol do outro lado da rua, deixando-nos em constrangido silêncio. Inventei uma sede para me livrar de sua companhia e, enquanto eu tomava sem vontade o meu gole d'água, Melissa assentou-se na sala e viu um bloco da novela. Resolvi dissimular: peguei mesmo um copo no armário, gritei se ela também queria (ela disse que não e agradeceu), abri a torneira e bebi a água. Foi um daqueles casos em que despercebemos a boca árida e só viramos um copo d'água por pura força do hábito ou por conta da reverberação sonora de uma recomendação médica — mas, ao ver cascatear o líquido, notamos o quanto a língua está seca e somos incomodados subitamente por uma insaciável sede de deserto.

Quando o carro, graças a Deus, parou na porta, desatou a buzinar para a passageira. Ela, entretida no folhetim das dez, não tirava o olho da tela fosforescente enquanto calçava seus sapatos apertados. Deu-me um beijo estalado na bochecha, quase errando e acertando o meu pescoço, porque continuava fixada na trama. Desceu em toques ocos pela escadaria de ardósia, ouvi que riu com o maldito porteiro que continuava no exercício da função e então quicou até o táxi, que partiu derrapando e sumiu após dobrar no semáforo.

Ainda que sozinho, fui rendido por um incômodo claustrofóbico. Sentia que o mundo era um espaço muito cheio e que meu próprio apartamento estava abarrotado de coisas que tragavam o meu ar. O oxigênio faltava ao convite e eu estava custando a respirar. Quando pensava nas pessoas que corajosamente batiam perna lá fora no bairro negro, era como se elas andassem nos meus corredores. Em lugar nenhum, mesmo ali trancado por chave e tetra-chave, eu ficava completamente sozinho; estava invadido o tempo inteiro. Bateu-me um terrível arrependimento por ter autorizado uma prostituta ao meu lar, porque agora tudo o que ela havia tocado estava adulterado, a essência dissociada. A cama cheirava ao pó de arroz almiscarado, o sofá marcado por seu traseiro usado, o vaso sanitário, onde ela deu amostra de respeito ao anfitrião com duas descargas em vez de uma, tinha uns fios de cabelo seus grudados na cerâmica. Uma mancha de batom na fronha alvejada do travesseiro.

Canto nenhum do universo era solitário. Toda parte estava tomada pelas pessoas, pelos produtos das pessoas.

Tinha em mim o desejo de migrar para algum desconhecido insocial, para alguma terra eremítica, algum campo descampado onde eu pudesse me apartar da civilização, vestindo um blusão largo e bebendo de uma garrafa de uísque. Mas qualquer quina estava superpovoada. As vozes são muitas; as florestas ermas já viraram tavernas.

Havia uma pousada ao norte do estado para onde fui passar uns dias de introspecção após o término definitivo com Úrsula — no mesmo dia em que assinei a papelada e autentiquei em cartório, pus o pé na estrada. Lá, no casebre gelado que era administrado por uma velha senhora e seu filho psicótico, só trombei com dois casais em férias e com um grupo de três geólogos e um bicho-grilo, que realizavam uma expedição na caatinga. Virei duas semanas no vilarejo, o que me deu uma pequena dívida com o banco, mas me valeu. Queimei uma pá de charutos em um cinzeiro quebrado que já estava no quarto. Tive catorze dias de maravilhosa produção, altas doses de café espresso pedidas pelo telefone que ligava direto para a recepção, e alterado de cafeína eu costurei um livro inteiro de contos. Paridos com pressa, ainda surpreendia a qualidade dos meus girinos literários. Uma garoa azulada caiu, persistente, durante toda a minha estada.

Frente à janela ensopada, subia meu vapor de café e de tabaco, embaçando o painel da natureza mais adiante, em que a grama verde se dobrava ao pé das árvores encolhidas de frio. O único incômodo da viagem se deu quando um neto da proprietária resolveu vir visitar a hospedaria com seus carros de brinquedo automáticos e sua bola que batia inoportunamente na parede do meu quarto alugado. Apesar das quebras da concentração quando sua pelota listrada quicava perto do meu batente, a qualidade da produção era surpreendente. Não há ainda nesta vida sensação mais deliciosa do que o orgulho, dá um escaldo na alma.

À noite, um ou outro raio acutilava o céu, esfrangalhando o negrume com seu brilho prata, mas não se ouviam os trovões. Enclausurado atrás do vidro, eu respirava fundo o ar que conseguia vencer as gretas e chafurdava dentro do quarto aquecido. O chuvisco era minguado, mas não descansava. Lá vinha a camareira desajeitada empurrando o carrinho do esfregão enquanto tentava empunhar um guarda-chuva e equilibrar minha décima xícara. Seu uniforme empapado de água e seus sapatos escorregando no lodo, ela chegou com dificuldade até o destino e deu dois toques na madeira, chamou-me pelo nome e fez a entrega da necessária cafeína. Já pedi que viesse com outra dali a meia hora e ela sugeriu, cansada: "Não quer que eu traga a garrafa?". Eu quis.

Fato é que voltei à pousada há pouco. Estava necessitado desse banho de produtividade. Antes mesmo de Melissa e do sexo fracassado, um dia abri a tampa do computador e, após um esforço da memória, recordei o nome do pequeno hotel, bati-o na caixa do buscador e encontrei um fim de semana disponível na agenda. Liguei, estranhando a voz jovem e disposta que me fez gracejos e agendou a estada. Com a esperança inflada dentro de mim, foi enorme a decepção ao encontrar, em vez da espaçosa suíte de outrora, um cubículo escuro recentemente reformado aos padrões de um arquiteto aprendiz. Em vez do vento escorregando pelas frinchas, calor dos círculos mais baixos e desprivilegiados do inferno. O banheiro virou uma catacumba, o papel de parede foi sobreposto por uma textura feita na espátula e a cama foi cortada à metade. No lugar da mesa de trabalho encimada pelo panorama natural, um minúsculo gaveteiro em que só coube metade da bagagem, então tive de deixar o resto das roupas amarrotado sobre a mala. Até os anfitriões foram comutados: o novo proprietário, um investidor na casa de seus trinta anos, disse que o filho enfermo da antiga dona um dia surtou perto demais do faqueiro, e aí o empresário laçou a pousada. Uma tragédia, o jornal chamou de tragédia. Dava para encher uma banheira com tanto sangue dos dois — porque o primogênito, arrependido de violar a mãe com a morte, usou a mesma peixeira para se estripar. Eu queria mesmo era saber onde tinham enfiado a divina banheira de antes, que fora injustamente substituída por um chuveiro de duas temperaturas e um box. Uma tragédia.

É lógico que o ambiente inóspito comprometeu o andamento da arte. Nenhum homem que se preze daria conta de escrever mais do que duas linhas quando, ao olhar para fora, o que vê é uma legião de fedelhos correndo no entorno da piscina, uns cachorros invasores enchendo os jardins de pulga e pombinhos descuidados dando amostra de seu desempenho sexual na fumaça da sauna, ao alcance do olhar lascivo dos meninos mais avançados em matéria de sexo. Entrei outra vez em dívida com o banco — havia pedido a estada por duas semanas de novo, mas as condições precárias me fizeram sair no terceiro dia; e o proprietário, nato caloteiro, disse que ou eu deveria ficar por todo o período contratado ou dar no pé sem receber meu dinheiro de volta. Esperei sair de lá com uma pasta de garatujas, mas só levei decepção e, ainda embrionária, a sensação de que todos os lugares são naturalmente infectados. Esse desespero hoje cresce desordenado, levando-me a um estágio de ansiedade que não me lembro de ter vivido no passado. Quando criança, recordo-me ainda, levava qualquer atividade com monotonia. Era raro correr pelo bairro, eu preferia me entreter com tocos de gizes de cera que sobraram da minha irmã, em estoque na garagem. Dela restaram uns vestidos que Íngride escondeu e também uns livros de figuras que eu pichei. Essas coisas vagarosas, que me exigiam concentração e paciência, acabavam me prendendo por horas a fio, durante as quais eu me recolhia de cócoras ao pé da cama, debruçado nas tintas e na papelada, transformando o pequeno dormitório em um ateliê de pinturas abstratas. Alfredo se zangava com minha passividade. Obrigava-me, às vezes, a encarar umas embaixadinhas ou brincávamos de passe no quintal, ele tão tonto de cerveja que tropeçava sem motivo, mas mesmo assim muito habilidoso.

O trabalho literário que empurrei ficou por tanto tempo engavetado que perdeu o sentido. Logo as histórias intrincadas que escrevi já não significavam merda nenhuma. Tentei refazer a coisa, mas foi impossível alcançar o grau de sucesso da primeira empreitada; chegou uma hora em que a frustração corroeu meu peito e, munido de um isqueiro e de muita desilusão, ateei fogo nos contos todos. Hoje me arrependo do impulso, especialmente nos momentos em que duvido do meu próprio talento e acho que não vou dar conta de pôr no mundo algo que mereça relevância.

Quando os pedaços de noite começam a respingar em cima de mim, a coisa fica mais preocupante. À medida que a lua vai resplandecendo mais alto no céu, sou acometido de uma culpa tenebrosa por não ter fechado nenhum texto. Abro uma cerveja, estalo meus dedos com as mãos enlaçadas uma na outra, como um funcionário público antes de enfrentar a torre de papéis à sua frente, começo a criar — e o problema vem mais tarde, na releitura, quando descarto o que me custou para ser regurgitado. Eu acho mais fácil maquiar cadáver. Falei para Aragão:

"Acho mais fácil maquiar cadáver."

"Mais fácil do que o quê?", ele perguntou desinteressado, ajustando o pincenê no osso do nariz.

"Do que a escrita", eu disse.

"Mas disso eu não tenho dúvida", Aragão murmurou com os dedos sobre a mola de seus estranhos óculos. "A escrita é um trabalho de dor mesmo."

Detesto os aspirantes que rezam piamente a lei do sofrimento — acham que a escrita é sangue e suor, ânsia e desconsolo. Jovens pretensiosos, meninos universitários, carentes, de quatro por mérito. Para o homem que não deseja os louros, mas a excelência no que pratica, não importa sua agonia particular, contanto que tenha, ao alcance da mão buliçosa, a lata de cerveja e o cigarro que se incinera dentro do cinzeiro já cheio. Preciso esvaziar meu cinzeiro, bom lembrete. O desafio nosso de todo dia é nos separar da ficção, criar o que não nos lembre tão obviamente de nossas agonias primordiais, e aí vêm os intelectuais da nova era dizer que a distância necessária entre o escultor e a peça é impraticável, e que o melhor é mesmo aproveitar as semelhanças e flertar com o inevitável esculpido. Fazer piadas e joguetes, usar o papel como ouvido de terapeuta: esses meninos novos aí digitam em associação livre, falando do que os vem à cabeça, pouco ocupados em chegar ao estado da arte — então nomeiam assim sua incompetência estilística. Os leitores igualmente afetados fazem esforço sobre-humano para se identificar com o escrito, como se vissem as Escrituras. Acreditam que cada linha e cada palavra foi pensada em dedicação a eles, narcisistas da ação, e acham que ninguém mais compreende o texto com a tamanha totalidade e entrega que eles julgam possuir. Pois eu não suporto os jogos de palavras feitos pelos estúpidos. Substantivando verbos, verborrageando substantivos e fazendo separações silábicas típicas de uma poesia primária, empilhando palavras como seus caros blocos de montar da infância. Essas coisas todas me revoltam e incomodam, olho de longe como quem não quer nada; não gosto de me envolver com insegura proximidade. Prefiro ser sincero com o que crio. Se tenho um personagem, como tive antes de entrar em hiato, sou fiel a ele tanto quanto sou ao meu próprio desejo. A primeira coisa que me vem quando a larva de um novo romance nasce é o título; quando o verme cresce e já se chama pupa, tenho definidos os aspectos principais do roteiro e perfis detalhados para meus protagonistas e coadjuvantes. Preciso administrá-los com o devido respeito. Em mim, eles brotam como gente conhecida, e não posso infectá-los, simplesmente, com minhas angústias pessoais porque a arte não é meu lugar de vazão. É, antes de tudo, meu acometimento. Meu trabalho. Apesar de que, verdade seja posta, há muito eu não recebia nem um tostão. Os acordos literários são uma droga, e pelas publicações já feitas eu não ganhava nem centavos ao fim do mês. Só mesmo desonra e ânsia. Ainda não passava fome, mas os luxos tinham descido o ralo, como o restaurante caro da sexta-feira e o vinho melhor — estava tomando um estranho mosto de uva que vinha em caixa de papelão e do qual eu não esquecia tão cedo, porque a ressaca dolorida se acusava de quando eu acordava até a hora em que ia embora do serviço. Especialmente quando Aragão começava a se queixar da esposa, com quem vinha mantendo uma relação complicada de idas e vindas. Quando ele começava a cacarejar daquele jeito lento, frases longas... queria estourar uma bandeja em sua moleira e bagunçá-lo ensanguentado na sala branca. Era frequente eu devanear umas loucuras enquanto meu parceiro arrastava suas conversas cacetes. Até as moscas que ficavam presas na tela que isolava as entradas da sala me causavam deslumbre quando Aragão abria a boca; eu pensava na importância da assepsia, no salário baixo, no maldito inseto verde, em tudo, menos no homem.

"Sim, a literatura é doída", eu comentei após um hiato longuíssimo.

"Mas você é bom no que faz", disse o colega.

"Acha?"

"Quer dizer, eu nunca li nada por inteiro, mas é que o jeito como você fala do que escreve..."

"Se gosta de como falo, vai gostar do que eu escrevo", comentei agradecido, acreditando que finalmente poderia desenvolver um afeto pelo homem. "Eu escrevo em voz alta e eu falo por escrito."

"Mas você sabe quem não tem talento. A Rute, minha mulher."

Definitivamente, eu não simpatizava com ele.

Começou um escárnio completo da vadia. Dava para encher uma bíblia de deméritos: ela não sabia cozinhar, e mesmo depois de ele explicar e exemplificar o funcionamento da panela de pressão, a danada insistia em queimar o feijão, que empesteava o refeitório quando Aragão abria a marmita. Alvejava mal a roupa e ele sempre achava uma ou outra mancha amarelada de desodorante nas camisas sociais e no guarda-pó. Em matéria de sexo, era pudica, quase mórbida, às vezes se distraindo com um seriado enquanto meu colega fazia os movimentos necessários. Mesmo ele sendo tão insosso, não tinha como não sentir um tanto de pena por essa situação vergonhosa que vivia em casa. Não sei porque ainda estava casado com essa cobra, se era tão fácil meter o pé e pagar a pensão. Mas acho que Aragão gostava mais do dinheiro do que do sossego, sei lá, não consigo decifrar o que pensa o velho. Está acabado também, não é que possa reclamar levianamente da mulher. Primeiro que faz tudo com descaso, por mais que se concentre — se eu não estivesse sempre fazendo vigília, seus cadáveres virariam atrações circenses —, segundo que ele tinha um péssimo senso estético e um cheiro de coalhada. Acho que continuava no emprego porque era amigo de adolescência do chefe, também um velho dos muito medianos. Sua esposa era uma boneca, toda apertada dentro dos jeans caros que ele pagava, esculpida da musculação que, com certeza, também era bancada pelo dinheiro dos mortos. O único prazer que o dono amargo da funerária tem é ver aquelas boas coxas amarrotadas em um vestido curto, enquanto ele toma religiosamente sua breja de café da manhã e come pão com catchup. Ele tem uns gostos estranhos, o velho, mas mulher ele soube escolher.

De vez em quando eu sinto falta de uma donzela dessas que são devotas ao marido. Talvez, se eu tivesse um pouco mais de grana, pudesse fisgar um peixe desses, porque são todas interesseiras e não fazem nada por amor absoluto. Mas essa coisa de ter o que se quer é arriscada, nem todo mundo pode com ela. Eu acreditava piamente que com Úrsula poderia experimentar o eterno. E ter e perder é assim, feito um relâmpago: o escuro vira um breu de cegueira quando passa a luz dos raios, mais escuro do que nunca. Em geral, não me tortura esse tipo de dor mundana, mas ter uma parceira não seria de todo ruim. Àquela altura, no entanto, não tinha meios para matar o desejo. Todo dia, no espelho, eu me lembrava de que era velho e feio e certos prazeres não cabem à minha gente; vamos perdendo uns gozos se perdemos, antes, umas belezas.

Fiquei rancoroso, lembrando-me de Melissa e da humilhação de não ter conseguido ter meu coito. Não acreditava que tinha desperdiçado meu troco suado.

"Eu preciso comprar comida, vou ali na esquina mesmo", disse Aragão, invadindo meu transe, "porque a idiota da Rute queimou feijão de novo."E ele foi.

Apertado ali com o cadáver, relaxei numa cadeira de inox e fiz uma sutura no rosto da mulher — foi pega por uma bala de revólver bem quando saía de uma loja, com as sacolas de papel refertas de luxos pequeno-burgueses —, ela dormia morbidamente, escarrapachada sobre a maca coberta com papel. Tinha um rosto miúdo, um quê de oriental nas suas pálpebras sonolentas e nas formas magras. Bem pequena, qualquer raspada de bala mataria uma coisinha minúscula daquela...

Arrematada a costura e cortada a linha, comecei a pregar o pó compacto em sua cara, o que me custou só três batidas. Com o polegar, limpei uns farelos que se grudaram nos sulcos perto dos olhos. Era o que se chamaria de uma mulher bonita, com uma constelação de sardas em volta das bochechas e a boca que acaba naturalmente em um biquinho afetado.

Era a vez do vermelho; pintei as maçãs de seu rosto com esmero e atenção, pondo a cor bem acima das curvas dos ossos. Ela, claro, não se mexia, se era um cadáver não se mexeria. Mas havia algo de estranho na sua imobilidade, como se fosse a coisa mais imóvel de todas, a morta melhor morta. Nada nela vivia, nem uma centelha do que antes deveria ter sido uma afável cuidadora de idosos ou uma conformada professora de primário — ela tinha jeito de quem trabalhava para os outros. Airosa e dócil, devia habitar nas fantasias dos homens pervertidos em que dava banho de esponja, eles provavelmente imaginando a cor de sua calcinha enquanto ela se vergava até a lixeira para tacar fora as fraldas geriátricas ou quando ficava na ponta do pé para alcançar o alto do armário — pegando biscoitos para os safados, que se debruçavam sobre a mesa do bingo para dar uma olhada nas coxas que o vestido desvelava.

Ou talvez fosse tudo construção minha.

Eu, que estava inchado de um horroroso enfado, conseguia me entreter formulando biografias para os meus mortos. Estudava precisamente suas funções e a ficha que vinha em uma prancheta embaixo da maca, imaginando para eles as profissões e as histórias que combinavam mais com seus rostos e suas mortes. Gastava horas assim, concebendo hipóteses e maquiando. Aragão gostava de dar seus perdidos, criando desculpas para conseguir fugir do serviço e fumar paiol; entediava-se com rapidez. Uma vez caí na burrice de invitá-lo para pegar um filme no cinema comigo, um que tinha boa crítica e de que Diana vinha cochichando na recepção. O diabo saiu no meio da sessão uma infinidade de vezes, a cada hora motivado por uma inquietude — muita soda na bexiga, fome de alguma coisa salgada ou uma ligação de sua mulher no celular, que tocava uma música caótica dentro da sala escura e silenciosa.

No trabalho, a mesma coisa. Foi fazer o lanche já tinha mais de uma hora e me deixou lá com a morta, suturando sozinho e surtando sozinho e pintando o presunto com a dedicação com que se produz uma noiva. Seu corpo estava aprumado, com um vestido longo que caía do corte canoa até a ponta de seus dedos, e as mãos postas na posição que é clássica dos defuntos, cruzadas sobre o peito como se guardasse ali dentro um cofre intocável. Como tudo o que Aragão fazia era basificado por sua profunda preguiça, tive que ajustar a veste na cintura dela com alfinetes, porque sobravam dobras de pano acima dos quadris. Não sei com quem foi que aprendi esse tipo de habilidade manual; Íngride só fazia cantar, não serviria para remendar um buraco de meia, e Alfredo era tão prático que esbarrava na previsibilidade. Talvez tenha herdado meus dotes da minha avó materna, uma matrona bem magra, sempre recendendo à colônia de jasmim da noite que era sua preferida. Mas costurava e bordava como uma fiandeira grega, fazia-me umas boinas na adolescência que couberam para esconder os primeiros pronunciamentos da calvície que, uns anos depois, tomou meu crânio por inteiro. Íngride também andava sempre de bons vestidos e meu pai ganhava de vez em quando um terno; usava para ir à igreja. Na casa de minha avó havia um ateliê, onde ela ficava enfiada remexendo panos e tesouras com suas mãos ossudas.

Usando o que aprendi em minhas incursões etnográficas familiares, finalizei a cliente com duas demãos de delineador e batom.

Estranho era notar como os mortos se transformavam depois de pintados; voltavam à vida, a pele irradiada e pálpebras de quem só repousa em ócio profundo. A inutilidade desse trabalho nunca tinha me aporrinhando. O relógio rodava longas horas enquanto eu montava os cadáveres perfeitos, que logo seriam arremessados em suas covas pífias, duros e adornados, e a terra comeria o que eu gastava tempo fazendo — contanto que creditasse na conta ao fim do mês, eu não ligava para o desperdício de esforço da minha profissão. Gostava porque era relativamente fácil e o resultado vinha sem tardar.. Se a família do cliente estivesse satisfeita e se meu talento desse para pagar as contas, não ligava de alimentar a terra.

Essa cliente na mesa, aprontando com tanto esmero, seria levada e tacada em seu buraco. Pela primeira vez, fui corroído pelo ciúme. Passei um grampo em seu cabelo para segurar a franja atrás da orelha pontuda e comecei a colocar a renda, como um manto de santa, em cima dela. Qualquer um poderia dizer que respirava e que só estava descansando em seu casquete fúnebre. Pensei se haveria alguma maneira de escondê-la, de não entregá-la para ser enterrada; não me enciumava a morte em si, mas o meu esforço nela. Não merecia putrefazer. Se falasse para Aragão que já a havia entregado e depois, na frente do chefe, acusasse meu parceiro de trabalho pelo sumiço da morta, talvez matasse dois coelhos com um tiro de carabina só. Conseguiria a demissão do homem do pincenê e ainda levaria o corpo para casa — poderia contemplá-lo, ver a amostra do meu dom. Mas o que é que faria quando o fedor podre começasse a subir? Poderia isolar o apartamento, usar um bálsamo.

Que raio de pensamento era aquele que me perpassava; estava considerando seriamente a hipótese de roubá-la. Balancei a cabeça num gesto de não, como se isso fizesse as vontades loucas caírem pelos meus ouvidos. Terminei de estender a tela sobre a menina, mas antes dei a olhada última em seu rosto, que era miúdo, da circunferência de um pires. Curvei-me sobre suas mãos de múmia e dei uma fungada próxima dos cabelos. Cheiravam muito bem. Como a mãe preocupada, senti sua temperatura com meus lábios simiescos. Beijei a testa gélida; sem febre de vida, apesar do meu diligente empenho...

Ficou difusa por baixo da renda, aparecendo pelos buracos do pano, permitindo-me a visão de alguns cílios e do rosado de sua boca. Fiquei excitado. Descobri a face dela outra vez, olhei com dureza e voltei a labutar como se tivesse me deparado com algo de indecente. Tive uma nova vergonha de mim, mas mesmo assim a ereção conta o interno do zíper era inegável. Eu crescia dentro do linho da calça. Ousei descer uma mão até o caixão e afagá-la na bochecha, por cima da urdidura. Era uma mulher tão quieta. Não tinha o ímpeto estabanado de Melissa nem o proceder inquisidor de Úrsula. Não me incomodava, tácita em sua cama definitiva, e mesmo assim era tão interessante quanto um idioma que eu não dominava, ficava tentando traduzir. Era uma paródia de mulher, uma releitura infinitamente mais interessante do protótipo original, assim muda, assim morta, submulher ou pós-mulher pela mesma razão. Ela não me incomodava com questionamentos críticos à minha vida mediana, quase queria desposá-la ali mesmo, no frio da funerária, e viver com ela em silêncio. Estava terrivelmente excitado. Beirava a indecência, achava que ia morrer pela falta de sangue irrigando o cérebro; estava zonzo quase a ponto do desmaio. Precisava abrir as calças ou estourariam, pondo meu um rebento no mundo.

Eu me libertei do uniforme e me acariciei com a inabilidade de um adulto — os meninos fazem tão melhor. Ejaculei em cima de suas palmas mortas cruzadas umas gotas pesadas e quentes que umedeceram o tecido e seus dedos.

Quando acabou, foi como se eu tivesse tomado uma dose alcoólica caprichada, uma daquelas que derrubam até os motoqueiros. Ficou difícil segurar a coluna e precisei sentar, caí desbarrancando sobre a bandeja de instrumentos, derrubando umas gazes e o bisturi. Fiquei de calças arriadas até o meio das coxas, pensando o que diabos tinha feito e lamentando, culpado, ser tão mórbido. Efervescia dentro de mim uma ânsia incomum, mista de tesão e nojo que de mim partia e a mim se direcionava. Achei que valeria ir para casa, já que o expediente estava para acabar, e metaforizar no banho de ducha a lavagem do incômodo, a purgação. Pus de volta a roupa bem quando meu parceiro retornava. Quando estava para me retirar, pronto a ser beatificado pela água morna e ter a aura limpa na espuma do sabonete de cedro, Aragão falou que havia algo de estranho na morta. Fiquei endurecido, agora de medo, e o sangue coagulou de gelado. Perguntei o que é que estava errado e ele pestanejou por um momento longo demais. "Está suja de alguma coisa", disse. De costas dadas a Aragão, fingindo que procurava por algum objeto surpreendentemente habilidoso na arte de se esconder, pigarreei e dei um muxoxo que o fez prosseguir:

"Acho que é uma mancha de batom".

Soltei de uma vez todo o ar que estava alojado no meu torso, bufando audivelmente e deixando de fingir que procurava algo nas gavetas da bancada. Consultei-o se poderia ir embora, se ele daria conta da limpeza e da entrega da cliente; fez cara feia que eu senti pelas costas (dobrava a boca para um lado e soltava algo como um latido), mas disse que sim; não esperei que mudasse de ideia, vazando com a rapidez de um gato de rua e caindo no bairro. Levava na mão uma pasta leve. Tinha umas canetas, papéis amassados com recortes de escritos e o toco de um sanduíche. Era mania minha esquecer de propósito o telefone móvel na mesinha, mas ultimamente o sintoma vinha piorando e eu já esquecia do básico e passava um sufoco por conta dessa merda.

Correndo as mãos por dentro do bolso menor, nada tilintava — eu havia me esquecido da chave em algum lugar. Comecei uma expedição pelo Centro, subindo a Bahia e parando na João Pinheiro, atrás de um orelhão. Só fui encontrar o dito-cujo no alto da caminhada, meio depredado e pichado com obscenidades. Ali digitei o número de Úrsula, que só atendeu no quarto toque. Eu disse logo de cara que precisava da ajuda dela e Úrsula nem tardou a me reconhecer pela voz ("Bartolomeu! Quase que me enfarta falando assim!"). Perguntou no que poderia me ser útil, eu contei que minha chave andava sumida. Acordamos que ela me levaria a sua, para emergências — "mas é que", ela fez um adendo, "estou em visita a uma garota noutra cidade". Ficamos acertados de nos encontrarmos às nove, na entrada do meu prédio. Tomado pelo tédio, vi-me batendo o fone no gancho e mexendo as pernas sem muita consciência de que o fazia. Nesse estágio de quase-desacordado, desci de novo e tomei a Andradas na altura do Palácio. Dali fui escorrendo pelos morros, muito pesado e solitário, sem reta traçada, deixando-me guiar mais pelos caminhos onde havia sombra de uma árvore ou de um poste, na qual eu estacionava uns minutos, retomando o fôlego que me faltava antes de ficar de novo à mercê dos pés desnorteados, que me punham nos passeios mais desnivelados, galgando para o desconhecido. A pasta vazia pesava no meu braço ardido de trabalho. A mão cheirava a esperma. Era irritante saber quantas estórias inacabadas se amarfanhavam ali dentro da bola. Contos, principalmente, mas também uns excertos de romances que só tinham forma, por enquanto, na minha imaginação. Quando saltava de um lado da rua para o outro, fugindo de um bêbado escandaloso, fui encontrado por ela, a tristeza bartolomeica. Desmotivada como eu, resolveu me agadanhar em um abraço insensível. Coloquei-me sentado em um pedaço de cimento e tijolo à porta de uma casa. A pasta caiu da mão, batendo sonora na calçada quente.

Sombreado por uma jabuticabeira, fiquei refletindo sobre as casualidades que vinham me cercando. Demandar a ajuda de Úrsula era humilhante, mas não tinha outro jeito de me resolver. Estava infeliz, claro que não só por conta do esquecimento. Doía saber que nada evoluía: o suicídio continuava uma hipótese distante, o trabalho estava me trazendo perturbações e nada de realmente especial me acontecia. É agoniante viver sem que haja uma ponta de novidade a cada dia; quando a vida é tédio, a morte é como a infinda colônia de férias, um veraneio no inferno. Não achava que tinha salvação, só tinha era de seguir com meu objetivo primordial. Não via como alguma mudança naquele momento, quando tudo já estava malhado de dor, poderia abrandar a angústia que engordava no poleiro da alma. Digamos que conhecesse alguma rapariga capaz de preencher meus requisitos de esposa. Estava tarde, eu já tinha meus vícios imutáveis e a paixão avassaladora de minha jovem mulher morreria perante meus cacoetes. Digamos então que o mercado literário aprendesse a apreciar meus grafados. O dinheiro seria pouco para mudar minha vida e a popularidade repentina da minha obra poderia botar em xeque sua credibilidade — o crítico gosta da exclusividade como a miséria louva o cartão de crédito.

Nem me arrisco a falar dos cartões. Entrei no cheque especial por conta de umas meias e mantimentos. Tudo parece me custar os olhos da cara e de fato parece que nem enxergo mais — pus a morte como viseira e só seu brilho abafado de ideia e método era o que me guiava pela vida anoitecida. A multidão era um borrão nuvioso, grudento e disforme. As construções, as arquiteturas, os movimentos. Nada me conduzia ao sentido. Como se a sensação daquele dia de aniversário no taco do apartamento me tivesse impregnado inteiro, feito a baba dos caramujos mela o cimento, e não saísse mais. A paisagem humana era um jogo de montar não-desmontável.

Desentendido de mim, fiquei em pé e continuei o percurso, resfolegando as narinas. Desemboquei na altura da Brasil, exausto. Estava no edifício do doutor Chaves, mas não tínhamos um encontro agendado. O hábito me pôs ali. O hábito e um interesse. Comecei a buscar, desesperado, pelos meus garotos; não estavam de bebedeira em seu boteco habitual nem caçoando dos mendigos nem assaltando as mercearias. Senti-me traído, abandonado. Necessitava de vê-los. Quebraram nosso acordo e eu, desolado, fiquei zanzando pelos lugares comuns como se na cabeça só existissem as memórias fotográficas e não as objetivas. Tinha esperança de que alguma hora eles aparecessem, então entrei em uma loja de roupas e fiquei nas araras acariciando camisetas, mas a todo momento espiava pelas vitrinas o lado de fora. Estava repetindo as mesmas calças havia uma semana, porém o dinheiro curto não me deixaria o luxo de comprar outro par. A vendedora solícita veio perguntar se eu precisava de ajuda e usei a desculpa usual, a de que estava só olhando, para não ter de dizer a uma completa estranha que a minha carteira tilintava as moedas. Gostei de algumas das coisas que vi, mas saí com mãos abanando e muita humilhação embolada na garganta.

A espuma ácida aumentava de volume: esbordoar a cara daquela vendedora no cabideiro, fazer suas narinas chorarem sangue, derrotar seu pescoço com o músculo das minhas coxas, deixando-a asfixiar sobre as regatas. Depois o nível da maré corrosiva baixava: continuar o caminho, procurar pelos meus meninos, amá-los sem contato.

Não os encontrava em parte nenhuma. Entrei em uma loja de aviamentos e aproveitei para bater um botão na minha bolsa. Saindo dali, comprei um enrolado de salsicha e uma lata de

Coca. Urinei na lanchonete, que custava um real, e foi uma experiência das mais constrangedoras às quais já me resignei. O banheiro, que ficava no meio exato do cômodo, tinha só uma meia-porta, de forma que os tontos podiam ver-me da cabeça aos ombros, então vinha a pequena porteira estilo faroeste, e depois meu fim dos glúteos e as minhas pernas também ficavam expostos. Eu não conseguia fazer. Mas ia me custar um real, então era obrigação lotar aquele mictório de mijo. Abri a torneira que ficava no canto do cubículo e pus a mão no verter da água, com esperança de que a bexiga se revolvesse e começasse a liberar o elixir que guardava como se fosse a ambrosia prometida. Depois de um ridículo insucesso, um meio-tempo detrás da meia-porta em que fiquei sacolejando meu instrumento tímido e apertando a ínfima descarga, desisti. Passei acabrunhado pelo caixa, tirando a moeda do pagamento e pondo-a na palma aberta da atendente. Antes de soltar o dinheiro, fiz uma pergunta: "Não tem outro banheiro? Não consigo mijar com essa metade de porta". Ela me disse que não, que era só o que tinham para mim. Espelunca do caramba. Quando eu já tinha dado as costas, ela me chamou com um sibilar de cobra e esticou o meu real para mim: "Se você não usou, não vou cobrar". Mais enfezado com a bondade dela do que já estava com minha brochada escatológica, fiz um gesto de dispensa e saí outra vez para o pandemônio da cidade.

A essa hora, coisa de sete da noite, tudo pulsa. Os operários começam a gotejar para fora das fábricas às cinco, mas às seis e meia é que eles saem numa enxurrada, lavando tudo, e aos proletários se unem as ninfetas que deixam os colégios, os meninos em seus quimonos de taekwondo. A lalação chata, o trânsito agarrado, os motoqueiros furando o sinal vermelho. Não adiantaria continuar buscando, eu não conseguiria distinguir os três naquele emaranhado. Cinza-fumaça. Este Centro de um buraco.

Eu ainda estava culpado por causa dos atos pervertidos de antes. O pavor de um homem é uma coisa tão séria que pode levá-lo à loucura instantânea. Era como se um detetive moral estivesse desempenhando sua profissão na minha cola; se cometesse o menor deslize, o vigilante deduraria. Eu tinha medo de torcer a cabeça para espiar meu perseguidor e saber que ele na verdade não havia ali, era saldo da minha neurose. Então continuei rumando, decidido a ir para casa aguardar a entrega de Úrsula, só que no meio do caminho a vida resolveu me usar de novo para curar seu tédio, botando um excremento de cachorro bem debaixo da minha pisada. Senti o salto do sapato afundar, macio, na pilha fresca. Xinguei ferozmente e me aproveitei de uma faixa de grama para esfregar o disco de bosta. Fui mancando pelo trajeto conhecido, pensando se a desgraça era um ensinamento divino. O fedor ia subindo às narinas, desagradável e acre, por mais que raspasse o solado no meio-fio; na verdade, a impressão era a de que o cheiro ficava pior quando eu passava com força a sola no paralelepípedo. Estava quase em casa, a testa suando. O sal chegava à minha boca, formava um bigode aquoso. O rancor estava preso nas minhas vértebras como as garras de uma águia. De ombro caído, retornei para meu ponto inicial a tempo de ver o despontar das estrelas e a primeira irradiação enevoada da lua. Estavam fazendo um bota-fora em uma loja de eletrodomésticos; os alternativos pretensiosos saíam de um laboratório olhando seus negativos de fotografia contra o céu. Virando ali perto, consegui avistar o gigante de cimento — de dez andares, o meu era o quarto. Sentei na portaria, tomando o vento gelado que prenunciava uma noite enrolado na coberta. O tempo aqui é insano, a chuva brota do céu com a rapidez do brotar de uma tristeza humana. Ficaria ali uma hora esperando por Úrsula, era perigoso as nuvens começarem a empretecer e a água inoportuna descer em mim; já fui logo me abrigando na fachada do edifício, chegando para mais perto do interfone. O porteiro me reconheceu e abriu a entrada, dando boa noite. Perguntou se eu estava esperando alguém chegar e falei que sim.

"Vi que ficou observando ali fora", pontuou o porteiro intruso, rindo em seguida.

"Perdi minha chave", eu cravei nele.

"Bartolomeu! Perdeu na rua? Que perigo!"

"Deve ter caído do bolso."

"Deixa eu ver na minha gaveta, às vezes eu guardo coisa que encontro caída nas dependências", ele sugeriu. "Aguenta um minuto."

Aguentei. Não tinha mesmo nenhuma opção que não a espera. Fumei um terço de cigarro antes de ele voltar. Com uma boca de frustração e pendendo a cabeça para um lado, pesaroso, declarou em vívida chateação: "Não tive sucesso, Seu Bartolomeu".

"Não tem problema."

"Já deu jeito?"

"Já. Úrsula vem aí e vai em trazer a chave dela."

"Mas Úrsula anda sumida, gosto dela", ele confessou, dando palmadas na parte de trás de uma carteira de cigarro, fazendo um exemplar pular em seus dedos. Levou-o rapidamente à língua e tocou-o com o isqueiro inflamado. "Como é que a Úrsula vai?"

"Vai muito bem."

"Eram um casal bonito vocês dois."

"Éramos."

"Mas sei que devia ser dureza viver com ela."

"Sabe?"

"Mas é lógico. Eu sacava o que ela fazia, Seu Bartolomeu."

"O que fazia comigo?", interpelei-o, olhando no fundo de seus olhos brancos.

"O que fazia da vida. Ela era... não era?"

Dei uma tragada oportuna, que me permitiu atrasar a resposta por um bom tempo. Dei outra, depois outra, e ficava assoprando o vapor sem nunca assoprar o que ele queria saber. Persistente, ficava me fitando sobre suas bochechas pretas, que também se enchiam de trago e depois esvaziavam.

"Era."

"A gente nota", obtendo a confirmação de que necessitava, ele desgrudou as pupilas de vaca de cima de mim. Soltou uma risada flatulenta, depois terminou de queimar seu tabaco, esfregou-o na parede atrás. "Ela tinha alguma coisa disso mesmo. Dava pra dizer. Mas era gente boníssima e eu sinto falta de bater papo com ela. Sabe que todo sábado ela acordava cedinho e a gente ficava ali, papeando... E ela tinha a lábia boa, falava de tudo. De política, até. E me passava umas receitas bem elaboradas. Você devia comer bem, né, Seu Bartolomeu."

"A comida de Úrsula era uma merda."

"Mas não é possível, ela explicava os troços todos com cuidado, imaginei que fosse cozinheira daquelas de fogão à lenha mesmo."

"Ela é falastrona de mão cheia."

"Mas não é pra tanto, vai..."

"É por isso que virou prostituta, porque é muito falastrona. O que excita mesmo aquela lá é contar história pros homens."

"E como é que você ficava no meio dessa história? Eu acho o senhor um homem forte, sabe. Eu não conseguiria ficar nessa situação, não. Sabendo que minha mulher sai dando — perdão por falar assim. Mas é que eu acho o senhor forte, eu acho mesmo."

"Não tinha jeito de mudar aquela mulher. Eu acho que gosto é de sofrer mais que um Paulo Sérgio. Tentei fazer o bem pra ela, mas Úrsula nunca quis sair da vida."

"Tem gente que gosta, né..."

"Tem gente que gosta."

"Eu não sei como que as pessoas acabam gostando disso. Faz treze anos que vou pra cama com a mesma esposa. Não imagino o que é rodar de cama em cama, cheirando lençol dos outros", ele colocou quase poeticamente, o queixo para cima, apontando as nuvens.

"A vantagem de Úrsula é que ela nunca se entedia."

"Tá dizendo que vou me entediar da minha mulher?", ele riu.

"Estou."

"Não acredita mais no casamento, Seu Bartolomeu? Desiludiu?"

"Desiludi da vida e não creio em mais nada", eu meti a seco.

Ficamos imperados pelo silêncio durante alguns minutos. O porteiro encarava uma ou outra mulher que passava saracoteando, o hipócrita.

"Eu às vezes também canso", ele pôs para fora após pensar bastante. "Gosto de sentar aqui na rua pra comer minha quentinha, ou sento na escrivaninha do prédio mesmo e fico olhando aqui fora. Tá tudo tão louco. A gente de vez em quando perde o motivo."

"É o que tenho pensado."

"Mas o senhor ainda tá bem de vida. É inteligente, tem seu emprego digno."

Amassei meu filtro no muro como ele e me recusei a render aquele colóquio.

Se deixasse, ele falaria pelo resto do futuro. Eu fiquei concentrado na movimentação da rua, onde os motoristas impacientes gritavam com buzinas por detrás de seus volantes, o trânsito todo truncado até no alto da Bahia. Meu interlocutor também se atentava ao movimento dos veículos, mas sua curiosidade continuava em cima de mim, aguardando que eu desse prosseguimento ao papo, o que me jurei não fazer. Preferi esperar mudo pela minha ex-mulher. Se há algo em Úrsula de que não posso me queixar é sua pontualidade; se tinha marcado às nove, às nove estaria ali — e aprumada. Mas ainda faltava uma hora, e eu só queria que ela agenciasse logo a prostituta novata com quem estava gastando a tarde e tomasse a estrada para a cidade o quanto antes. Seria um bom dia para ser mais do que pontual e me surpreender brotando ali antes do planejado. O constrangimento estava tomando conta da cena. O porteiro metia os olhos em mim, vencendo a barricada austera que eu havia construído ao meu redor. Fingi distração, analisando a calçada do lado oposto, onde umas mães atravessavam seus filhos. E como a mente prega peças. Vi minha tríade passando entre a aglomeração, gingando devagar entre o povo que tinha pressa. Olharam para mim com ferocidade felina, um tocando no ombro do outro, todos me apontando como a um babuíno de zoológico. Foi Áureo quem tomou frente, fazendo um gesto que ia dos olhos dele até os meus — ele também vocalizou: "Tô de olho em você". Não poderia ser mais clara a mensagem; ele me escoltava tanto quanto eu a ele. A tríplice alucinatória foi desaparecendo rapidamente no meio das dezenas de cabeças, subindo a rua. Nesse momento, o porteiro me chamou com um toque no cotovelo, com o queixo ele me mostrou uma jovem meretriz que conduzia sua malemolência, indo no rumo da estação de metrô.

"Não dá pra disfarçar, não", ele comentou da menina que habitava naquela saia curta desfiada e naquela camiseta que deixava seu umbigo exposto ao gosto dos pedreiros, que mexiam na reforma de uma construção comercial dali de perto. Eles assobiaram, despudorados, e ela olhou para trás, chupando sorridente a sua goma de mascar.

"Tem gente que gosta", eu repeti.

Passaram homens com tatuagens esdrúxulas de presídio. Passaram vendedores de saco alvejado, cinco por dez, erguendo suas placas feitas à mão e enfiando seu produto na cara dos motoristas pelas janelas abertas dos carros. Passou o porteiro para sua escrivaninha. Passou um ônibus que não quis parar no ponto, criando inimizade com os passageiros traídos, que proferiram injúrias para o motorista que já tinha arrancado e estava longe. Um menino estranho, de uns oito anos, mas de cabelo pintado, pegou uma sacola e ficou batendo-a no meio-fio para quebrar o que quer que estivesse dentro. Passaram cachorros de mendigos. Passaram as horas e Úrsula chegou, balançando a chave com os dedos. Só quando ela se aproximou eu percebi que não eram as chaves da minha casa, mas o controle eletrônico de um automóvel. "Financiei", ela falou, "deixei no estacionamento aqui perto". Eu não disse nada, mas ela não se chateou, conhecia meu jeitão taciturno. Chamou para subir e eu segui os passos dela. Cruzando pela portaria, cumprimentou o homem que havia se recolhido em seu ofício. "Mais tarde eu passo aqui, Seu Carlos", falou Úrsula, "que tenho uma receita divina de batata pro senhor". Ele agradeceu e nós subimos para o meu sala e quarto, ela sacando o chaveiro e me deixando entrar. Ela disse "Fiz uma cópia da chave pra você, vou deixar aqui em cima do móvel". O meu indesejado cachorro começou a latir e fazer festa assim que ela passou pelo batente, pulando nas canelas dela, arranhando com suas unhas afiadas. Fui logo tratando de dispensá-la:

"Então obrigado."

Mas Úrsula soltou a bolsa numa cadeira e o corpo na poltrona, acomodou-se com suas mãos no animal e convidou: "Abre uma garrafa pra nós, de qualquer coisa. Só quero trocar umas palavras. Faz tempo que a gente não se fala".

"Só tenho cerveja."

"Falei qualquer coisa, Bartolomeu. Pode trazer."

Levei duas garrafas e o abridor. Como era usual, ela passou à frente, tomou-me tudo e arrancou as tampas com rapidez admirável. Bebemos do gargalo.

"O que deu com aquele homem lá?", eu indaguei.

"Que homem?"

"Por quem você estava caída de amor outro dia", falei antes de beber um tanto.

"Ah, esse homem", proferiu Úrsula e então ficou pensativa, pequena, esfregando o fundo úmido da garrafa em suas coxas. "Ele resolveu se firmar com a esposa. Mas foi assim, ele queria uma Amélia que eu não seria nunca. Foi até melhor."

Não consegui dizer nada. Ela estava tão resolvida com a situação que não era função minha ficar verbalizando soluções hipotéticas ou demonstrando empatia só para confortá-la. Mas Úrsula esperou infinitamente, como um cuco de relógio que aguarda chegar a hora de seu triunfo cantado. Quieta dentro das portas de madeira de seu ser, muda, triste. Mexeu no Dom Quixote que estava na mesa de centro, folheou como quem não quer nada, mas aí achou uma gravura do Sancho Pança em que se deteve, alisando e observando. Logo em seguida, resolveu se recolher como uma coisa em um útero, os joelhos dobrados na altura do peito e as mãos segurando os tornozelos. Um bebê obeso, oleoso, começando a chorar rímel perto demais das minhas almofadas brancas. "Foi melhor", ela proferiu mais uma vez. Peguei um vidro de balas e estendi para ela; selecionou a que gostava mais, de caramelo, abriu-a puxando as barbatanas e colocou-a na boca soluçante. Em consolar eu nunca fui bom, mas quando estava agitado eu era excepcionalmente ruim. Bebia avidamente da minha garrafa. Lembrei de algumas brigas históricas que tivemos, e a crítica dela sempre remetia à chamada minha inabilidade de consolar. Mulheres chorando sempre me descem embargando. Fico estático, lembro-me de Íngride tombada nas próprias mãos, alimentada e vomitada de sua autopiedade. Gostava que Úrsula era forte, e raras vezes havia visto as lágrimas lhe rolarem nas bochechas. A mudança de profissão, contudo, havia abalado sua fachada impenetrável — quando era puta, tinha fibra; agora que apenas agenciava meninas, sua rudeza fora substituída pelo carisma de uma mulher de negócios, ocupada de evangelizar clientes. Estava mais dócil, só que de um jeito irritante, como uma criança que se esforça para seduzir o homem casado. Perdi, de certa forma, o respeito por ela. Admirava sua firmeza mais até do que julgava admirar, e nos últimos tempos ela havia se tornado uma cólica nos meus dias. Só para não dar tanto na cara, falei para ela:

"E você lá precisa desse cara? Nunca vi mulher se impor que nem você".

Eu disse algo de bom gosto, porque imediatamente ela passou suas mãos no meu cangote e me abraçou, prensando-se, chorosa, no meu peito. Fiquei mudo e muito quieto, deixando ela se revolver debaixo das minhas axilas. Em horas assim é que prefiro os cadáveres.

"Você tem razão, Bartolomeu", ela falou abafada, "eu nunca quis comer na mão de ninguém."

Respirei fundo. Ocorreu-me nessa hora um pensamento; se Úrsula vinha à minha casa, se me abraçava despudoradamente, é porque queria algo mais. Estava desconsolada, recorrendo ao homem que bem conhecia. Avaliei minhas opções. A experiência embaraçosa com Melissa me mostrou que não era fácil conhecer novas mulheres e ir para a cama com elas. Com Úrsula, por outro lado, não haveria surpresa. Conhecia seu corpo, ela sabia do meu. Onde ela gostava — o lóbulo da orelha, um apertão nas mamas grandes — eu sabia. O que a entediava — longas conversas na cama — eu sabia. Recomeçar com ela seria mais fácil do que sair à caça de uma nova donzela pelas dobras da cidade, andando em bares e puteiros e galerias de arte que são quase a mesma coisa. Fui em uma galeria de arte perto de casa outro dia e quase enlouqueci; o desfile de intelectuais em suas camisetas de museus europeus me desestabilizava.

Mas ainda sobre as mulheres: não precisava delas. Sinceramente não precisava, mas não seria mal ter alguém para esperar em casa enquanto eu me gastava no serviço.

E ali estava a Úrsula oferecida, falando lentamente debaixo do meu cotovelo, mansa, indiscernível como o lamento dos peixes. Resolvi jogar a rede.

"Bartolomeu", ela disse, curvando a nuca para me despejar suas pupilas pretas, "será que posso dormir aqui esta noite?".

Calculei as opções; cheguei ao saldo final: era melhor deixá-la ficar, ainda que ela tivesse o costume de chutar durante o sono. Assim, quem sabe, eu poderia fazer algum movimento dali a pouco mesmo, já que ela própria estava ousando, pedindo para ficar. Durante o meu silêncio, o rumor de uma goteira ficou mais alto no banheiro. Desgrudei a boca seca e lhe disse assim:

"Fique".

Úrsula mostrou um sorriso acabrunhado nos dentes e foi empenhada a dar uma bicada na breja, mas estava vazia. Adiantei-me, saltando para a cozinha:

"Quer mais uma?"

Ela assentiu, imergindo a cara grande nos seios e então para cima novamente. "Te espero na cama", atreveu-se ela.

Antes de pegar os cascos, lacrei a entrada para o apartamento com voltas de chave e com o pega-ladrão. Puxei as cortinas no varão, escurecendo o corredor. Bebi de uma garrafa d'água da geladeira, fiz careta quando congelou o meu céu da boca e peguei nossa cerveja.

Cheguei ao quarto com passos de formiga, a cerveja na mão e o abridor enfiado até a metade no bolso; se ela estivesse bêbada seria ainda mais fácil, Úrsula ficava delicada. Vi que estava já bamba na cama. Deitada com pés cruzados e o traseiro para cima, rastejado lentamente em cima da colcha, sentindo-se, largando-se. Murmurava. Falei seu nome e ela não disse nada; chamei outra vez e ela deu mais um murmúrio. Estava na ponta do abismo que estatela no sono. Meio dormida, meio manhosa.

Deitei-me atrás dela, descalçando um sapato com o outro pé. Em uma amostra de malabarismo, sacudi as pernas e saiu a calça, aterrissando suavemente ao pé do móvel. Fui me achegando, reclinando o corpo mais para o lado dela, até que sentisse o calor natural emanando de sua matéria. Prendi a respiração por um prazo grande, medindo se ela estava acordando ou não. Deu mais um muxoxo, dessa vez um arrastado e rouco. Acheguei mais. A cerveja ficou suando em cima do criado-mudo, pingando no mogno. Úrsula se agitou, deu a respirada final que marcou sua entrada no sono de peso, a completa quietude. Finalmente ela estava de volta: minha ereção.

4

Quando ele entrou no quarto, o vento louco batia as janelas em seus caixilhos de ferro. Seu joelho ossudo escapulia pelo rasgão da calça e os pés esqueléticos estavam contrastados no chinelo de dedo que era um número maior. Lançou-se na poltrona de canto e, de tão parco que era o seu corpo, o couro do sofá nem silvou; quando eu me jogava no assento, a almofada desesperada gritava bufadas de ar. Frente a frente, nós embuchamos por um minuto, deixando ressoar a música na aparelhagem de som na sala; um saxofone vinha rasgando as persianas de papel e dedos ágeis puxavam as cordas de um violoncelo. Deu para ver que ele detestou meu jazz, e nem se porpôs disfarçar a cara de óbvia insatisfação — repuxando o canto da boca e torcendo os olhos para o alto. O safado esticou as pernas, botando suas patas ainda calçadas sobre o meu lençol lavado que cheirava ao dispendioso amaciante. Perguntou se eu estava certo de que queria aquilo que ele levava em sua cueca, um embrulho pesado, e eu disse que sim. Tudo o que estava dopado dentro de mim de repente acordou; pegar a encomenda foi o mesmo que tocar a face de um deus. Sabia que o estouro da glória me abarrotaria de um nirvana inexprimível. Mas tudo estava caminhando tão perfeitamente que meu ceticismo desconfiava. Aguardava o momento em que o trovão da realidade viria estourar sobre mim, derrocando a utopia, e eu perceberia tudo como sendo o produto de um sonho — como no final de roteiro já repetido à exaustão pelos norte-americanos.

Desamarrada dos panos que a prendiam com força, caiu no meu colo a forma lustrosa de uma pistola. Grossa, robusta e rígida, me enchia as mãos.

Lembrei de meu pai.

Tive um lapso melancólico durante o qual acreditei que sua aparição pudesse desafiar os preceitos físicos e se encarapitar sobre as minhas escápulas tipo a ave no ombro do navegante; trançaria suas mãos nas minhas trêmulas e, juntos, estalaríamos o gatilho, fazendo carne voar e sangue emplastar o lençol.

Uma semana antes, a normalidade estava intocada como uma freira. Úrsula acordou cedo com um pulo pouco gentil, tremendo as molas do colchão, o que me fez acordar enjoado. Ajuntou tudo o que era seu num braço, catou a cerveja que esquentou em cima da cômoda e saiu falando que o trabalho começava cedo, tinha que ir para o escritório. Que tipo de homem pedia prostituta às seis da manhã? Estranhando, eu pus a roupa de sair e fui dar uma volta ali por perto antes da hora do trabalho.

Tomei café com enrolado de salsicha na lanchonete do térreo, em que atendiam umas balconistas mal-educadas e um caixa que fazia valer seu mal pago salário observando o rabo delas nas saias de uniforme. Comi, assentado na mesa mais externa, tendo em vista as primeiras lojas que subiam suas portas pesadas; na agência bancária, a fila de gente começava a se apinhar. As bancas também subiam suas tampas e as revistas plastificadas começavam a ser dispostas do lado de fora — a pornografia mais no alto, longe dos olhos das crianças, e muitos livretos de culinária para donas de casa colocados na altura de uma velha encurvada.

"Mais alguma coisa?", perguntou-me rispidamente uma das balconistas enquanto vinha limpar as cadeiras do lado da minha.

"Quero uma coxinha."

"Não tem, ainda estou fritando."

"Outro enrolado."

E foi isso. Ela trouxe outro dos salgados encharcados de óleo. Algum idiota esqueceu o matutino sensacionalista em cima da mesa e aproveitei para ler; só notícias trágicas, mais tenebrosas quando escritas do que no plano da realidade, e muitas imagens provocativas de mulheres bronzeadas, marombadas, em biquínis finos que quase cortavam suas bacias no meio, como uma boleira cortando massas com fio-dental. O que me preocupa é quem escreve para esse tipo de periódico. Eu acho que não seria capaz de escrever umas coisas porcas daquelas. Não teria prazer em madrugar batendo com os dedos tais chamadas acéfalas, redigindo colunas minúsculas sobre os eventos mais catastróficos ocorridos nas últimas horas. Mas que prazer eu tinha, afinal?

"Mais alguma coisa?", perguntou agora a outra atendente e, por Deus!, eu vi até o fundilho de sua calcinha de chita naquela saia erguida pelo traseiro.

Desconcertado, falei: "Traz agora um pão com presunto".

"Não tem presunto. Pão só com manteiga."

"Então outro enrolado."

Usando o prato sujo em que eu já vinha comendo, ela me deu o pedido; tirou a comanda que estava debaixo do porta-guardanapos e marcou mais um risquinho com a caneta de detrás da orelha. Voltou saracoteando para seu lugar e o olho do caixa não saiu da barra da roupa dela. Paguei a conta depois de pedir um pingado, que bebi num gole só. Saindo, um vendedor ambulante veio jogar seus pregões para o meu lado, estendendo fones de ouvido, carregadores de caudas longas, cartões e bonés, dispostos nas vitrines de seus braços. Falei que não, sacudindo a cabeça, mas ele insistiu, forçando os produtos em mim. Dei uma bofetada e um monte de fichas caiu; ele xingou uma enxurrada de palavrões e se curvou para recolher.

Uma livraria estava se escancarando quando eu atravessei a rua, aproveitando-me do sinal que fechava naquele momento, forçando os motoqueiros apressados a brecar. Seus pneus rangeram.

Fui para a loja de livros, analisando com desgosto os materiais editoriais. Capas vibrantes, formatações com letras tão grandes que pareciam fachadas de motéis de estrada. Por enquanto, não tinha ninguém dentro, mas à tarde aquele lugar seria antro de jovens intelectuais sem trabalho, folheando calhamaços, rindo em conversas maçantes. Saindo com as mãos cheias de sacolas cheias de livros, sentariam na calçada para fumar seus cigarros caros. Chupariam pastilhas depois, porque os pais ainda fingiam não saber que os filhos davam um trago.

E eu sempre repleto do mesmo assombro, cheio dele: por que estava vivo? Tudo era tão patético, desde as livrarias menos dignas do que as casas de prostituição até o meu emprego enfadonho — eu cheirava a cadáver, por mais que me lavasse. Tinha vontade de largar a rotina, subverter a normalidade que há anos eu ensaiava (jamais era o próprio ato, eu era um eterno antes). Essa disciplina só servia para avultar a coisa que estava presente ali, por baixo do véu: a verdade é que nada tinha valor. Escrever sempre foi um prazer inútil. Mas vinha percebendo que todo o resto era desprovido de utilidade. As relações nada me acrescentavam, eram todas de cunho prático. Os desejos eram poucos, os prazeres insuficientes. Não via razão para persistência e nada me aliviava o estado de torpor. O marasmo infectava até as coisas que deveriam ser calorosas — tinha dia em que puxar um tabaco ou abrir uma birita eram atos maquinais, menos ligados ao tesão do ato e mais ao hábito. A comida ficava sem gosto, a luz esverdeada da manhã me irritava em vez de encantar, como o fazia nas planícies longínquas de uma juventude.

Em situações dessas, acho que as pessoas comuns vão atrás dos seus escudeiros. Mas eu nunca os tive, e os candidatos mais aptos ao cargo zarparam como navios — um professor do colégio, um chefe mais antigo e um velho que alimentava os pombos perto de casa e às vezes trombava comigo na padaria. Pensava em me aposentar dali uns anos e viver como esse último, gastando os dias no parque dando pipoca para os pássaros malcheirosos e estourando os balões das crianças quando suas mães virassem a cara. Esse objetivo vinha meio improvável, um delírio para me consolar da falta de esperança. Haveria sempre alguém para dar de comer aos pombos. Mas eu tinha uma provação para o futuro, para o porvir mais imediato.

Caminhei até a funerária, e estava mais ou menos na hora de trocar os turnos. Gostava de chegar um bocado antes do meu expediente oficial para ver Diana assumir a recepção. Ela se queixava da garota que ficava a madrugada ali e era muito baixinha, botava a cadeira giratória lá no alto. E minha Diana, que tinha as pernas perfeitas para acessar um vestido de festa, precisava se curvar sensualmente no assento e puxar a alavanca que o fazia cair até a altura ideal. De lado, eu ficava escorado em uma parede carunchosa, vendo seus peitos se mexerem dentro dos botões da camisa social. Naquele dia foi a mesma condição. Fiquei de tocaia um minuto até que ela desse o ar de sua graça no hall. Surgiu e fez a mesma coisa de todo dia, ajeitando a cadeira para seu gosto. Perguntou como eu estava, eu menti que estava bem. Perguntou sobre Aragão, disse que há dias não o via. Comentei que ele de vez em quando saía mais cedo do serviço, em especial quando brigava com Rute pelo telefone, que daí saía correndo para continuar a discussão pessoalmente.

"Ele é um enrolado", falei.

"Enrolado?", falou ela.

"Outro enrolado", pontuei sem razão.

Eu sabia que o casal trocava farpas em elevado volume — os vizinhos os detestavam, e Aragão contava que espalhavam fofocas sobre eles dois e davam gritos ameaçando ligar para a polícia. Era nessa hora que ele e a mulher reencontravam sua cumplicidade. Ela punha a cara gorda para fora da janela e começava a xingar os vizinhos por apelidos e Aragão ia logo em sua esteira, passando a cabeça pela outra janela e escandalizando contra os moradores dos andares baixos. Rute o beijava no fim das contas e, ambos cansados, caíam na cama para um sexo ruidoso antes de dar aos vizinhos o merecido silêncio. Aragão entrava com olheiras e, um minuto depois de pisar na sala de trabalho, já estava recebendo uma chamada de Rute, com seu ciúme indisfarçado. Ele ficava fora do sério e passava o expediente praguejando.

Diana começou a bater uma pilha de papéis, organizando a mesa que a secretária anterior deixava em caos. Tão organizada a menina... isso despertava mais ainda o meu interesse nela. Mas achava que não valia a pena investir; tinha idade para ser minha filha, se Úrsula tivesse me dado uma filha, se não cultivasse pestilências uterinas. Para não pensar mais no assunto, eu me retirei sob o pretexto de que iria aprontar a sala para começar o trabalho — quando, na verdade, fui para o banheiro, incomodado por uma cruel dor de barriga. A cerveja sempre me deixava em disenteria, eu preferia os vinhos. Mas faltava dinheiro para tomar bons destilados. Vinha contando os trocados para conseguir o pão diário e o aluguel ameaçava subir. Até falei com o proprietário, uma conversa que apelava às emoções de seu possível bom coração. Primeiro, eu bati à porta dele, que morava no mesmo prédio, só que no 602, e iniciei com formalidades, dando boa noite, falando que recebi sua correspondência sobre o aumento no valor mensal. Depois eu disse:

"Mas sabe o que é, meu senhor, é que já está difícil para mim conseguir pagar o que o senhor me pede agora".

"Não posso fazer mais do que faço, Bartolomeu, e eu lamento, cê sabe."

"Mas deixa como está. Tá difícil, mas tenho pagado todo mês como prometo."

"Bartolomeu, eu não posso. Minha mulher tá doente, acamada", ele disse e então abriu um bocado mais da porta, mostrando sua franzina esposa jogada sobre o sofá, uns frascos de remédio na bancada e a novela falando alto com ela. A cara encovada não mentia a doença. Mas também pudera, com o apartamento todo fechado e ela coberta dos pés à cabeça. Tinham uma gataria que preferia miar quando eu queria dormir e todos os bichos pareciam bem imundos.

"Eu estou doente também" — tossi.

"Isso é coisa séria. Estamos sem um puto pra cirurgia que a Sandra vai ter que fazer no baço. Eu sinto muito", ele disse cabalmente.

Tentei seduzir: "Mas..."

Só que o velho me deu uma despedida categórica e me pôs em definitivo para fora de sua casa. Ouvi-o passar a chave na tranca.

Deixei o banheiro e fui para a sala de trabalho; um morto estava sendo despido por Aragão das roupas sujas. Trabalhamos nele até o almoço, então revezamos para comer e continuamos até o início da noite. Havia uma calma incômoda cobrindo a vida. A falta de surpresas funciona mais em prol do meu estresse do que como calmante; o que poderia ser um sossego na verdade me eriçava os pelos. Em alguns momentos, as paredes que me cercavam pareciam estar vagarosamente se fechando, até o ponto em que me esmagariam. Em horas como essa é que eu, tonto, precisava me sentar. Colocava a cara nas mãos e gemia como um alce flechado antes do último respiro. Dor no peito, como um infarto, foi assim até a hora de ir embora. Pensei até em sair antes, dizer que ia à caça de um médico e na verdade virar a noite num jogo de paciência de computador. Consegui suportar até quando deveria e então parti da funerária quando a lua já havia tomado posto.

Bati pernas pela rota que já estava calejado de percorrer. Não era de crer, àquela altura, que alguma quebra na rotina fosse acontecer e me acordar da prostração. Porém, a vida, escritora, vem nesses lapsos desenganados aliviar nossa tensão — oferecendo uma mudança de planos. Enquanto subia para a minha casa, quase dobrando o último terço do caminho, senti uma pressão concentrada; fui pego pelo que me pareceram garras amoladas e tacado no chão de um beco. A captura ocorreu com tal velocidade que nem fui capaz de notar a cara dos montadores da arapuca. Só sabia que eram mais do que um por conta do número de mãos que me repuxavam as roupas. Capotei sobre um monte de brita, tentando erguer os cotovelos para proteger os olhos, quando uns pares de pés começaram a me castigar. A minha costela, a minha cara, minha virilha; os pontapés me lambiam inteiro, pesados e imundos de Centro. Chamavam-me velho filho da puta, safado desgraçado. Mesmo ofendido, não dava um protesto a quantidade de ar que eu tinha no pulmão. Arfei e supliquei mudo, só que continuaram sem pena de mim.

O que estava à minha direita, mais hostil que os demais, deu logo um chute no meu nariz. Os outros abutres tinham a paciência de brincar com a carniça — colocavam o solado dos tênis sobre meu escroto e pressionavam devagar, ameaçando uma castração, ou raspavam o sapato na minha boca — mas aquele garoto da direita era um mar revolto. Queria me exterminar, pela forma como agredia minhas costelas. O maldito audacioso ainda me deu uma cusparada na bochecha. Eu implorava, em vão, por misericórdia. Achei que fosse vomitar.

Meu corpo se repuxou como um boneco de ventríloquo e eu me ergui com ânsia. Soltei uma golfada de sangue em cima das minhas calças e voltei a despencar no cascalho.

Contra a luz dos postes altos e contra o céu rosado, seus três rostos escurecidos, vi minha santa trindade adolescente. Meus algozes eram também meus objetos de amor.

Expectorei um espirro de sangue pela narina e fiquei engasgado, gosto de ferro na língua. Investiram com chutes no meu estômago e nas pernas que me deixaram dolorido. Rugiam contra mim, juravam que iam me matar.

Quando viram o lamaçal vermelho que me jorrou da garganta, interromperam o esfrega.

Ficaram os três mirando-me como a uma instalação artística — contando que alguém ainda observa com algum interesse essas bobagens —, ódio nas veias afluídas que faziam textura em suas testas. De cima, como deuses intocáveis, eles me desprezavam com palavras ofensivas e se cutucavam e me apontavam, rindo na cara da desgraça.

Vexado daquela humilhação, senti vontade de chorar e, sei lá por que, de me desculpar com eles. Perguntei o que tinha feito para torrá-los a paciência: "O que eu fiz?".

A resposta foi uma bufada do mais forte, seguida de entreolhares. O lobo-chefe da alcateia, com uma placidez que me pareceu incrivelmente irônica, deu-me razões: "Você tá atrás da gente, seu merda, velho do caralho".

Donato veio na esteira: "A gente avisou que não queria te ver na frente de novo, maluco". Deu um bicudo no meu rabo com um vigor que só a juventude permite.

O protagonista dos três deu mais uma palavra. Com um passo à frente, provocando o recuo de sua dupla escudeira, parou onde eu pudesse ver sua cintura. Pôs o blusão para cima, mostrando-me o cano desgastado do revólver fincado no elástico das calças. Exibiu-o o suficiente para me fazer engolir uma bola áspera de cuspe e temer o vindouro disparo; meus garotos tinham a loucura por aliada, e eu não duvidava de que poderiam resolver me apagar às vistas da cidade, no meio da rua.

O nanico esquentado falou para o portador da pistola: "Vamos acabar logo com esse aí. Dá uma bala na boca dele".

O maior deles adentrou o imaginário homicida: "Vai espalhar miolo pelo beco inteiro". Riu.

Comecei a me debater como uma criança de colo tentando escapar de um abraço indesejado, agitando pés e mãos e gritando esganiçado que tudo não passava de um mal-entendido. "Não estava atrás de vocês, pelo amor de Deus! É coincidência só. Trabalho aqui perto, moro aqui!", suplicava encarecidamente.

Áureo pôs o pé sobre meus lábios impetrantes, forçando meu silêncio. Eu sentia umas lágrimas de pânico começando a nascer, pesadas como cimento, nos cantos dos olhos. O único som era o dos meus engasgos. As britas doíam minhas costas, pontiagudas na coluna. Ouvi um farfalhar de folhas secas e um gemido agudo; de soslaio, notei o gato. Ele arrastava as patas calmamente à entrada do beco, espetando suas unhas nas folhas secas. Leandro abaixou, como uma grande torre que despenca, e catou o bichano no colo — um gigante gentil, como eu já observei em anotações anteriores. Áureo também tomou seu bicho de estimação nas mãos: pegou a arma de dentro da cueca e apertou o cão de metal, que fez um clique. Ainda com o pé bloqueando meu suplício vocal, paralisando os agitos que eu tentava fazer com a cabeça. A mão armada, sombreada contra o branco da lua que crescia no céu, ergueu-se e foi posicionada no meu peito. O atirador mudou o foco, direcionando o cano para a minha testa. Escolheu o meio exato; não era um completo desleixado. Queria se lembrar do dia em que estourou minha cabeça, como permanece incólume a lembrança de um beijo esperado por muito tempo.

Leandro dava seus agrados ao gato, que me via com grandes olhos verdes.

O assassino pigarreou. Pela maneira como firmava as mãos, eu sabia que ele ia chegar às vias de fato. Como disse o outro menino, meu cérebro tapetaria aquele fúnebre corredor, folhas secas ficando molengas de sangue e a brita misturada com miolo. O gato miava incessantemente. Percebi que era o fim e que iria morrer; curioso é como temia agora que estava de cara para o meu destino, achando pouco digno que alguém fizesse por mim a tarefa que era minha. Mas não havia como resistir, o cerco estava armado por todos os lados e a bala estava enfiada no tambor, esperando só o aperto do gatilho. Minha alma triste seria desapossada.

Ouvi alguém fazendo um som de chispa; um velho qualquer, estranhando a movimentação no beco, chegou para desmontar o corrilho formado pelos garotos. Chiou para eles e perguntou o que estavam aprontando. Áureo foi ágil em valar as calças com o cano do revólver. Os três juntaram seus corpos, assim não deixando meu salvador perceber que um homem gordo estava tombado no meio da viela, sobre uma indigna cama de pedras. Como eu estava engasgado de catarro e medo, não consegui pedir ajuda. O transeunte foi embora desconfiado e, seguindo-o, foram-se os meninos. Leandro emancipou o gato de seus carinhos e o animal deu uma espreguiçada quando caiu em pé; a mão que até então segurava o felino foi enfiada no bolso frontal da calça. Dali saiu, segurando uma chave. A chave do meu apartamento, balançada na minha cara.

Largando-me às graças do meu completo pavor, os quatro foram embora de vez. Sobrei ali com o gato e com uma angústia horrorosa que circulava, fluida, dentro de mim.

Com a mesma vagareza sensual que tinha ao andar, o felino pulou no peito deste velho espancado e, com língua áspera, lambeu o resto de sangue que manava pelo meu queixo. Alimentado da agonia do moribundo, o bicho também seguiu seu destino.

Fiz força para sair daquela posição humilhante — estava parecendo um dos cadáveres que eu maquiava todo dia —, mas os músculos fraquejaram e eu tombei de novo, caindo de lado com a cara numa poça de água suja. Mais uma vez tentei. Mais uma vez caí. Chorei de desconsolo e impotência.

Algum vigor espiritual — misto de vergonha e pressa — me eletrocutou e eu consegui ficar em pé como um hominídeo decente, ainda que a dor lacerante nas juntas me deixasse meio capenga. Eu era, só instinto. Peguei meus pertences que estavam esparramados e os abracei entre a axila e as costelas. Rumei para casa, como era o objetivo inicial.

Algumas pessoas me encararam no meio da andança, especialmente algumas senhorinhas. Seguras por suas bengalas e apegadas aos bons costumes, quando viam o homem de idade em trajes esfarrapados e escoriações, ajeitavam os óculos para se certificarem de que aquilo que viam não era uma miragem. Enquanto devolvia grosseiramente o olhar de curiosidade de uma dessas criaturas, acabei esbarrando num riponga, que era todo penduricalhos e colares de palha. Olhou-me como se muito ofendido, pronto para uma briga, e eu apertei o passo.

Parei de repente, como os soldados de brinquedo quando lhes falta corda. Era a entrada do meu edifício. O porteiro estava do lado de fora, negligenciando sua função, e deixou o paiol cair da boca quando me viu segurando o cotovelo ralado e a perna que mancava. Intrometido, o homem começou a me tocar com suas mãos muito pretas, como se eu fosse um paciente em colapso e, ele, o doutor que me guiaria para a dose necessária de antipsicóticos. Teve pena de mim, e aí está um sentimento que sempre me irritou profundamente. Começou a tecer uma

Cólera

epopeia, ficou me tocando e perguntando se eu estava bem, querendo saber o que aconteceu comigo. Passei por ele olhando para baixo, ignorando que o porteiro existia. Ele me seguiu para dentro do condomínio como um guarda-costas.

"Bartolomeu do céu, você tá todo ensanguentado! O que aconteceu?", insistia.

"Alguém procurou por mim?", perguntei sem respondê-lo.

"O que tá acontecendo, Seu Bartolomeu? O senhor tá bem?", vingou-se o porteiro sem me dar resposta.

"Um motoqueiro sem-vergonha me atropelou", inventei.

"Atropelou! Jesus Cristo!", espantou-se o porteiro, cobrindo com as mãos sua boca aberta de choque.

"Alguém procurou por mim aqui? Três amigos...", eu insisti, já impaciente.

"Senhor Bartolomeu, me olha no olho", pediu o porteiro como se eu fosse um retardado. "O senhor quer ir para um hospital?"

Perdi as estribeiras diante de tanto enxerimento.

"Ouve!", eu gritei. O brado retumbou na ardósia do prédio, tremelicou as janelas. Continuei em tom alterado: "Alguém veio me procurar? Três meninos, rapazes magros".

Assustado à última instância, o vigilante gaguejou, sem conseguir formular um dito coerente. Seu pescoço fazia que não. Deixei-o no hall, espantado, e tomei rapidamente as escadas que davam no 403. Escalar aquela infinidade de degraus com o corpo estrompado me exigiu adrenalina — lembrava-me a todo segundo de que os delinquentes poderiam invadir meu apartamento quando bem quisessem, e a ideia me colocava em um estado terrível de ansiedade.

Abri minha, esbaforido, passei a chave na tranca, lacrei o pega-ladrão e conferi a tetra-chave. Impossível relaxar, difícil respirar. Fiquei sentado no parquê, as costas contra a porta, de tocaia. Repensava toda a cena; quase fui assassinado. De cara para a mira do revólver, não queria morrer; ser morto não era sinônimo do meu desejo de morrer. O consolo que eu tinha era saber que pelo menos a decisão da morte seria minha, já que o resto das minhas escolhas era feito pelas circunstâncias. Ficar à mercê de uma morte natural ou receber uma bala de bandido não eram opções consideráveis. Só existia como hipótese digna o suicídio.

Dos desprazeres diários, a falta de ar e a dor nas costas são os mais perturbadores. Depois do espancamento selvagem, o desconforto se atenuou e eu tinha dificuldade para me mexer. Entrevado no chão, repassava nos neurônios a cena daquele fim de tarde como se estivesse resenhando os acontecimentos. Embolava-me a garganta a ciência de que meu fim esteve tão próximo.

Cacarejando dolorido como os papagaios fazem às vésperas da própria morte, dormi contra a parede e sonhei sonhos ruins nos quais primeiro minha casa era invadida e, depois de acordar bruscamente de madrugada e então voltar a adormecer, na sequência meu olho era penetrado por uma munição disparada e, minha carne, mordida por presas de vampiros juvenis.

Acordei em um lugar macio e confortável que definitivamente não era aquele em que o sono me pegou. A chaleira cantava na cozinha e eu ouvia o crec-crec de biscoitos sendo comidos.

Em um avental que achou pendurado no gancho, chegou Úrsula carregando um tabuleiro; provava uns biscoitos de polvilho de um prato. Colocou a travessa e uma xícara do meu lado, assentou-se na beirada do sofá e mediu minha temperatura.

"O Carlos me ligou", disse ela sem eu nem perguntar. "Ele contou que você chegou todo quebrado."

Em resposta, só murmurei. Tomei um gole da infusão de capim-cidreira.

"Você não foi atropelado, né, Bartolomeu", inquiriu ela enquanto rasgava a embalagem de um curativo adesivo. Fiquei na espera de ver como ela resolveria aquela frase. "Você quis morrer", disse ao colar o curativo no meu supercílio, batendo com mais força do que a necessária.

"Não quis, não. Eu queria era atravessar a rua, mas veio o motoqueiro..."

"Você queria ser lacerado, Bartolomeu. Acho até que sempre quis."

"Sim, eu quis", respondi. Ocorreu-me que era melhor ser um suicida do que um espancado.

"Velho filho da puta", Úrsula gralhou e pregou um tapa estalado no meu pescoço. "Como é que tem coragem de fazer um troço desse?", chocou-se.

Fiquei quieto, com vergonha, e tomei mais chá e roí mais biscoito. Úrsula parecia seriamente comovida, abalroada pelas minhas palavras, e ficava balançando sua cabeça como se para fazer o que ouviu cair para fora das orelhas.

Ao lado dela, mais do que desesperado, eu me sentia profundamente triste. Olhava o filete de paisagem que se fazia visível na greta da janela e me sentia desregulado — não sabia que horas eram, por quanto tempo havia dormido. E mais enlouquecedor era saber que essas coisas não me interessavam, pensava nelas só por obrigação mesmo; mas, se tivesse perdido o horário do trabalho ou se já houvessem passado dois dias inteiros, eu não me importava. O não-sentido da vida era maior do que a própria vida.

Já estava vivida a minha cota de pecados — alguns são necessários, Deus sabe — e não havia mais coisa alguma que me desse vontade de fazer.

Andava cabisbaixo àquela época, chateado com os desacertos suicidas, e só isso importava. Úrsula e seus cuidados, Aragão e suas chatices, Diana e suas pernas torneadas eram ínfimos como furos de alfinete.

Úrsula se certificou de novo da minha temperatura e foi para a cozinha lavar as louças. Com o olho na janela, fiquei mais sentindo do que pensando. Apesar de no externo o sol estar a toda, queimando os prédios, dentro do meu apartamento hermético fazia frio. Abri um livro que estava ali do lado e dei umas passadas de olho, absorvendo pouco. Úrsula disse que precisava trabalhar, por isso ia me deixar sozinho um bocado, mas que voltava outra hora para fazer vistas ao meu estado. "Estou bem", assegurei-lhe, mas pelo que ela disse, não me acreditou: "Vê se não faz nenhuma merda, seu safado". Balancei positivamente a cabeça sem desviá-la do livro. Ronronando com tom de repressão, minha ex-mulher foi embora. O cachorro, claro, fez sua intolerável sinfonia atrás da porta batida, esgoelando tristeza. Seus olhos diáfanos arregalados, ele lamuriava sem cansar pela visita que o havia largado sem dizer adeus. Arremessei-lhe uma pantufa, ele deu um guincho e foi se esconder no banheiro.

Pensei em ir para a rua, mas tive medo. Andei mancando do quarto para a sala, da sala para o banheiro, escovei os dentes e mirei meu mijo na porcelana da patente, fui de novo para o cômodo anterior, fiquei na janela vendo março passar. Na sacada do primeiro andar, uma empregada apertava roupas dentro de um balde, depois as batia no ar e as estiava nas cordas do varal de teto. Depois de crucificar as camisetas brancas da patroa, ela puxou o barbante do varal, suspendendo-o de novo ao seu lugar no alto, como um lustre estranho, e foi lavar as peças coloridas. No pátio, o jardineiro continuava da mesma maneira como eu sempre o via, podando pingos de ouro, carregando na cintura uma coleção de tesouras e, na mão, o regador.

Cogitei ligar para um chaveiro que deixava anúncios no quadro de camurça do hall do prédio, mas quando contei quanto dinheiro tinha na carteira tive vontade de me deitar no chão e espernear de ódio, socar a casa toda até abrir buracos. Não adiantaria de muita coisa, para falar a verdade. Os meninos já sabiam onde eu trabalhava, meus horários obsessivos.

Escrevi um pouco, assentado na mesa estropiada pelos cupins; era herança da casa de minha infância. Sentava ali à tarde para fazer os deveres do colégio sob a supervisão desatenta de minha mãe, que acendia um cigarro e ficava passando uma revista de moda trazida do exterior por sua irmã. Depois de tossir fumaça, ela abanava a mão na frente da cara e gritava comigo como se eu estivesse sempre errando. Terminando de fumar, ia com o cinzeiro para dar descarga nas guimbas. Voltava me aplicando um tapa na nuca e mandando prestar atenção em tal questão.

Escorei a testa no vaso de flores em cima da mesa, onde se envergava uma hortênsia de plástico. Chorei. Achei que enlouqueceria — este é um medo que tenho sempre, o de perder a razão e ver tudo desandar. Nunca me atraiu a loucura, apesar de às vezes pensar que um doido ou outro vivia bem melhor do que eu. Eu conheci de perto a realidade do hospício e sei o quanto fede essa gente, os melancólicos que urinam na própria calça, sei como gritam os neuróticos de guerra. Tinha medo de acabar tantã, enchendo o saco dos vizinhos com meus brados noturnos; temia que a loucura me tirasse a disposição ao suicídio, estragando uma obrigação moral que era a espinha dorsal das minhas crenças.

De vez em quando, Úrsula apontava para minhas olheiras e perguntava por que eu estava tão derrotado. Eu falava: "Preguiça". Se ela falava "de quê?" e eu admitia "de viver", Úrsula ficava indignada, gritando que as coisas que eu falava eram horríveis e que eu não sabia dar valor ao suposto "tudo de bom" que me cercava.

Eu tentava justificar para ela que a vida era uma constante de dor e que a maioria das pessoas aceita a condição de ter mais desaponto do que alegria, mas eu não entendia por que não simplificar — já que ia morrer de qualquer forma, por que não adiantar o destino? Viver não é lógico, o triste Bartolomeu argumentava, e sua ex-mulher espumava de raiva. Estava cansada da minha falta de ânimo, ela dizia.

Pois eu também estava; aguentar a rotina repetitiva, aos poucos, se tornava insuportável. Corri meus dedos nas dobras falsas da flor. Mal sabia Úrsula que, quanto mais ela me repreendia, mais aumentava meu desejo.

Vi-me de repente, tão rápido quanto um cometa esfaqueia o espaço, questionando todas as certezas. É, ser espancado não era a melhor coisa, mas era o que eu tinha. O que me incomodou na situação foi a falta de autonomia — não importava mais como morresse, contanto que eu controlasse o quando e o onde.

Levantei da cadeira com tanta brutalidade que meus materiais de escrita caíram no chão; lá os deixei, caneta e papel rabiscado com nada de interessante. Peguei um agasalho, apesar de o calor aparentemente incinerar o calçamento do lado de fora.

Até encontrá-los, o tempo podia esfriar. É. Se os meninos estavam tão dispostos a me matar, eu iria atrás deles; pediria pela morte, para ser pisado. Achei que, se a decisão fosse minha de dar de cara com eles, categorizaria suicídio. Eu estava preocupado com as normativas, somente.

Saí sem trancar minha casa — que diferença faria, afinal? — e fui rodando pelos lances de escada, onde esbarrei com uma criança. Ela me olhou desafiadora por cima de sua boneca careca e subiu, acho que para o quinto; devia ser ela a remelenta que ficava chorando de manhã. Quantas vezes eu quis uma carabina para atravessar o forro do teto com um tiro e calar a boca da peste! Como não a tinha, só enfiava a cara pela janela e fazia um chiado irritado. Não costumava adiantar.

Continuei empreendendo pelos lances de escadas que doíam meus joelhos e minha virilha, até enfim dar na recepção. Magoado ainda pelo nosso último contato, o porteiro só me fitou por cima da sua agenda sem compartilhar nem cumprimentos nem sorrisos. Ficou mirando desconfiado, fingindo que limpava uns óculos numa flanela, como um crocodilo à espreita, só seus olhos dourados para fora d'água. Abri a porta principal fazendo questão de que espiar por cima do ombro, a fim de que ele soubesse que eu o observava. Quando nossos olhares se encontraram, ele foi logo desviando e fingindo que se entretinha com um peso de papel que segurava folhetos em sua mesa.

Caí na cidade e a sensação foi estranha. Eu sempre detestei dormir durante o dia; ao acordar, a sensação é de que havia dormido uma vida, de que muita coisa já tinha ocorrido enquanto eu estava em meus lençóis. Quando fui caminhando pela Bahia até o ponto em que achei que poderia dar de cara com os meninos, o sentimento foi idêntico. Parecia que tinha passado uma semana deprimido dentro de casa e o mundo, sem piedade, continuou acontecendo. Estava diferente. A cidade estava mudada, meio vazia, e as pessoas estavam com os passos lentificados.

Nos dias em que não estava me sentindo muito à vontade em casa, por exemplo quando um trabalho literário penoso ficava pousado incompleto na minha escrivaninha, eu saía para andar. Levava o cachorro irritante na coleira e ficava sem rumo pelos parques e pelas avenidas. Andávamos até eu cansar e precisar de água — o cão nunca ficava exausto e resolvia sua sede em qualquer poça suja do Centro. Então íamos devagarinho outra vez para o apartamento onde ele, excitado, começava a pular nas cortinas, nas paredes, na minha cama.

Nesse dia fui sozinho e até que senti falta do bicho. Eu me distraía vendo-o se atiçar para os cachorros maiores — e às vezes eu deixava um cão de mendigo atacá-lo e batê-lo um pouco porque, sabe, ele precisava se educar. É importante ter ciência da própria pequenez.

Teve uma época em que acreditei numa bobagem: pensava que, se caísse na mão com os garotos maiores do bairro, poderia ser bem-quisto pelo meu pai, que naqueles tempos andava reclamando em voz alta sobre meus comportamentos de menina. Falava que eu não jogava bola mais e que dali a pouco ia ter que queimar meus livros de pintar para me fazer sair do quarto. Tentei então sair na porrada com os caras dos entornos, mas eles eram mais experientes na arte da malandragem do que eu era; o difícil era provocá-los até que quisessem lutar. Mas, uma vez que o sangue deles fervia, desciam o couro como se quisessem matar. Saí de uma dessas pancadarias e fui direto para casa, cambaleando, esperar Alfredo chegar do serviço. Nem me desperdicei no banho; queria que ele me visse cheio de terra e a roupa coberta de sujeira. Na prataria de Íngride, vi o reflexo do meu olho roxo e da boca ensanguentada. Sorri faltando pedaços de uns dentes.

Logo nesse dia, meu velho deve ter ido traçar uma menina, porque só chegou altas horas da madrugada. Eu permaneci na mesma posição, mas acabei adormecendo sentado. Fui acordado com uns cutucões pesados na costela, era meu pai. Quando o vi, abri um largo sorriso e ergui, todo vaidade, meus braços arranhados pela briga. Apanhei por ter sujado o sofá da sala de televisão. Apanhei mais depois do banho quando Alfredo me chamou de novo à sala para perguntar quem tinha vencido a disputa — eu ou os meninos. Falei que eles me largaram lá no chão da praça e saíram correndo com meu dinheiro, falei rindo. Meu velho mandou que eu me aproximasse; que aproximasse mais; mais. Depois de dar um gole na cerveja, colocou a lata em cima do banco em que costumava apoiar os pés e lascou um tapa que me desmontou. Fiquei caído. Ele disse que ia dormir e que era para eu desligar a televisão.

Meu pai não costumava se enfiar em porrada, não. Ele era mais de dar uns tiros, até onde eu sabia — eu contava as balas do revólver dele todo dia.

As memórias foram comigo pelos caminhos bem-sabidos, descobrindo aquela nova faceta da cidade, tão calma e azul. Subi até onde sabia que poderia encontrar os três alvos. Eram repetitivos, não seria grande esforço.

Demorei o que pareceram cinco dias e cinco noites para chegar ao baixo Centro. O sol foi ficando mais forte sobre o tampo da minha cabeça, crescendo no céu antes de cair de vez na penumbra e virar lua. Umas cicatrizes que eu tinha começaram a doer; quando estava muito quente, elas ficavam meladas. Heranças das preocupações de meu pai. Entrei debaixo de uma marquise para me proteger, debaixo de um hotel que algum dia devia ter tido alguma dignidade, mas que agora era antro de cheiradores. A fachada empretecida por conta da fumaça dos automotivos e dos cigarros. Falando nisso, vi um homem fazer um troço estranho. Ele vinha fumando lá do outro lado da rua, chegou para perto, foi franzindo, quase se encostando no muro. Quando seu cigarro chegou no filtro, ele pôs o pé em um degrau do meio do caminho, uma escada que dava para dentro do que devia ser um bordel acobertado por um letreiro de locadora, e levantou a barra das calças. Com um rápido gesto, ele fincou a guimba do cigarro na sua fíbula magrela, de um ai de dor e prazer e continuou seu trajeto. Eu também, depois de parar para ver a cena, prossegui meu ziguezague atrás dos meninos. E não me enganei: achei eles mesmo, antes que eles me achassem.

Nato observador como eu sou e não escondo, fiquei na espreita um bocadinho para ver qual era a da noite — estavam comprando erva de um outro traficante indiscreto. Acho que tinha cocaína no meio. Compravam com indiscrição. Tramitavam descaradamente, colocando grana na mão do vendedor, que também era muito jovem. Tinha um bigode ralo, cabelo duro, e eu juro que tinha nove dedos somente. O faltante deve ter sido arrebatado por um credor. Conversava e até ria com os três, mexendo pesadamente dentro dos bolsos do jeans e nos camisão de moletom; acho que o cano de um revólver ou a empunhadura de uma faca deviam machucar sua pélvis, porque ele se mexia descontentado, tentando se aprumar. Também não vou esconder que quase me borrei de nervosismo. Estávamos tão perto... fiquei imaginando que, se me vissem, não temeriam me arregaçar na frente do público curioso. Não estavam nem aí. Podiam pelo menos ter a delicadeza de me matar em um canto escondido, onde não tivesse gente comendo pipoca. De repente pensei que — dane-se.

Pus as biqueiras dos meus sapatos na direção deles; estavam terminando a negociação com o traficante e já vinham puxando erva, dividindo o mesmo baseado. Íamos bater de frente e meu coração acelerou. Não haveria como fugir, primeiro porque previ o movimento — eles estavam começando a mexer as cabeças na minha direção e me veriam ali —, e em segundo lugar porque todas as minhas fibras doíam e eu não ia conseguir correr de maneira nenhuma. Agora teria que apanhar até a morte.

Estavam um pouco afastados ainda, na altura do Cine Theatro, enquanto eu ia pela Avenida Amazonas. Os tendões começaram a repuxar, parecia que uma corda no meu joelho esticava meus dedos do pé; doía horrorosamente, mas eu ia continuar. Curvei-me um pouco, caçando alguma posição em que o incômodo fosse menor. Não tinha jeito, tudo ardia. Mas fui lá, avante, avante...

E então os três viraram na Rio de Janeiro.

O meu plano melou por completo; os gaiatos seguiram pela rua em que quebraram, chapados e lentos. Mas eu não desisti e fui atrás deles. Por sorte estavam andando arrastado, como se já tivessem usado um tanto. Passamos por um restaurante com mesas na calçada, onde um cara no violão começou a tocar as mais baixas músicas populares. Passamos na frente de um conglomerado comercial de onde algumas famílias saíam chupando casquinhas de sorvete e carregando sacolas de papel. Muitos mendigos na porta de um banco, tentando arranjar trocados para bancar seus goles. Comecei a acelerar a pisada, especialmente quando fui obrigado a singrar o grupo dos indigentes; fiquei aflito com a ideia de que pudessem me atacar e roubar minha pouca grana.

Atravessamos um teatro ainda vazio e seguimos direto para uma rua de muitos prédios. Vi algumas coberturas gigantescas em que crianças risonhas pulavam na piscina. Pensei no quanto era miserável aquela pocilga em que eu vivia. Há muito tempo queria sair de lá, mas morar na cidade é muito dispendioso. Fora que o apartamento tinha uns duzentos anos, e encontrar pelo mesmo preço algum lugar daquele tamanho seria impossível. As construções hoje são minúsculas, dúzias de cubículos empilhados. Os arquitetos são crianças brincando com cubos de montar, crianças taradas por gentrificações..

Na frente de uma dessas construções megalomaníacas, Leandro deixou cair a moeda que vinha jogando para o alto. Ele parou e se abaixou, virando-se ao mesmo tempo para trás, a fim de pegar seu troco e continuar o jogo. Foi quando eles me viram.

Áureo e Donato se voltaram para mim mais ou menos ao mesmo tempo que Leandro. Deu para ver suas veias detonando de ódio e seus olhos arregalados de perplexidade. Rangeram os dentes, incrédulos com a minha audácia de ir até eles.

A minha visão irritada pela última centelha do pôr do sol, minha mão na testa para me proteger da luz, como se estivesse batendo continência — parei no meio do asfalto, ofegando, e esperei o ataque. Veio lentamente. Como o condor rondando a presa, vieram devagar, sobrevoando-me. Estalaram os dedos das mãos e os punhos.

Obviamente não tinha como fugir, então só esperei vir o ataque. Queria ter pensado melhor e tomado uma vodca antes de sair de casa; tinha um suco de laranja pronto para vencer na geladeira, pedindo para ser batizado. Um engraxate passou correndo por nós com sua caixa nas mãos e deixou cair uma escova de sapatos. Acho que estava correndo de coisa grave, porque parou por um milésimo de segundo em consideração, mas então decidiu continuar disparado sem pegar o material. Os meninos pararam para vê-lo, mas, tão logo ele se foi trotando, os três começaram a caminhar de novo na minha direção.

Nunca me ocorreu a dor que seria morrer espancado. Era uma hipótese que até então não tinha me passado pela cabeça. Eu já havia tramado os mais diversos suicídios, desde selar a garagem e deixar a descarga barulhenta me intoxicar até beber de infalíveis venenos, mas nunca cogitei ser escorraçado, ainda mais por meninos. Agora que não era momento de refletir.

Estava fazendo as contas da dor, ruminando a possibilidade de pedir que eles me batessem em alguns lugares, mas em outros não — não na cara, por favor. O estômago e o peito, em compensação, devem sangrar fácil. Chutem ali. Depois, alguns tiros para assegurar que eu não sairia mancando de volta para aquele apartamento deprimente.

Áureo foi passando a mão para dentro da roupa, sacando seu equipamento para dar jeito em mim. Parei, respirei fundo. Pus as duas mãos na frente do rosto e falei:

"Quero seu revólver".

Áureo estancou, sem entender. Vi sua raiva virar uma interrogação.

"Não me mata. Eu quero me matar. Eu quero seu revólver", falei de novo, com esperança.

O mar revolto que me tomava por dentro começou a minguar, como maré em época de lua minguante. Eu me acalmei um pouco, acho que eles também, porque ficaram confusos com as doideiras que eu estava dizendo.

"Eu sempre quis isso, só preciso de um revólver pra conseguir", argumentei diante do silêncio cabal de todos eles. Todos se entreolharam sem decifrar o que eu escarrava em tamanha frieza.

"Seu velho, tá querendo dizer o quê?", despejou Donato com zanga.

"Estou querendo dizer o que disse", atrevi, "que quero comprar essa arma".

Áureo puxou o cabo do negócio até seu umbigo e falou: "Tá querendo comprar meu ferro?".

Eu balbuciava vendo o perigo iminente tão perto de mim. Mostrei que estava interessado acenando a cabeça em gesto de sim.

"Se o vô tá querendo morrer, a gente estoura o miolo dele", Leandro agregou à discussão. Um boçal, esse moleque.

"Calma", falou a chefia, "se tem um tipo de gente que eu gosto é esse que tem coragem de furar a própria cabeça".

"Isso", eu disse, "quero estourar a minha cabeça".

Áureo começou a rir, causado pela minha proposta, interessado em me ajudar. O sadismo latejava em seu entusiasmo, o afã mortífero em seu sorriso. Dentes à mostra, lábios enviesados, ele falou que por mil contos poderia arranjar o que eu queria. Engoli em seco e falei que o problema é que eu não tinha nenhuma grana no momento. Donato bufou debochando e os outros dois ficaram em transe perplexo, como eu os tivesse ofendido. Apressei-me a dizer que eu tinha outra forma de pagar: "Tenho televisor, tenho som e computador. Pode levar esses troços se eu ficar com a arma".

Eles pensaram em conjunto, naquela estranha dinâmica de bando em os pensamentos eram hierarquizados. Prevaleceu, como era costume, a ideia de Áureo, que tinha mais peito entre os três. Ele me olhou longamente e disse: "Vou passar na sua casa depois".

E ele de fato passou. Quando ele entrou no quarto, o vento louco batia as janelas em seus caixilhos de ferro.

Desamarrada dos panos que a prendiam com força, caiu no meu colo a forma lustrosa de uma pistola. Lembrei de meu pai, depois o esqueci. Perguntei para Áureo: "O que vai querer levar?".

"Você tem uma tevê maneira", disse o adolescente.

"Não vou precisar dela", comentei em tom brando, ciente do meu destino.

"Opa, quero levar isso aqui também", ele falou quando suas mãos passaram sobre meu laptop. Analisou a tampa e abriu para ver o teclado; ficou enfiando o dedo nas teclas e analisou bem o aparelho. "É da hora!"

"Pode ficar com o computador também. Mas preciso documentar meus dias até o último; depois disso você entra aqui e faz a limpa. Pode levar o que te interessar. Não quero deixar nada pra minha família; quero deixar despesa pra minha família."

O menino riu.

"O que mais você tem de bom aí?", quis saber. Estava deliciado na ideia de herdar meus pequenos tesouros. Acho que as sobras de um cadáver eram mais interessantes do que dinheiro, no fim das contas, porque a morbidez latejava neles.

"Não quer levar um cachorro?", ofereci com esperança. Chamei Pimpão ao quarto e o capeta veio apressado, quase batendo a cara no pé da cama. Brecou e ficou com a língua balançando para fora da boca e as orelhas atentas, querendo carinho. "Ele é manso e gosta de brincar; essa merda você pode levar embora hoje mesmo."

O bicho pulou no colo de Áureo, que o empurrou com um sopapo — o cachorro caiu, o menino descalçou um chinelo e começou a fazer carícias com o pé na barriga do meu cão oferecido. "Não curto cachorro", ele disse, "quando começam a latir eu tenho vontade de esganar".

"Ganhei esse encosto, minha ex-mulher que me deu", falei enquanto dobrava uma camiseta de seda e colocava outras no cabide. "Você já teria estrangulado essa praga. Toda vez que minha ex-mulher vem ele faz um escândalo pra ela."

"Odeio bicho. Outro dia taquei uma pedra nos canários da minha mãe, explodi as cabeças deles contra as grades do galinheiro."

Olhei para ele com fundura, bem rápido. O olhar dele era como uma chapa de pedra quente — só de encostar, antes mesmo de eu ter ciência de que estava me queimando, o corpo já sabia que deveria se retirar. Estendi uma camisa na cama e fui dobrando pelas pontas, até formar um quadrado de pano e enfiei-o na pilha de roupas que iria para a gaveta. O meu convidado, engolido pela poltrona, ficou roendo as cutículas e cuspindo com barulhos desagradáveis no meu carpete. Perguntei se queria um suco, ele negou. Água, ele sacudiu a cabeça em outra negativa. "Tem cerveja?", quis saber. Seu pé que ainda estava na cama roçava na arma. Era muito velha e meio enferrujada, mas ia servir para o meu objetivo; fiquei me perguntando que outros fantasmas aquele agente já havia feito.

Peguei a cerveja para ele; eu não quis beber, porque o estômago ainda doía. A minha imunidade devia estar baixa, já que um resfriado inoportuno conseguiu me fisgar. Estava espirrando desde o café da manhã. Aprendi na infância, ensinado pelo meu pai, que dormir de peito aberto era o que fazia gripar — desde que ele me contou isso, nem no verão eu conseguia ficar com as costelas descobertas, mesmo que o resto do corpo estivesse todo nu.

Áureo fungou. Devo ter pegado dele.

Enfiando a mão por baixo do estofado da cadeira, o garoto achou algum dinheiro. Contou rapidamente, arqueou a sobrancelha como se pensasse "é pouco, mas serve" e meteu as notas no bolso. Terminou a bebida com pressa e saltou do assento secando a boca na manga do moletom. Disse que ia voltar depois com o carro de um amigo, que assim poderia fazer a limpa na minha casa. Foi embora se arrastando e eu fiquei observando do alto ele sumir na dobra sinuosa da rua, enfiado em seus trajes largos.

Olhei para todas as gavetas em cima da cama, as camisas dobradas, e tudo me pareceu incrivelmente ridículo. Rápido como um fogaréu se alastra pelo milharal seco, joguei para o alto tudo o que tinha gastado horas fazendo. Sentei na beirada do colchão e fiquei alisando os pés um no outro. Tirei as meias e tive a visão de meus calos horríveis. Os carunchos brotavam dos nós dos dedos, no calcanhar, nas solas gastas de me guiar pelos lugares de sempre. Com o cortador de unhas, comecei a tirar lascas em uma brotoeja amarelada. Fui interrompido por algum convidado batendo na porta — não usou a campainha.

Segui descalço. "Quem é?", perguntei, mas já estava virando a maçaneta e arregaçando a porta. Era Áureo que estava de volta.

"Cê trabalha ali no necrotério, né?", perguntou com alguma excitação.

"É uma funerária, pra falar bem a verdade", eu corrigi, mas sem tom de sabedoria. Falei com simpatia. A verdade é que eu respeitava sua jovialidade e sua burrice.

"Sei... quero ir lá", falou com autoridade.

Eu dei uma bufada risonha, mas que logo murchou diante da cara de verdade que o garoto esbelto me lançou. Vi que falava sério, e muito sério, como se dissesse de um desejo profundo, até secreto.

"Como assim?", perguntei realmente em dúvida.

E ele disse, com a cara mais genuína que já o vi fazer: "Sempre quis ver alguém montando um corpo".

"Para falar a verdade", eu disse, me escorando à porta e falando embargado como um bêbado, "não tem muita emoção".

"Como não! Deve ser maneiro ficar com a mão naqueles mortos o dia inteiro. Você faz o quê lá?"

Entendendo que lá dizia respeito à funerária, respondi:

"Eu os maquio. Bato pó de arroz e tudo mais".

"Puta merda, maquiagem", ele disse debochado.

"É um trabalho de arte" foi meu argumento.

"Que seja, quero ver de perto. Amanhã?"

"Amanhã o quê?", espantei.

"Amanhã você me leva lá" — e aqui ele trocou a pergunta pelo tom de ordem que gostava de usar.

Eu estava pouco me lixando; já tinha o revólver de que precisava, então o resto era casualidade. Eu topei. Falei:

"Amanhã então. Eu te encontro e te mostro a funerária".

E assim eu fiz com que ele fosse embora sorrindo de canto a canto, empolgado com nossa excursão do dia seguinte. Voltei para o quarto, deitei minhas banhas exaustas e adormeci profundamente.

5

Eu não descumpriria o acordo. Acordei com o toque chato do despertador e me apressei a emudecê-lo. Vesti uma roupa qualquer com desleixo e joguei um boné na careca.

Na cozinha, enfiei a mão no monte de sacolas plásticas que habitavam meu cesto de pão — mas não tinha pão nenhum ali. Aliás, um pedaço duro de baguete tinha. Em cima da geladeira, um pão sovado já estava cheio de fungos e o taquei no lixo. As bananas também tinham apodrecido na fruteira, enfeitadas por pequenas larvas e coroadas por mosquitos rasantes. Tudo o que eu encontrava ia para a lixeira.

Bebi um copo de água gelada que instantaneamente me deu azia. Então saí do meu apartamento levando meu saco preto de lixo na mão. Uma senhora com rede no cabelo e pele de pergaminho amassado me cumprimentou baixinho; quando bateu os olhos e notou que meu lixo pingava um líquido fedido pelas escadas, torceu a cara e apertou o beiço, desaprovando meu comportamento porco.

Que se fodesse a velha e sua boca de lamber sal. Que se fodessem todas as bocas do mundo que algum dia me arrotaram palavras de descaso. Que se fodessem as bocas com força. Eu estava na frente de todos eles, tinha minha arma. Guardei-a com cuidado. Foi engraçado acordar com uma cócega nos quadris e, ao passar as mãos ali para aliviar a coceira, sentir que era o cano do revólver me convidando para brincar.

Peguei a pistola com amor, enrolei-a em algumas camisas antigas e coloquei dentro de uma caixa dentro da gaveta. Depois de sair para o trabalho, fiquei pensando nela, imaginando-a repousada sobre minhas cuecas, aguardando o momento de cumprir seu trabalho. Talvez estivesse tão excitada quanto eu. Meu pai sempre dizia que as armas têm esse prazer, e eu acredito. Quando baleiam o sujeito e sopram sua fumaça elas gemem de tesão.

Com pensamentos de morte me deliciando, parei na lanchonete do térreo de novo para tomar café. As atendentes de sempre, com cara de poucos amigos, nem saíram do balcão: gritaram de longe, quando me viram sentar, perguntando o que eu ia querer. Olhei o folheto sobre a mesa de pedra e gritei de volta que queria um misto-quente. Como resposta, esgoelou que não tinha misto naquele dia; estava na hora de atualizar o maldito cardápio. "Tem enrolado", disse a garçonete me reconhecendo.

Conformado, falei: "Manda".

Ela me serviu com o mesmo descaso com que forrou a bandeja de guardanapos. "Vai beber?", perguntou grosseira. Falei que sim, um refrigerante, e ela me trouxe um de laranja e abriu a lata, mas se esqueceu do canudo. Tasquei a boca no metal e virei a bebida em poucos goles. O enrolado estava frio, mas desceu bem. Limpei a boca no guardanapo, deixei o dinheiro em cima da mesa e saí sem me importar com o troco.

Encontrei com Diana na funerária, demos um cumprimento sem graça, ela com olheiras de sono e eu desinteressado em conversar. Acabavam de deixar um corpo na minha sala; era mulher e era preta como um pau de fruta e tinha morrido de taquicardia, dizia a ficha escrita às pressas. Rodei em volta da defunta, estudando que tipo de trabalho deveria aplicar. Devia ser fumante há muitos anos, porque os dentes estavam podres e incrustados de volumosas placas — eu vi quando puxei seu lábio superior. Os dedos tinham manchas escuras e debaixo da unha uma massa grosseira de sujeira; calos de quem lavava casas de família. Cheguei a ficha de novo e não encontrei a profissão. Teria que fazer o serviço sozinho porque Aragão não tinha dado as caras, mas seria difícil.

Resmunguei e comecei a desabotoar a blusa dela para limpar seu colo e vestir com a roupa pomposa que a família mandou — estava pendurada num cabide preso ao puxador da janela.

Ouvi um barulho na recepção.

Como se tivesse o que fazer lá fora, saí da sala. Consegui fingir bem que estava lavando as mãos no lavabo externo, enquanto na verdade estava dando uma boa olhada no visitante. Apavorei-me com a possibilidade de ser Áureo; não pensei que ficaria tão nervoso com a chegada dele.

Mas não era o menino. Na verdade, de menino o cliente nada tinha. Era um velho com cara de choro que foi levar um sapato para calçar na morta. Começou a contar para Diana como aquele havia sido o presente que deu para ela nas últimas bodas e eu saí antes que ele me visse e quisesse o meu ombro também para chorar.

A sala era notoriamente mais fria do que o resto da funerária. Troquei o jaleco sem mangas por um comprido. A sala era bem isolada e eu praticamente não me incomodava com os sons do Centro — mas os barulhos do interior da funerária ficavam presos ali, acontecendo para sempre.

Com lenços umedecidos, limpei a pele preta e eles ficaram imundos. Usei um barbeador na cara dela, que tinha uma leve barba despontando do rosto e um bigode fino. Lambi o dedão e ajeitei as sobrancelhas falhadas; pintei-as com lápis. Depois de alguma vermelhidão na bochecha ficou tão boa que poderia estar viva.

Entraram na funerária com brutalidade e ouvi uma nota mais aguda na voz de Diana, como se estivesse surpresa com a chegada. Acho que estava tentando acalmar o visitante. Decidi socorrer e saí do meu ambiente carregando um pincel de trabalho numa mão e luvas usadas na outra.

Não era Áureo de novo.

Era uma mulher, que fedia de longe a vinho do porto, querendo fechar contrato. Alterada, reclamava dos preços.

Aragão vinha entrando com sua pasta e de cara ruim — passou desinteressado pela recepção e me cumprimentou mal-educado. Nós terminamos o corpo, pusemos os sapatos que o viúvo pediu e despachamos no caixão.

Eu conseguia produzir estórias inteiras quando estava na labuta. O problema é que não me lembrava de quase nada delas quando ia finalmente colocar no papel, então tinha que começar do zero. Parece que a graça era subverter, escrevendo mentalmente enquanto deveria estar trabalhando ou fazendo qualquer coisa importante.

E na minha cabeça eu via as palavras, as estruturas, o molde do texto. Era estranho. Não simplesmente pensava no que ia escrever, mas sim escrevia de fato em um teclado mental. Conseguia enxergar as letras se agrupando e ouvir, não de fora para dentro, mas, arrevessando o itinerário normal da audição, ouvir o som que a estória teria quando fosse lida. Produzia cacofonias e ficava rindo sozinho. Saía desse transe sentindo que tinha um texto pronto, mas quando percebia a realidade e sobre a mesa não tinha nada escrito, batia uma sensação de ansiedade. Coração feroz e boca seca.

Estava trocando um verbo por outro quando Aragão me chamou para comer. Falei que não iria, que tinha trazido comida de casa, mas ele saiu para algum restaurante sujo dali de perto porque "a preguiçosa da Rute não tinha aprontado nada para a marmita".

A verdade é que fiquei com medo de meu amigo adolescente aparecer na funerária enquanto eu não estava. Por isso, fui armado com uma quentinha de arroz e bife. Duas rodelas de tomate para ajudar na digestão.

É claro que eu não comi, simplesmente. Fiquei criando textos na cabeça. A criação é muito inútil, mas é o alpiste da minha alma. Pensando, cheguei a concluir que, se não fosse pela tentativa de arte, eu já teria me matado muito antes. A escrita tinha sido meu pasto até então, fornecendo algum interesse para eu prosseguir. Via meu plantio perder força como se mal regado.

Andar atrás dos moleques pela cidade ajudou a me distrair e ter algum prazer para me manter vivo. Mas acabou.

Entramos em outro estágio da nossa relação. Áureo me forneceu o que eu precisava, aquilo de que precisava mais do que da perseguição aos três. Agora que tinha a arma, o resto perdeu a graça. E não tinha mais ânsia por nada do que costumava me agradar: os bons livros tinham ficado ruins e era difícil chegar ao final, o sexo forte como o das lontras não me excitava nem na imaginação e a televisão parecia que repetia a mesma reportagem sem parar. Mas morrer... isso ligava meu motor! Era a única vontade — pagar as minhas dívidas com Áureo e então meter a bala na cabeça.

Só de pensar no tubo gelado entrando pela minha língua, a mira encostada no céu da boca, meu pau subia nas calças. Se começasse a delirar com o gatilho sendo apertado... O estampido quente que acordaria o edifício inteiro e o projétil, pequeno inseto, atingindo o fundo do meu cérebro. Sangue. Acho que molhei a cueca.

Comi, mas os tomates sobraram no fundo do vasilhame de metal. Acabou que o menino não apareceu. Aragão retornou tomando cafezinho num copo plástico com a boca suja de maionese e cenoura. Perguntou o que mais a gente tinha para fazer, eu chequei, mas não havia chegado outro corpo ainda.

Sentamos para conversar. Falamos das banalidades de que os velhos normalmente gostam de falar: tempo, fugacidade da vida, preços altos no mercado. Mas fomos interrompidos pela deselegância de Rute, que ligou umas duzentas vezes; Aragão silenciava o telefone e tentava prosseguir com os assuntos, mas ela insistia e escrevia mensagens de texto malcriadas.

Ele teve de se render aos chamados constantes. Levantou-se em um acesso de raiva e vociferou um alô para a mulher. Acho que ela deu alguma notícia que o embasbacou, porque de repente seu tom diminuiu, e foi diminuindo mais, e ele começou a só concordar como um gato ronronando e colocou a mão na testa. As pernas bambearam e ele apoiou no encosto da cadeira.

Quando os dois desligaram, o comparsa de trabalho estava mole feito sebo. Pediu: "Acho que preciso passar em casa... Rute tá abalada. Viu um espancamento". Falei para que ele fosse para casa, não tinha problema. Podia consolar a mulher ou enfiar uns hipnóticos nela. Viver com Rute, afinal, era isso. Ter a mão cheia de remédios ou muito saco para consolá-la.

Seria bom que ele se fosse. Ficaria sozinho caso meu compromisso marcado acontecesse mesmo. E ainda poderia ter o pôr do sol para mim, ainda que pelas janelas pequenas.

Essa hora do dia é um escaldo. Vejo o céu se transmutando de um azul de poucas estrelas em um preto intenso; me sinto desolado desde muito criança, relembro até as pracinhas em que fui poucas vezes. Elas abertas, como um peito aberto, mostravam toda a imensidão dos primórdios noturnos.

Eu estava embriagado, como de costume, pelo recorte da lua. Olhava o céu como se o quisesse hipnotizar, e consegui não pensar em nada nessa hora, ocupado apenas de sentir. Esvaziar-se de uma ocupação tão humana — a reflexão— é um alívio merecido pelos homens. Mas veio Diana com voz doce e meio cansada anunciar que chegou outro corpo. Os funcionários estavam trazendo.

Calcei luvas novas e separei e lavei os instrumentos necessários para a operação. Abri as tampas dos estojos de maquiagem. Entraram com um velho que tinha ares de veado enrustido, mais morto do que um galho seco. Tinha morrido com uma cara muito engraçada, talvez no meio de uma polução noturna inspirada por um tórax de revista. Veio de pijama e boca aberta, cara de quem gozou sem nem saber. Logo trouxeram a roupa para vesti-lo, um colarinho bem branco e uma gravata com prendedores niquelados, provavelmente honrarias recebidas em vida. Pelo jeito como as pequenas medalhas me refletiam, a bicha gastava seus dias polindo. Quando os veados envelhecem, ficam sozinhos e precisam começar a arrumar passatempos, colecionar bibelôs. Cada canto de seus apartamentos espaçosos tem miniaturas em porcelana de anjos barrocos muito tristes e um zoológico de vidro enfeitando a estante. Passam semanas na cadeira de balanço com gatos de raça sobre os joelhos, olhando a decoração, pensando em mudar quadros de lugar — uma vida desgraçada. Seus hímens ficam intocados se não pagarem por um arrombamento.

Aragão discordava de mim em algumas suposições dessas, e por isso agradeci a Deus que ele estivesse lá acalmando sua mulher. No trabalho ele também gostava de me contrariar. Não achava que fazer os cílios era necessário, nem que dar mais uma demão de verniz em alguns caixões era dever da nossa profissão. Eu explicava a arte incrustada em nosso serviço, e em como os tecidos, as madeiras e as flores recém-cortadas emolduravam nosso ofício. Mas como toda arte — não serve para se apreender, apenas vivê-la no instante presente — era impossível fazê-lo entender o sentido místico da necromaquiagem. Para Aragão, era o jeito de pagar as contas e manter um cartão de crédito para ocupar a esposa. Para mim, era a única ocupação possível.

Que dia propício: sozinho e ainda começaram uns pingos de chuva na janela. Bem quando eu tinha levado o guarda-chuva. Foi um toque só, bem no vidro inferior, mas já me revolvi por dentro, pensando no cheiro do dilúvio e nos sons de trovões que abafariam o estampido do revólver...

Explodiu uma segunda gota, capotada agora no vidro mais alto. Mas o som foi tão agudo e brusco que achei que a janela estava quebrando. Parei o que estava fazendo — cortando as unhas grandes da bicha, cheias de base fosca. Fiquei esperando a concussão da próxima lágrima de chuva, e veio: não era produto do céu, mas britas que alguém tacava com força.

Abri com cuidado uma greta, temendo levar uma pedrada aguda. Compreendi tudo subitamente: era Áureo me chamando. Só que ele não estava sozinho como eu pensei que estaria, os outros dois escudeiros faziam guarda aos seus cotovelos, todos parecendo muito animados. Senti uma queimação imediata no estômago — e um medo que era como a hipocrisia daqueles que dizem querer o paraíso, mas na verdade só querem a ideia do paraíso. Esperei excitado pelo garoto, mas quando ele chegou a vontade foi a de cancelar tudo, gritar como uma namoradeira encarrapitada na janela: "Vá embora!". Como uma cena de divórcio. Mandá-lo para casa.

Em vez disso, pedi para que esperassem. Suava frio. Fui até a porta abrir para eles e os passei pela recepção como sobrinhos do morto de quem eu estava cuidando — "Cara de tristeza", eu disse, e os três até que fingiram bem. Balançaram a cabeça para cumprimentar Diana; mas vi que se cutucaram em segredo nas pernas, deixando claro que a secretária era uma gostosa. Ironia suas caras dissimulando tristeza, enfiados nas roupas largas, nos bonés que cobriam a testa todinha. Acho que por baixo das mãos que tapavam o rosto eles estavam segurando um riso debochado.

Quando bati a porta da sala com todos nós lá dentro, as expressões mudaram imediatamente. Começaram a pular como primatas originais, em tesão de ver o corpo. Chiei para eles e mandei que fizessem silêncio; animados e infantis, batucavam nos ombros uns dos outros e gargalhavam infinitamente.

"Olha, Zé!" — qualquer um deles falava, e logo percebi que Zé podia ser um termo genérico.

"Olha a boca roxa! Cacete!", surpreendiam-se facilmente.

Tomei posto a um canto, deixando que eles interagissem com o morto. Cutucavam-lhe os joelhos, sentindo a textura da pele fria e fazendo caretas como se o homem pudesse vê-los. Diverti-me um pouco com a empolgação adolescente, braços cruzados e costas postas na parede, com meu cacoete de repuxar o buço — vendo suas brincadeiras estúpidas diante da morte.

Os visitantes ruidosos grasnando, abutres, e rodando em torno da maca de ferro. Pedi que abaixassem os sons, mas não conseguia porque eles estavam muito excitados. Acenderam as telas de seus telefones celulares e abriram as câmeras: começaram a se fotografar fazendo caretas em cima do defunto.

Eu intervi, empurrando os meninos e dizendo que não, que ali já era demais, que precisavam parar. Chiava para eles como se repreendesse um gato, com medo de que Diana escutasse a farra macabra e irrompesse ali para tirar satisfações.

O cheiro de rosa murcha e formol não me incomoda, na verdade até fazia bem, mas aos meninos causou estranheza, eles se queixaram e fizeram de tudo para tapar o nariz. Eu fechei a cortina e vi que já tinha anoitecido, com estrelas e sem sinal de chuva. Mas ainda restava uma réstia de sol, coisa mínima, que tridimensionalizava as nuvens opacas.

Foi a vez de o meu próprio telefone chamar. Pedi silêncio e eles me subiram os polegares — "Positivo, senhor", disse o Donato. Atendi minha ex-mulher.

"Bartolomeu! Bartolomeu!", ela redizia esbaforida, sem me dar a pausa para responder. Sabia que eu estava ouvindo e continuou: "Passei na sua casa, mas você não estava".

"Ainda tô no trabalho", justifiquei consultando o relógio e vendo que já passava da hora de ir.

"Eu tô no carro", ela arfou, "escorada no volante. Parei num posto de gasolina".

"Abastecendo?", perguntei.

"Enlouquecendo", disse uma dramática Úrsula. "Aconteceu merda!"

Esperou que eu fosse receptivo, mas só murmurei. Foi o suficiente para que ela continuasse:

"Minha puta, sabe, a Melissa."

"Sei, sim."

"Você até dormiu com ela."

"Úrsula, eu sei."

"Ela foi quase morta", choramingou.

"Como?"

"Recebeu umas porradas", disse e então fez um silêncio tão longo e tão tênue que, se estivéssemos perto, eu tomaria seu pulso para sentir se a vida ainda existia ali.

"Onde é que ela tá?", perguntei após respeitar seu hiato.

"Tá internada, vou pra lá agora."

Eu perguntei se ela já sabia quem tinha feito o ataque; ouvi que buzinavam freneticamente atrás dela. Deu a partida, engatou a marcha com dificuldade, dizendo "peraí". Eu, que tinha gasto uma energia terrível para demonstrar interesse no assunto, fiquei traído esperando a interlocutora voltar à conversa. Pediu mais um tempo e sua voz ficava cortada, porque o telefone devia estar pendurado no ombro.

"Tá aí ainda?", perguntou.

"Esperando você."

"A Melissa apanhou de uns homens", ela explicou em timbre de asco.

"De clientes", eu sugeri.

"Não. De meninos. Parece que foram uns três, que pegaram ela por trás. Deu pra ver pelo olho-vivo, mas a gente não sabe ainda se vai dar pra identificar os desgraçados" — seu *a gente* sugerindo que tinha inteirado as autoridades policiais.

Senti uma queimação no rabo que há muito tempo não inflamava tão forte. Parecia que um calor forte penetrava as ranhuras da sala; como se estivesse recebendo de uma vez só a fadiga da vida inteira, perdi o controle dos joelhos e tive que pôr meu rabo transpirando contra uma cadeira. Na minha frente, meus amigos fotografavam os lábios anis da bicha desacordada. Enfiavam-lhe os instrumentos — tesoura, pinça, bisturis — no nariz e na boca e, rindo, faziam fotografias de flash estourado em seus telefones.

"Bartolomeu?", chamou a cafetina ainda na linha. Apertei o botão de desligar e permaneci como estava, lendo a cena com algum orgulho e espanto. Coragem, essa é uma coisa que eu não podia negar: eles tinham, tinham vazando para fora dos corpos raquíticos.

Diana bateu na sala. O turno ia virar e ela queria se despedir. Abri apenas uma greta da porta e disse meu seco adeus, ao que ela, sem suspeitas, respondeu com um balançar dos cílios. Saiu bulindo as nádegas bem redondas na saia-lápis. Gritei que já estava indo também.

"Deu hora", anunciei.

"A gente já terminou aqui também", riram.

"Essa porra precisa virar um pôster! Olha isso aqui!", falou Leandro mostrando a tela para os outros. Não vi nem de relance qual era o contexto da imagem, mas imaginei a ironia funesta.

Quando caímos na rua, cada um foi imediatamente para seu canto; eles tomaram seu rumo, ainda felizes com a visita ao museu da morte, sem dizer meia palavra. Eu fui para casa atordoado. Tanto que quase deixei meus pertences para trás — precisei voltar no trabalho depois de chegar na quebra da rua, porque a pasta tinha sido esquecida dentro do escaninho.

Consegui chegar em casa bem rápido, excitado. Da rua dava para ouvir o latido estridente do meu cachorro.

Poderia se esperar que os escândalos do dia me pusessem para baixo, mas, na verdade, o que houve foi o contrário. Sentia-me vingado pelos meus garotos. Saber que eles estavam por aí com sua garra justiceira me deixava em paz. Mas minha lástima ainda superava o êxtase — para ser sincero, saber que eles cuidariam de limpar a cidade só me dizia do quanto minha permanência era inútil. Eu era frouxo — não vou ficar inventando desculpas — e espancar uma puta é algo que me faria acordar aos gritos de madrugada, só que para eles era normal como tijolos que viram edifícios inteiros.

Imaginar do que mais seriam capazes me deixa melado.

Chegando em casa, abri um vinho ruim que estava maturando no armário. Rasguei o plástico e cacei pelo saca-rolhas na gaveta. Abri-o com um estouro de glória e bebi uma taça e mais outra. Quando dei por mim, já tinha virado meia garrafa, ainda de pé na pia da cozinha. Encaixei a perna sobre o banquinho de madeira e fiquei cheirando a treliça da rolha e entornando o líquido rubi.

O álcool bateu rápido; eu estava ansioso e qualquer coisa subia mais depressa. Só sentia três coisas naquele segundo: o cu pegando fogo de nervosismo, o vinho batendo no estômago e subindo por algum engenhoso elevador de músculos entre as minhas tripas direto para o cérebro — e a arma fria empunhada.

Conferi as balas no tambor e fui para a sala com a garrafa de vidro pendurada na mão. Bebi no bico, sentado no sofá. O cão ergueu a cara na minha direção e começou a chorar com voz tremida, parecendo mais um lobo introvertido chorando sozinho em seu vale. O que ele queria era chamar companhia, e a companhia de Úrsula. Não aguentando sua ladainha, dei-lhe um pescotapa que o fez cair estirado na tábua corrida. Mesmo assim continuou cainhando, gemendo de um vazio que só a cafetina poderia curar. Graças a Deus, eu estava escutando sua deploração pela última vez.

Engatei o revólver. Pensei: vou nocautear as incertezas com um aperto de gatilho. Ter certeza de que a festa vai acabar. Com alguma dignidade, não! Com a única dignidade que me restava, que era essa mesmo de decidir o quando e o como. O resto estava perdido. Só olhava a tudo com apatia ou aversão, não gostava de quem eu era e do que era o mundo ao meu redor. Não duvido que para algumas pessoas de sorte, essas que nascem com a luz apontada para suas testas, a satisfação seja uma coisa real e mais ou menos constante. Só não acontece assim para mim, que tenho meus desgostos enterrados até os ossos. E isso não é cena nem lamento; apenas uma simples falta de fome diante de um prato de vida.

Conseguia me deliciar quando sentava na privada fria de manhã e soltava o forte jato que estava ribombando meu canal urinário. Esse era o auge do meu gozo. Mijar feito égua, defecar por meia hora, comer fritura. Coçar o saco com a maior unha e conferir o cheiro. Mas tinha inveja mesmo era dos homens que possuíam mil e um sentidos para permanecer na dura jornada, motivos toscos como um café preto, bourbon amarelo, bem-passado ou uma viagem pelas regiões montanhosas. Homens que gostam de descer para o mundo, sentindo vibrações deliciosas quando tocam os pés na terra orvalhada. Que trabalham com vigor amador.

Não sou nada desse tipo. Esses caras geralmente são chamados de artistas, mas verdade é que eles são mais do que isso — são afrontas às durezas do destino.

Eu sou mais como um crustáceo trazido por uma maré nervosa. Fui posto, a contragosto, nesse cenário desolado, nessa areia ensolarada onde meu corpo esquenta sem vontade de viver. A casca vai rachando com o inexorável passar dos dias, e o que fazer: esperar que um banhista me pisoteie?

Eu estava preparado para torrar o meu cérebro na pólvora encapsulada. Coloquei o cano da arma no céu da boca; encaixava perfeitamente na minha língua. Fiz uma espécie de reza sem palavras — era só uma esperança de que desse certo. Nosso bom Deus, tão bom a ponto de se compadecer do próprio diabo, não falharia comigo.

Estiquei as pernas para morrer num bom ângulo, firmei o corpo no acolchoado do sofá.

O cão tornou a subir para o posto de onde eu o havia arrancado. Tremia inteiro, gritando com estridência de perfurar os tímpanos. Mais uma paz que eu teria depois que minha massa cinzenta caísse estourada no tapete: silêncio.

Tentei empurrar o bicho de novo, mas dessa vez ele enrijeceu o corpo, empenhado a permanecer com a cara na direção da janela, uivando os sons que me enlouqueciam. Nunca consegui entender como pulmões tão minúsculos eram capazes de retumbar uma melodia tão intensa!

Fui capaz de ensinar muitas coisas para a criatura. Fora educado desde a sua chegada a fazer suas necessidades pastosas na caixa de areia da área de lavar — e nas poucas vezes em que quebrou com nosso estatuto, levou do adestrador uma bifa inesquecível com um jornal enrolado em forma de tubo. A última, que o levou de pata dolorida para o veterinário, já tinha um bom tempo. Mas, por mais que tentasse, seu choro de saudade eu não conseguia curar. Empurrei-o para o chão de novo.

Senti-me preparado e confiante. Tremia um pouco por conta do ódio ao cachorro, mas definitivamente tinha chegado a hora. As falanges não estavam lá muito firmes para atirar. Segurei o ar nas entranhas, apertei o gatilho e o traque do tiro quase me estonteou.

Senti uma queimação e um vapor fino subiu do cano da arma, calmaria depois do baque. Deu certo. Foi o fim.

Meus olhos pesados deram de encontro com o carpete empapado de rubis líquidos. As pálpebras se abaixavam e reerguiam, fisgando de relance os vultos de pedaços de carne e do que parecia ser almôndegas de tronco encefálico.

E silêncio.

Bamboleei. Meu pescoço tinha vinte quilos — não consegui ajustá-lo confortavelmente no lugar. Pendeu para a frente como se fosse uma bigorna. Sobre o meu sapato, gosma. O cachorro estava deformado pelo tiro; minha mão armada ainda apontada molemente na direção dele. Seu pequeno resto arreganhado e os miolos esparramados. Tinha atingido bem no seu crânio e um pedaço das costelas também tinha se aberto.

Pus o revólver na gaveta de cuecas. Peguei a pá grande e o saco de lixo.

PARTE IV

1

Mas o diabo do varão da cortina arrebentou. O troço era de ferro, achei que fosse segurar. Quando veio abaixo, levou tudo junto: minha melhor gravata, ainda presa com um nó cego ao meu pescoço, a cortina pesada e eu próprio, que tropecei no banco de madeira que seria meu palanque e esborrachei no taco.

A brincadeira me levou a perder um naco do ombro. Fiquei incapaz de me levantar por um tempo, mesmo o chão frio me obrigando a sair. Julho chegou com uma frente fria avassaladora. Maio prenunciou o que viria, mas mentiu de leve: as noites ficaram geladas na semana terminal, mas durante o dia o sol dava as caras pelo menos na hora do almoço. O tempo se manteve agradável durante a temporada de festas juninas que encheu as praças, mas o mês seguinte obrigou todos os casacos mofados a saírem do armário. Começou intercalando: se hoje fizesse frio, amanhã um calor morno despontaria. De repente, o estado congelou. Comecei a ver echarpes e longos tricôs em desfile pela minha rua.

Joguei muita roupa no lixo e precisava me virar com o que tinha sobrado. Muitas delas foram enroladas no cão morto, como atavios que eu colocava nos clientes da funerária para embelezar suas sobras antes de mandá-los para seus devidos velórios. Empossei uma lixeira no cargo de caixão. Andei com o bicho dentro do saco plástico, dentro de uma caixa de papelão, até a quadra seguinte e soquei-o fundo em uma caçamba de entulho.

Rearranjei os restos de lixo em cima do cachorro e saí com a esperança de que ninguém prestaria atenção ao meu descarte.

Com ele, deixei um longo sobretudo, nunca usado por falta de baixas temperaturas, e alguns cachecóis que minha mãe produziu em seu tempo livre.

Bebi uns bons goles de coragem destilada nos dias que sucederam ao suicídio transformado em homicídio.

Apesar da afetação que eu sentia, mentiria se dissesse que não fiquei feliz com o assassinato do incômodo animal.

Só demorei um pouco para digerir. Alguns dias eu saí para fazer andanças de ônibus, tentando me distrair da lembrança persistente — o sangue, o cérebro e o cheiro da munição queimada. Mas numa dessas eu acabei entalado em um engarrafamento quilométrico na Dom Pedro II. A avenida fechada pelos carros e coletivos de buzinas afinadas só foi caminhar depois de duas horas de imobilidade.

Voltando para casa e me encontrando com Úrsula, senti alguma suspeita da parte dela: ela me perguntou um punhado de vezes onde estava o animal e para cada uma delas teci uma desculpa. Cheguei a dizer que ele estava tomando banho no veterinário ali perto, e minha ex-mulher ficou animada para vê-lo voltando felpudo com uma gravata no pescoço.

Outra mentira foi a de que emprestei Pimpão para a vizinha de cima porque a filha pequena da mulher estava doente e não podia sair de casa para brincar. Úrsula logo apressou uma caridade:

"É aquela menina, a Luiza? Vamos passar pra fazer uma visita, Bartolomeu!"

Eu emendei:

"Não, vamos nos recolher e respeitar a tristeza da mulher e da garota. Em nome de Deus, Úrsula, você é muito invasiva de vez em quando".

Ela sacolejou tristemente a cabeça.

Até que, numa dessas, resolvi dar o aval:

"Escuta aqui, Úrsula".

A cafetina, que estava pondo fotos de novas gueixas no álbum profissional, balançou o queixo para mim, sem me olhar nos olhos, mas mostrando que me ouvia.

Fiquei calado, achando o desinteresse dela uma afronta.

"Vai, pode dizer", mandou.

Dei-lhe uma explicação novinha em folha:

"O que acontece é que eu me distraí e o cachorro fugiu rasteiro pra rua".

"O quê?", ela se arregalou.

"Pior é que percebi tarde demais", continuei intrincando a história, "e até desci as escadas gritando por ele, mas o porteiro tinha saído para fumar bem na hora e aí... bom, é um cachorro, afinal. Deve estar chafurdando os postes."

Úrsula ficou absurdada, balançando a cara chorosa e lamentando.

"Quem sabe", ela sugeriu, fagulhando de esperança, "ele volta pra casa."

"Sei não, Úrsula. Eu acho que uma hora dessas ele deve estar enfiado numa caçamba."

Ela me olhou do alto de seu desespero e eu complementei:

"Sabe, procurando comida. Aquele cachorro não é besta, não".

Curei-me logo desse caso com o Pimpão para retornar aos meus dramas cotidianos. Sem comprar ração — e o filho da puta não comia qualquer uma — começou a sobrar uns trocados para investir em erva. Mas, no fim, aproveitei o excedente para dar uma passada no doutor Chaves. Não sei por quê, mas me bateu uma vontade de entrar naquele consultório e justificar detalhadamente minha ausência. O que mais me incomodava era saber que o Chaves devia estar sentado em sua mesa, tecendo ele mesmo conclusões que explicassem meu sumiço repentino.

Eu me sentia meio invadido quando pensava nas coisas que ele pensava de mim. Para sair desse interminável ciclo imaginativo, achei melhor arrancar as raízes da questão. Uma ligação bastou para que eu tivesse um horário com ele dali a dois dias. E fui como antes, a pé pelo caminho, vendo o que faz a cidade ser cidade: sujeira no chão, falatório, restaurantes de comida destemperada, órgãos públicos cuspindo gentes. Os parques depredados, e as cobertas de mendigos desconfiados amarradas ao poste com corrente e cadeado.

De rosto contraído contra o vendaval pesado que descia navalhando, cheguei para a consulta com algum lucro em tempo. Mas, ao que parecia, o cliente anterior não teve disposição para dar as caras, porque a placa na entrada mandava bater na porta — assim fiz, e o Chaves logo estava desenroscando a maçaneta para me dar passagem. Entrando, não esperei ele fazer seu teatro: fui logo vomitando o que queria falar, sem constrangimentos. Comecei justificando que tinha ficado ausente todo aquele tempo por conta de uma série de coisas, entre elas a fuga do meu cachorro. Falei que, apesar de triste, isso me fez revisar todo o padrão de vida que estava levando. Levou-me a um estado de reflexão sobre toda a solidão, e percebi que ele ter desaparecido era mesmo a melhor opção. Minha felicidade não podia estar depositada num cachorro, afinal de contas. Nem num casamento, nem numa mulher, nem num trabalho piegas. Só dependia da minha disposição e de boas noites de sono. Chaves me lançou umas questões argutas, mas que não me foram nem um pouco provocativas. Foi uma sessão em quase tudo comum — atuações e verborragias. Quando acabou a hora, eu estava extremamente insatisfeito, como quando uma esporrada se prenuncia mas nunca acontece, deixando o cacete emurchecer solitário nas mãos. Falei que na semana seguinte eu já não conseguiria comparecer, mas a verdade mesmo é que eu não pretendia mais voltar para o consultório. Já tinha gastado muita vida naquilo, percebi. E minha vontade era agitar, sacolejar o corpo, fazer uma grande transformação.

Algum editor no futuro pode pensar que quero arrastar comigo uma legião de exaustos prontos para a autoimolação; mas você está enganado e enganadíssimo, caro editor. Só quero ter a liberdade de existir na minha tristeza, do meu jeito lúgubre e difícil que é o que tenho de mais meu.

Quando a porta bateu atrás de mim, eu sabia que não tinha a mínima chance de eu voltar ali. Estava analisado, tinha tirado meu próprio laudo de dispensa e não voltaria a ligar para marcar mais consulta alguma e nem atenderia o telefone caso ele mesmo ligasse querendo me pedir para voltar à sua sala acústica. Muito ego, editor? Eu sei que o analista se entretia comigo, não me surpreenderia caso me convidasse de volta.

Não demorou para que eu encontrasse outros tipos de diversão muito mais curativos do que os joguetes terapêuticos.

Rapidamente fiz convite aos meus novos melhores amigos. Ah, sim: desde que visitaram a funerária e manipularam um corpo diante de mim, os três rapazes e eu entramos numa espiral de amizade tão prazerosa quanto cheia de contrastes. Eu no meu cansaço de velho e desilusão. Eles ainda animados para a vida, querendo sua fatia do mundo. A gente se entendia no resto: apesar da idade, muito ódio tinha lugar naqueles meninos. Seus olhos já estavam meio brumados pelo tédio e pela raiva. Não tinham um apetite voraz quando o assunto era conhecer as coisas; meio calejados da capital, eles falavam em mudar para o interior e revolucionar a roça, abrindo bordéis de putas talentosas e vendendo droga da boa para os caipiras no alto de suas enxadas. Minhas pretensões eram mais modestas; eu só os queria.

Gostávamos de sentar na minha sala e trocar papos enfurecidos e debochados. Na sala pelada — Áureo tinha mesmo passado em casa para raptar tudo o que eu tinha. Tevê, algum dinheiro, o aparelho estéreo. Nada tinha sobrado para o meu entretenimento, e as noites de domingo estavam mais entediantes desde então.

Havia um laço entre nós que se apertou como a serva faz às fitas do espartilho da senhora. Os meninos, claro, não eram criaturas afetuosas, mas se demonstravam interessados e dispostos a entrar em comunhão comigo. Abríamos cervejas geladas e esticávamos os pés no cômodo vazio, a música tocando do celular deles, já que eu não tinha nenhum aparelho em casa mais. Era algum tipo de rap. Eles comentavam das garotas que estavam traçando e perguntavam quem eu andava comendo. Eu explicava que, na minha condição, seduzir em bares ou cantar ninfetas eram coisas fora de cogitação. Estava forçado às prostitutas, não tinha outro jeito para mim e eu estava acostumado.

Eles riram perversamente da situação. Depois começaram a comentar reflexivamente das putas com quem saíram. Áureo falou que gostava de escalar a Afonso Pena, que na avenida ficavam as mais caras e mais limpas — os parceiros começaram a descer cascudos nele e chamá-lo fedido —, e ele disse que com algumas buchas de cocaína conseguia um programa maneiro, especialmente se elas usassem antes de começar a farra. Donato e Leandro preferiam descer para perto da rodoviária, onde pagavam mais barato. Daí começaram a contar casos de quando saíram correndo sem pagar o serviço, ou de quando fizeram as putas cheirarem seus pés suados.

Áureo contou de quando estourou a boca de uma delas no soco. Falou que depois de meter por uns vinte minutos e de gozar na cara da prostituta subiu-lhe um ódio por todas as veias; segundo o relato, a puta estava gostando demais, gemendo demais, e isso o revoltou. Deu uma porrada de mão fechada na boca dela que a fez desmontar na sujeira do bordel. Achando que era algum fetichismo dele, a garota gemeu como se tivesse apreciado o esporro e abriu-se como uma laranja chupada.

Viramos algumas noites em nossa enxuta comunidade, compartilhando histórias de passados recentes. É lógico que o que eles contavam era infinitamente mais interessantes do que as minhas, com toda a jovialidade...

Era difícil eu ter amigos. Mas uma liga profunda, pastosa, uniu meus caminhos com o deles.

Se o tópico é afeto, posso dizer que sempre falhei ou que sempre falharam comigo. Só meu pai sabia dar amor com equilíbrio. Sim, porque, como todas as coisas, o amor que transborda também afoga. Nada para mim pode ser desmedido. O controle é o segredo da plenitude — e o amor de meu pai vinhas nas entrelinhas, nos escritos santíssimos que seu cinto cravava na minha pele pálida. O que ele tinha de carinhoso ficava discreto diante de sua força, essa era a sutileza. O que sobrava para lembrar eram as impressões hematômicas de seu amor na minha carne.

Eu estava estranhando uma relação que evoluía tão rápido entre eu, Áureo, Leandro e Donato. Nem esperava, apesar de algum desejo latejar desde que os conheci, que pudéssemos nos assentar e dividir momentos. Éramos tão antagônicos.

Eu os deixava sozinhos na sala enquanto ia fazer alguma coisa na cozinha. Uma tapioca, ou qualquer merda que não estivesse vencida servia para tacar na panela e fazer um come. Eu me entretinha na posição de ouvinte; só de estar à distância ouvindo os relatos cruéis deles já me bastava, eu não precisava participar ativamente. Ou melhor...

Quando ouvia histórias intensas, batia um desejo forte de estar junto com eles na ação. Socando uma puta na boca, quero dizer, ou saindo para caçar mulher nas boates infernais. Contaram de um clube ali perto de casa em que a "putaria comia solta", sendo essas palavras deles; meninas encostadas nas paredes pretas da boate tomando vara de garotos novos e magrelos, cervejas na mão, luzes emanando de diversas cores. Música alta, eles dizem que o ouvido saía doendo e que a surdez levava uns dois dias para ser completamente curada — deficiência temporária que eles carregavam orgulhosamente, como lembrança da foda.

Comecei a ter algum ciúme à medida que cortava um peito de frango na cozinha e ouvia de longe eles contando aventuras.

Lembrei-me de quando minha festa de aniversário foi cancelada no último minuto por minha mãe, porque ela teve uma doença que a entrevou na cama. Meses depois, ela fez para Rúbia uma festança que arrastou todas as crianças da vizinhança em danças e gincanas. A rua ficou colorida de pirralhos correndo e seus pais, escorados nos muros, aproveitaram para falar de política ou para flertarem. Eu passei o dia todo no meu quarto, que ficava no segundo andar, e da janela fiquei remoendo, revolvido de ódio, querendo matar minha mãe.

A sensação voltou em mim. Diminuída, é claro, porque ninguém é capaz de sentir raiva maior do que aquela sentida pelas mães. Mas ainda assim foi um sentimento revoltado de inveja.

Queria estar com eles nos momentos de diversão vulgar, só não sabia como dizer aos garotos sem parecer uma cobrança desmedida e feminina. Mas comecei a bolar o bote, arrumar uma oportunidade ideal para fazer com que eles me convidassem para seus passeios divertidos. Ia arrastar asa até eles me chamarem para uma boate enfumaçada.

Terminei de preparar qualquer coisa no fogão — envolvia batatas, atum enlatado de procedência duvidosa e um resto de alecrim seco. Coloquei em uma vasilha de vidro e enfiei uma colher para cada, mas, quando cheguei na sala, eles já tinham ido embora. Sentei no meio de dúzias de garrafas vazias, outras ainda com um restinho de cerveja, e ali eu comi minha gororoba sozinho, refletindo sobre a vida que levava e sobre a morte que desejava. Quando estava com os três, eu revisava os meus anseios e ficava me perguntando se a fé que eu tinha até então era a mais acertada. Isso porque eles me traziam o mínimo tesão por viver, que nem sei se era meu próprio ou deles — transmissivo e infeccioso, mas deles.

Aonde estou querendo chegar? Sinto que meu relato está confuso, tanto quanto eu estava no momento que eu agora descrevo. Eles foram embora sem dizer nada... deixaram seus rastros para eu limpar... e eu me sentia traído, enciumado de novo, mas... mas... me sentia provocado ao ponto do amor. Eram ousados. E, não sei por quê, mas em seu abandono não havia um indicativo de deserção ou desprezo, mas a esperança de que nós nos veríamos novamente. Sentia que os veria outro dia. Talvez eles chegassem de supetão, do mesmo jeito como saíram.

Apesar dessa felicidade repentina e da vontade de estar com meu novo grupo, chegava uma melancolia inesgotável. Não sei explicar o que é essa dor sazonal, que vem já rasgando o que encontra pela frente. Se eu fosse filmado por alguns minutos, o espectador veria o meu sorriso tímido se tornar uma cara de arrebatamento e dor, como se pelo acionar de um botão. Algo não me deixava permanecer no estado de júbilo. Acho que é a consciência.

No fim das contas, me considero um agraciado por ter descoberto desde muito cedo qual meu objetivo; há homens que matam e morrem para chegar à lucidez. A minha lucidez se explicitou sempre na morte. Morrer por ela seria morrer dela, a única solução definitiva. Sou grato pelo fascínio que se transpõe ao sobrosso mais humano.

Sou mais síndico de mim do que qualquer outro homem que eu conheço. O que nos afasta da humanidade é o medo do túmulo, e desse sei padecer.

Aceitar a mortalidade pode ser um encontro lídimo com o divino, mas muito se nega a iluminação. É preferível a quimera da eternidade que está nas coisas, nas artes, nas risadas — sem força, no entanto, para enfrentar o fim da festa, a passagem dos anos. É só uma burla diante do cerrar definitivo das cortinas.

Mas não eu. Sei desde o início.

Nunca esperei facilidades, habituado logo cedo a sofrer. O resto é vontade de se engabelar. Sem preciosismo, sem a farsa supostamente necessária. Somos sofredores persistentes. Somos os algozes do castigo que nos castiga.

Tenho a dignidade que quase ninguém tem: não fico reclamando das minhas decisões diárias; permaneço vivo ainda só porque há alguns pontos que eu preciso acertar. Não me queixo do que é meu produto. Aquilo que me tira do sério é aquilo que os outros me despejam sem dó, como se eu fosse sua caçamba. Acho que cada um deveria administrar os pesos das suas cagadas.

Não quero também parecer um fatalista, sabe. Mas é inevitável.

Eu menti nos parágrafos logo acima, se vale constar.

Levantei, derrubando garrafas. Subi com a gravata ao varão da cortina, amarrei um nó justo e trepei no banco. O resto já foi dito.

2

Foi ficando cada vez mais difícil escrever, com toda a distração que era pensar nos garotos e em quando nos veríamos de novo e no que eles me convidariam para fazer com eles. Entretinha muito mais passar as noites insones adivinhando onde a gente iria do que pensando no roteiro de um novo livro. Começou a complicar mais e mais: se alguma coisa saía no papel, logo em seguida eu rasgava e jogava fora porque estava realmente ruim. O mais desafiador era ter a disposição de me assentar na frente do computador. Eu entrei num estado de progressiva ansiedade que me obstava quando eu sabia que deveria pôr o traseiro quieto e produzir algum texto, o mínimo que fosse. Pensar no roteiro e decidir o que escrever nunca foi a parte mais difícil. Eu chegava até a montar o quadro de atividades do dia — pesquisar alguma referência, escrever tal número de páginas —, mas falhava miseravelmente. Aí era a vez do ciclo da culpa. A procrastinação faz sua cobrança impiedosa. São mais noites sem dormir, remoendo o tempo perdido e planejando a agenda do dia seguinte, que logicamente não irá se cumprir. Aí o dia seguinte já chega se arrastando, jogando uns respingos de sol frio na janela. Só consigo pregar o olho quando está claro lá fora, mas o terror me consome de novo durante o sono, e tenho pesadelos de perseguição e vômito, como se não pudesse conter as produções do meu corpo — era frequente um sonho em que eu enchia as calças de merda fedida e recebia olhares de óbvio nojo das testemunhas.

Como se numa brincadeira de mau gosto, era quando eu tinha mais dificuldade para escrever que também tinha mais ideias. Os circuitos criativos ficavam a toda quando eu me sentia esgotado; eu pensava infinidades de roteiros que gostaria de ter escrito, mas não conseguia nem me retirar da cama para sentar à frente do papel e rabiscar um comecinho que fosse. Nem me arrisco a falar do tamanho do desespero que é passar a escrita para o computador e clicar os dedos ininterruptamente, bater a barra de espaço com força uma série de vezes, mas mesmo assim não obter um único parágrafo de tamanho satisfatório. Começa, em horas assim, uma caçada. Eu aumentava o tamanho da fonte para ver o texto render, ou multiplicava os espaçamentos entre as linhas, ou começava a fazer frases mais curtas, com uma série de parágrafos ou de diálogos, que dão muito mais caldo do que o texto corrido. Nunca gostei de escrever conversas. Aliás, nunca me considerei bom para esse fim, por isso fujo dele e prefiro a verborragia logomaníaca.

Por tempo demais eu me preocupei com aquilo que hoje sei inútil. Tamanhos de estrofes, formatos. Eu sinto que passei por uma mudança honesta. Parece que só quero ser fiel a mim, diminuindo as atuações.

Recebi um chamado dos meninos para uma incursão noturna, e não fingi que não gostaria de estar presente nem inventei pretextos para não comparecer. Pelo contrário, respondi um sim eufórico. Falaram que nos encontraríamos na porta do meu prédio e dali a gente arrumaria o que fazer. Com eles era assim, na base da surpresa, abrindo mão de predeterminações.

Acabamos por nos encontrar no lugar marcado, eu pontual e eles meia hora de atraso. Fui cumprimentado com o que eles chamavam de toque, uma batida de mão estranha, que para eles era como uma coreografia da irmandade. Falaram então: "Vamos te levar prum lugar legal".

Descemos pela Praça da Estação, loucura total mesmo à noite, com marés de gente se atravessando. Um estrado de ferro estava se intumescendo, erguendo um palco para alguma apresentação que aconteceria dali a uns dias. Caminhamos na Andradas de carros velozes, passando por um cinema alternativo onde os homens circulavam de saião e maquiagem preta. Meus amigos passavam pelos viados gemendo irônicos, e as bichas ou sentiam medo e batiam perna para dentro do cinema B ou faziam cara de desprezo. Eu ria constrangido, coçando o nariz.

Acabamos na Guaicurus. A rua estava escura, imersa em sombras barulhentas, musicada pelos catadores de reciclável pisando em latas.

Eu me senti desconfortável com a sujeira e o barulho. A rodoviária se mostrava bem no alto, com luzes fracas e umas plantas murchas. A estratégia arquitetônica falha, quadradona, horrorosa. Toda a sorte de câncer urbano rastejava pelas passarelas como lesmas molhadas. Crianças pequenas e choronas, deseducadas, que esbarravam em indigentes chatos, em mulheres de roupa pouca. Os camelôs enchiam a boca para gritar ofertas na entranha da noite, que saíam com hálito de pinga e som retumbante contra a murada da passarela. No chão tinha fruta pisada e um forro de guimbas de cigarros vagabundos. Os meninos foram me guiando por debaixo dos postes, mostrando as entradas dos bordéis e contando casos de alguns deles. Quando levaram um pescotapa de um segurança irritado com a baderna, ou quando meteram com tanta pressão que desmaiaram a puta e saíram correndo sem deixar o salário irrisório. Coçando a garganta incomodada por um pigarro grosso, eu arranhava a voz falando sobre como eram minúsculos os acessos aos puteiros. Também me surpreendeu a manada de homem que trepava e descia das escadas apertadas, degraus que mal cabiam um pé. De cabeça baixa de forma tal que as abas dos bonés só deixavam seus beiços de fora, os comedores escorregavam para a escuridão, apertando as alças das mochilas temendo o muito provável assalto.

"Esse aqui é foda", disseram Leandro e Donato quase num uníssono, posposto por sorrisos safados. "Mas esse daqui é bom", eles de novo indicaram em coral, me empurrando pelas costas para uma das casas de meretriz. Cada bordel tinha sua sentinela na entrada, assentada em seu posto — um banco plástico encardido — fumando e checando mais ou menos a cara de quem entrava. Passávamos por detectores de metal desativados, atavios em arco.

Ninguém se encarava e eu mesmo estava constrangido; sentia cheiro de sexo nas paredes. Sebo suado.

As mulheres ficavam suspensas nos segundos andares, destinadas aos quartos, e cada quarto tinha seu lavabo. Umas portas ficavam abertas, coisa dos mais exibicionistas, e o que se via performado lá dentro não era coisa bonita. Pelos corredores ficavam circulando seguranças malvestidos, só identificáveis em sua função por conta da cara arrogante e do volume do berro na cintura. A parte maior dos clientes que entravam na casa não se deitava com as putas; eles ficavam rodando pelos corredores com olhar curioso para dentro das frinchas. Não pagavam nada, só ficavam andando mesmo, entesados pela observação. Os meninos faziam o mesmo, enfiando a cara nas aberturas das portas dos quartos e dando risada das bizarrices esculpidas pela escuridão dos corpos.

Eu ia na esteira, sem coragem de meter meu nariz nas frestas, mas captando o que acontecia. Entreouvimos uma discussão por conta de pagamento, e a mulher estava ganhando — algo foi atirado contra o cliente, que deu um ai grave e tímido. Os homens de alianças grossas nos dedos eram maioria; entravam imperando, já irrompendo num quarto, batendo a porta e fazendo o que era sua incumbência. Saíam fitando o chão, secretos em seus chapéus.

Os meninos gostaram de alguma das mulheres. Enquanto Áureo entrava em seu ponto de trabalho, os outros dois foram enlaçar algumas garotas que estavam no corredor com grandes saltos altos, apertando um baseado e apoiadas à parede com os quadris. Por fim, todas foram comungadas no mesmo quarto — na cama, Áureo beijava o pescoço da sua prostituta com ferocidade. Os outros dois escoraram suas garotas na parede de carunchos, duas pernudas cheias de alongamento nos cabelos. Saltos que as deixavam como se em cima de palanques, maiores que os meninos. Uma terceira veio me servir, falou seu oi e se colocou debaixo dos meus braços, essa pequena e seminua. Baixou a blusa, exibindo os peitos moles, e me beijou na boca com a sua que tinha gosto de erva. Levou minha mão ao mamilo escuro e eu, sem jeito, apertei e torci. Donato tirou o sapato da sua e começou a mordiscá-la. Mordeu-a nos ombros, no culote. A minha, por sua vez, direcionou meus dedos para debaixo da sua saia e começou a sentar neles; tinha uma barriga protuberante e de seu umbigo caía um brinco estranho com corrente. No canto do olho, embolada nos meus cílios, tinha a vista de Leandro. Ele tirou a calcinha da mulher e afrouxou o próprio cinto.

A que me servia falou comigo, mas eu estava tão atordoado que não entendi. Murmurei como se estivesse de boca cheia e ela desceu ao meu centro, abaixando minhas calças e cuecas. Eu me sentia inquieto, tentando mirar tudo ao mesmo tempo, porque tudo me estimulava, como criança diante de cenário colorido. O prostíbulo era monocromático — irradiado pela luz acerejada, um clássico. Confuso, perpassava as fisionomias de falso gozo das putas, as roupas saindo dos garotos, as pessoas passando na entrada com tímido interesse.

Fui abocanhado. Engolido mesmo, como nunca. Atravessada pela espada a qual atacara com gula, a meretriz teve refluxos como um gato em suas pelotas de pelo. Quando ela se afastava, um longo filete de cuspe nos mantinha plugados; ela pensava que isso de alguma forma me excitaria, porque deixava de propósito a liga de saliva fazer ponte do meu membro à sua jugular. Era desafiador manter o sangue bombando na virilha quando a trupe toda estava em volta de mim. Seus gemidos másculos eram desconcertantes e engraçados. Acho que eles faziam força para gemer mais grave.

Vi a sombra dos movimentos de Áureo. Na cama, ele enrabava a companheira e quase desarmava o móvel com estocadas brutas. Sua mulher não arfava, relinchava feito égua.

Seu instrumento era vigoroso e longo, fez eu repensar o porquê de ele ser o prócere do bando. Seus escudeiros, apesar de menos membrudos, surpreendiam pela idade.

Olhei o meu próprio instrumento. A puta que estava comigo levantou a saia jeans até o peito, mostrando que não tinha calcinha por baixo, e começou o serviço: manipulou meu membro com uma brutalidade infantil, quase desacoplando-o de mim. Com a mesma má dedicação, agarrou no meu cetro e levou-o para a sua bainha. Entrou sem esforço, apesar da secura; ela nem cuspiu para botar. Retirei-me dela na primeira estocada, tateei no bolso da camisa por um preservativo que fazia aniversário, encontrei-o após umas apalpadelas, rasguei o invólucro e desenrolei a camisinha — voltei à atividade. A prostituta arrebitou as nádegas e, sem cerimônia, cravou o rabo em mim. Conseguiu se encaixar com habilidade mesmo de pé, posição que sempre me desconfortou. Eu estava misto. Tinha tesão e as estocadas acalentavam minha ereção, mas estava distraído. Suspenso a um lugar de contemplação, sabia que meu corpo sentia, mas não sentia bem o que meu corpo sentia — sensação do espírito desencarnado. Tudo deformado aos meus olhos de peixe: os meninos de pau duro, as prostitutas sem emoção enquanto curradas, os boquetes frios, os toques esquizofrênicos — ocos. Donato, corajoso Donato, resolveu dar uma linguada na garota que o servia. Em simultâneo, espetava os dedos na boceta árida como quem sova a massa de um pão. Os sons inchavam nos ouvidos, de escarros a sacos batendo nas coxas feito os pêndulos antigos escandalizando as horas. Eu continuava rígido, mas os sentidos que não os concentrados no meu cacete se lançavam ao espaço e flutuavam olhando atentos para o que se desenrolava embaixo. A foda continuava, muito mais por conta da garota do que minha. Eu dava uma bombeada ou outra para não parecer já falecido, porém não estava em presença completa dentro daquela mulher. Passei por um momento de iluminação. Tanto eu me suspendi do meu corpo que foi quase a experiência da cigarra. Explodi para fora de mim, volto a repetir o meu jargão de macerar as represas — uma viagem maior do que qualquer erva tinha me dado. Pequenos temores foram destituídos. Não importava o tamanho desvantajoso do meu pênis nem a barriga que o alapava. Há homens que são gordos de abdomes firmes, mas não sou um deles; meu umbigo é apenas a fenda esparramada na massa murcha da barriga.

Sentia-me desgarrado dos meus olhos que haviam sido prisões. No entre-podridão, vibrava uma beleza interessante de tudo o que me cercava. Um a um, os rapazes rugiram feito bicho com fome e foram gozando. Seus paus eram puxados de dentro das mulheres, uns sem capa, outros vestidos de plástico, e a seiva branca em jatadas pequenas e ralas. A minha foi longa e grossa, tanto tempo sem...

De imediato, subi as calças. Subi-as com tamanha bruteza que quase decepei o pênis. Com algum desespero, apanhei um dinheiro que tinha caído do meu bolso sem eu perceber e saí desatinado pelas escadas apertadas do bordel.

Para a minha surpresa, meus amigos vieram atrás, pulando alto e rindo intensamente. As últimas coisas que eu soube do puteiro foram o grito das prostitutas, apontando e dizendo que a gente não tinha pagado pelo serviço, e o velho segurança da portaria tentando entender o que elas falavam em profano coral.

Pusemos as pernas para trabalhar: fomos nos debatendo pelo bairro, enfiando em tudo quanto é beco que desse para entrar, passando tão rápido por drogados que eles nem tinham tempo de nos pedir qualquer coisa. Aceleramos na direção do Centro, cortando pelos cantos, eles saltando lixeiras e pontos de ônibus e eu tentando não me estrompar. Quando paramos, enfim, perto da minha casa e a adrenalina desceu descarregando, eu por pouco não tive um desmaio. Apoiei-me com mão pesada na portaria do edifício, ou despencaria. Os três também pararam e sentiram os corações acelerados; riram desembestados. Nos despedimos com "falou aí" da parte deles e um arfar cansado da minha parte. Disseram que nos veríamos de novo e eu me senti acalentado. Vi-os sumindo e tive a certeza inédita de que eles voltariam. Foi um sentimento difícil de administrar. Senti-me amparado como não me via há anos, décadas, tantas que nem consigo iniciar a contagem. No entanto, lá eu estava, solto no passeio com tudo palpitando por dento, sensação de fim de baile e expectativa de ver de novo aqueles que se tornaram meus escudeiros. Quis estar com eles imediatamente, alcançá-los enquanto não tinham submergido no estrelar noturno. Contive o rompante e entrei em casa com mãos trêmulas — a chave caiu. Andei para o quarto de imediato, caindo na cama macia

— meu melhor investimento — e me desembolando da roupa suja de puteiro e correria. Fiquei nu tomando lua que vinha pela beirada da janela e cascateava pela cabeceira da cama. Eu me empoleirei nos muitos travesseiros como se fossem uma companhia humana e ali fiquei, molhado de branco. Encolhi os joelhos contra o peito, embrulhado em mim. Não custei para adormecer, envolto no prazer de ter novas companhias. Até então não admitiria a falta que isso me fazia; nem sabia, na verdade, do tamanho desse rombo. Só entendi quando, deitado, valeu a pena ter existido para viver o dia. Na mensuração de todo dia, eu geralmente calculava um saldo negativo. Não vou negar que com Úrsula já tive bons momentos, mas uma coisa ou outra sempre permaneceram em falta. A relação com os meninos me completou melhor, de um jeito curioso e novo. Com Úrsula não havia dinâmica, éramos estáticos. Comprávamos o pão de manhã, ela bebia suco de caixa e leite com chocolate nesta mesma ordem todo dia, depois a gente usava maconha e ia para o trabalho. Quando voltávamos a nos encontrar à noite, estávamos cansados e falávamos pouco, mais porque eu ignorava o chamado suplicante dela, assentada à mesa mastigando uma coxa de frango e querendo contar o que tinha acontecido à tarde no trabalho.

Não há quem possa dizer que a gente não se respeitava no que era essencial. Ela não tinha o costume de futricar minhas gavetas, como o fazem algumas noivas neuróticas, e nem mudava a arrumação das minhas coisas pela casa. Eu, por minha vez, permitia que ela fosse para festas onde tinha bebida e não perguntava muito sobre a rotina dela. Não nos importunávamos, e isso parecia incomodá-la. Tinha dias em que ela pedia para ser desorganizada por mm. Não entendia muito bem ela nem seu ímpeto, mas tentava algumas inovações, como bater na cara dela durante a tansa ou com o cinto em seu traseiro até ela gritar. Quando escandalizava e pedia para eu parar é quando eu sabia que ela estava mais excitada. Mas, destino fatal de qualquer casal, caímos nas rotinas. Para completar, a desenvoltura de Úrsula me amedrontava; não, deve ter uma palavra melhor... é... ofender. Isso, a desenvoltura sexual dela me ofendia. Ela tratava o sexo com tamanha banalidade e mostrava trejeitos indecentes tão tranquila que meu ser homem estremecia, fragilizado. Úrsula tinha uma aptidão natural para me afrontar: era tão mulher que era quase homem. Quase mais homem do que eu.

A gente conseguiu se entender enquanto o casamento significou a mesma coisa para nós dois: sossego. Ela gostava da estabilidade financeira e se agradava dos presentes que eu comprava de tempos em tempos.

Só depois de muito tempo dando agrados para minha esposa é que eu fui perceber que os presentes dados significam para mim o mesmo que a literatura. Quando não sobrasse nem meus ossos, meus restos não-mortais estariam perpetuados na casa de desconhecidos, nas estantes altas e nas notas jornalísticas. Como a foto nossa sob o sol que eu dei para Úrsula em algum aniversário — eu sabia que ocuparia a moldura ao lado da cabeceira da cama dela, mesmo sem ocupar a própria cama já há tantos anos. Os livros tinham o mesmo sentido, de resguardar no meu nome as memórias de alguma coisa que consegui ser, apesar de eu já ter me encurvado na cova, repuxado pela secura da carne que regou com seus fluidos a terra do túmulo. Os dentes podres e as mãos retorcidas de horror não significarão nada se meu nome estiver gravado na capa dos meus romances em fonte maior do que a do título. Antes me irritava que a leitura dos meus livros pudesse ser feita por qualquer idiota. Não queria vender nas grandes livrarias e ser discutido nas rodas universitárias — cacete de raça; eles adoram sentar em círculo e fazer o que chamam de seminário —, eu só queria existir na lista de leitura dos leitores certos. Depois, a fixação passou. Queria mais era estar em qualquer livraria, dentro dos enormes centros de compra, ao lado dos clichês. Fodam-se os princípios. Fodam-se, foda-se. Os inescrupulosos vivem de bem.

Fiquei intensamente submerso em orgulhos e angústias, remexendo na cama como o filho edípico tentando se meter entre os pais.

Parece que uma hora a vida faz as pazes comigo. Depois de toda a lambança, de me afogar na merda, um banho quente — mais quente até que a merda — me tranquilizava. É assim que as coisas são, o mar quebrante uma hora se aquieta. Permanece a essência — felicidade momentânea não é motivo suficiente para insistir na vida —, mas se há uma certeza certeira é a de que tudo tem prazo. A única lei que nos rege é a compensação. Há uma tendência natural pela consequência, até onde eu percebo. Para cada movimento do destino, um eco de magnitude proporcional e de sentido inverso; angústia gritante: saber que tudo o que projeto no mundo me volta. Mas não era disso que eu estava falando... acho que estou devaneando.

3

Não existe relação imediata com o universo, qualquer filósofo de botequim sabe disso — que o álcool que ele entorna é símbolo do outro troço. O que eu não sei é se isso é objeto do sofrimento para eles, que estão constantemente em suspensão anestésica. Há dias em que acordo com a sensação de que qualquer toque é oco, faltando o substrato. O sentimento veio quando saí do banho na sexta-feira. Debaixo do chuveiro estava um calor de útero, mas quando saí da cascata morna de miasma senti muito frio. Eu vi minha sombra no azulejo bege, envolta de vapor. Levantei um braço, mas a sombra não acompanhou meu movimento. Percebi que estava olhando para outros espectros no azulejo pensando que eles eram eu. Notei que não existo. Ou que eu existo em qualquer coisa ou que as coisas não existem em si. É a eterna sala dos espelhos; eu, bicho de circo.

Reacendi um toco de baseado, curvei-me de toalha na cintura para bater as borras no cinzeiro da cômoda e, de perna aberta, sentei na beirada da cama e dei minhas puxadas vagarosas. Permaneci assim até bater a onda. Alucinei, alucinei. Bateu uns quinze minutos depois de eu dar bolinha. Começou com o interesse pela costura da toalha, então descambou para uma risada sem travas. Teve uma hora em que eu não conseguia parar de escrever — rabiscava inquieto coisas soltas; não consegui dar conta do livro, porque exigiria uma linearidade que estava fugida. Escrevi frases largadas em papel almaço e fui jogando com brutalidade no chão. Bebi os restos de vinho que estavam na geladeira para avinagrar, misturando branco e tinto. A cabeça batia a mil, escrevendo postas de textos simultâneas e ao mesmo tempo cansado e querendo parar de pensar, mas nada em mim desligava e não havia botão que eu apertasse e fizesse o derramamento do represado. Fluxo, fluxo, fluxo. Eu comecei a perder minhas vírgulas e meus pontos de interrogação; logo as maiúsculas e os outros recursos foram por água abaixo. Parecia que qualquer merda que eu produzia era genial, como se Deus me falasse no pé do ouvido. Fiquei persecutório. Deus? Quem é que fala, então? Olhava o balanço da cortina como uma invasão e me armava para o combate com o cinzeiro cheio de água. Os apertos no peito me fizeram considerar um infarto e, depois, que meu traficante estava me viciando com algo mais forte do que o encomendado. E depois que ele estava me administrando secretas peçonhas, ainda que não houvesse justificativa para o raciocínio. Todos os meus pensamentos eram infinitos, desfiando-se como novelos robustos. O surto cresceu ao tamanho de uma solidão.

Liguei a televisão e todos os canais falavam na mesma língua. Novelas de época, filmes repetidos, jornais viscerais e notícias de manifestos adolescentes. Teve uma passeata universitária perto de casa que eu, ainda bem, não vi. Uma procissão de jovens desempregados, carregando cartazes feitos com guache e marcador permanente. Pendurei a cabeça na janela, puxando o cigarro de maconha e ouvindo a tevê. Os garotos de protesto estavam dando entrevista para a repórter de emissora grande. Os jovens, especialmente universitários, estão todos falando mais ou menos igual. Eles dizem as mesmíssimas coisas, batem no peito se intitulando militantes, mas são crias acoleiradas por detrás dos impenetráveis muros de faculdade. Institucionalizando uma língua, esses ratos de biblioteca, se achando os paladinos em destino de remodelar tudo. Mas o que sabem só é dar regras. Não entendem da vida, são apegados ao passado — ditadores. Ditam, até. Ditam até!

Eu acho que todo mundo está procurando seus heróis; carentes de um salvador que nunca se faz. Parece que nossos pais e avós tiveram seus resgates, mas nós estamos na solitude absoluta, erguendo as mãos para qualquer um que passa, em clamor aflito — queremos o socorro como querem os pedinchantes que sujam as calçadas. As crianças são as mais desesperadas, apontando dedos para qualquer canto, nomeando quem são seus escudeiros aliados e quais são os inimigos públicos que merecem ser escorchados. O que é essa estaca, Jovem, coberta de fuligem?

É a busca por um oráculo, criatura mística a quem possamos curvar a cabeça, dobrar a coluna e pedir a sabedoria que já achamos ter. O que é que houve conosco, por que é que estamos na caçada!

Queremos-precisando do afago do mestre. Reside a esperança de que, em algum lugar, ele ainda nos ouça.

Enquanto não chega o messias, nas faculdades o povo fica engessando a linguagem e discutindo superficialidade. Detesto, detesto-os. A linguística só serve para tratar um organismo vivo como se estivesse morto. É diversão para meninos desses que mudam o mundo deitados na rede de dormir.

Eu, que não sou eles, saí chapado para o trabalho; no dia, meu turno ia começar mais tarde. Em compensação, teria que treinar um novato; fiquei pensativo se Aragão seria jogado na rua. Não posso dizer que acharia ruim me livrar dele, mas, quando vi a bichinha que eu deveria treinar, desejei-o de volta imediatamente.

Enquanto remexíamos no cadáver de uma marimacho, a bicha minha assistente lamentava, aguda, que a pobre da sapatão devia ter sido morta no que ele acusou de crime de ódio. "Olha como a cara dela tá roxa", falou. O que queria dizer que a gente teria muito trabalho para conseguir corrigir o azul dos hematomas. Ficamos nela por mais de uma hora, ele disposto a saber de mim e eu nem minimamente empenhado em aprender sobre o viado. Seus trejeitos ficavam evidentes quando tocava a maquiagem nos inchaços da mulher. Percebi pelas manchas que ele tingia a unha — tinha resto de esmalte nos cantos das cutículas. Maquiava com exagero de transformista; muito brilho para um enterro, isso aqui não é carnaval de bloco, eu falei só que de maneira mais simpática. Ele começou a limpar a cagada com um lenço umedecido, mas nem isso sabia. Temos de ensinar as crianças a limpar o próprio rabo. Havia nele, no entanto, um desejo evidente de acertar. Só por causa do empenho em seu semblante enquanto lavava a pintura malfeita, eu o olhei com mais piedade. De dó, tomei um algodão molhado em demaquilante e comecei a ajudá-lo. Passou-me em piscadas mentais algumas ressonâncias de infância, de quando eu desenhava guiado por Isabel, com os carvões que ela ganhava de uma outra patroa dondoca que tinha — ou que ela mesma recolhia do nosso fogão à lenha depois de passar uma canja para o meu pai no domingo. Sei que nossos rabiscos me ensinaram a pintar defuntos. Alucinei com o rosto da empregada relando por dentro dos meus tubos corporais, morando nas paredes da minha carne. A erva subiu de vez. Comecei a perder o ar e sentir um estresse preocupante. Acho que dava para ouvir o meu coração bater no concreto da funerária, como a percussão tocando nas tripas do encanamento, gorgolejando na água suja, gritando insano. Eu fiquei louco. Estava em caos.

A bicha, apesar de espalhafatosa, tinha alguma educação. Para não parecer um ranzinza, perguntei qual era seu nome, já que, tendo começado nosso contato com um "vamos ao trabalho, que não temos tempo a perder", não soube nada dele. Dos viados e dos esquisitos eu queria a eterna distância. Sabia que, se me misturasse a eles, acabaria embaralhado como os livros de um casal em separação — e teria que ficar catando o que era meu no meio da bagunça, discernindo minhas posses. Porque esse pessoal nos contamina e nos confunde, cheio de papinho.

O viado falou que o nome dele era Daniel. Daniel Não-sei-o-quê-Cavalla. "Ué, não lembra de mim?", perguntou como se nos conhecêssemos. Vendo minha permanência na confusão, disparou: "Bartô, você está bem?" e eu perguntei quem é que me chamaria por apelidos tendo acabado de me conhecer. Achei insuportável a intimidade.

Calado ainda e assentado, austero, de frente para a bicha, eu cocei a testa. Doía muito a cabeça, e sentia que a consciência estava deslizando pelos ouvidos. Ela era uma coisa física que eu tinha que segurar dentro.

As imagens se borraram aos meus olhos — Daniel começou a se sortir com Diana como se eles fossem a mesma pessoa. Alucinei com força. Ouvi chocalhos de cobra e senti um cheiro ruim de perfume feminino; fiquei tonto como bicho pisado.

Tive que pedir licença para o viado e dizer que nosso treinamento continuaria no dia seguinte. Vomitei no banheiro da funerária e dei descarga a cada jato para o cheiro não impregnar os azulejos. Uma vez lá em casa eu vomitei bebida no vaso, uma papa roxa de vinho tinto francês, e fiquei com nojo de limpar na hora e deixei para o dia seguinte. Ledo engano, fez meu banheiro feder por uma pá de dias, aquele cheiro rançoso de vômito. Foi preciso chamar uma faxineira — que, por sua vez, quase vomitou, piorando a bagunça. Agarrada ao pagamento, tapou o nariz e encarou.

Fui embora sem dizer a ninguém. Tropecei até em casa com pés tontos, meio arrependido de ter chapado tanto. Lembrei que no dia do vômito histórico eu também tinha fumado além do planejado. Depois disso eu não voltei a tomar o Chatêau Não-sei-das-quantas.

Abri a porta de casa com pressa, mas o segundo refluxo chegou rasgando. O emplastro se investiu pela boca e tombou no carpete. Eu não tinha dinheiro para lavar a seco; nem para a empregada da última vez, para reconhecer a desgraça.

Fui carregando o tapete na ponta dos dedos e o atirei no côncavo do tanque. Na máquina não dava para lavar porque o motor era fraco e perigava de pifar. Sempre temi que um eletrônico pegasse fogo na minha frente. Abaixei, com um estalo da coluna, para pegar a vasilha com a escova de roupa. Joguei sabão líquido no tapete e comecei a passar as cerdas da escova dura. Raspava ritmado. A escova roía o tapete e o fedor pareia estar subindo pela casa inteira; chegando ao meu nariz, me dava vontade de expelir mais. Sem prenúncio, chorei. Primeiro porque estava humilhado lavando aquele troço pesado na mão. Depois, porque não tinha justificativa para fazer aquilo. Sóbrio — e é um erro meu não estar agora seguindo o ensinamento dos mestres, escrevendo chapado e revisando mais chapado ainda — nada tinha encantamento.

Estou meio cansado de rodear as mesmas asserções, me sinto um saco, pendendo desde meus exórdios narrativos para o que pode ser entendido como tragicismo.

Na verdade, calha um dilema: desejo a morte como um pote d'água estranho à paisagem desértica, mas também sou rasgado pelo incômodo frequente de que a vida está sendo roubada de mim. Lembro-me da mesmíssima sensação existir nos meus anos de faculdade. Assentava-me em uma cadeira embutida à mesa, fingindo interesse no quadro negro, ouvindo os discursos provindos dos mausoléus dos velhos professores. Homens trêmulos de mão fraca, arrotando ladainha sobre os clássicos literários. E, enquanto isso, eu punha meu interesse do lado de fora da janela, analisando os tons do céu se escurecendo com rapidez. Dias inteiros se perdem lá dentro, nas cadeiras duras, nas anotações infundadas que nunca mais serão lidas. A academia, para mim, sempre foi uma servidão à vontade. Um desperdício consciente da preciosidade do meu tempo.

Larguei o tapete, que estava seguro nos meus cotovelos e ficando mais pesado à medida com que chupava a água. Ele caiu aos meus pés, eu me recostei, dolorido, à bancada do tanque, e meu rosto estava morno e ardido de choro.

4

Pedi que os meninos me levassem para rodar na cidade no dia seguinte. Donato tinha aparecido pedindo dinheiro logo cedo e eu já estava para entregar na mão dele quando pensei em colocar como condição o passeio. Meu amigo, que estava com pressa, topou imediatamente; provavelmente estava em dívida. Virou-se e perdeu-se na distância com as calças largas farfalhando. Um prazer brutal me atravessou o corpo inteiro.

Escorei no corrimão da escada e fiquei contemplando os degraus fazendo caracol até embaixo, coisa que eu nunca fazia. Tinha um Minister no bolso e o acendi na chama branda de um isqueiro novo. Enfumacei a porra toda e eu não estava nem aí.

Na noite última havia murchado e falhado, mas dessa vez estava bem.

Num momento de enlevação, eu senti o perdão me invadir, parecendo água cristalina que lavava e benzia meu sangue por dentro de mim. As tripas e os rins, nada ficava de fora, estava tudo perdoado. A rapsódia da minha história começou a me encher os ouvidos — ia causar o transbordo.

Minha mãe era fraca e por isso merecia bênção. Que passe, não quero o rancor. O problema dela foi ter se feito demais presente, quando eu, que sou trágico, queria viver a falta e gozar em cima dela. Era uma filha da puta. Mas era fraca, e por isso não merecia o respeito, mas me provocava ânsia de pena.

E meu pai... meu pai. O termo é esquisito. Essa sílaba única que nunca fica sozinha, essa palavra curta que bate tão rápido nos dentes demonstrando a própria fugacidade do homem que nomeia.

Pai, pai, pai, pai, pai. Eu reescreveria até romper o sentido. Ponto de ebulição — depois a saturação. Quero saturar meu pai, destituí-lo da função para ver o que há por detrás. Se não fosse meu pai, se não houvesse a designação contrafeita, queria ver quem seria diante de mim. Olhá-lo da distância, fitá-lo com um afastamento seguro, de caçador que olha cobra. Desmonte afetivo. O código emocional foi baixado: e ele não é mais meu pai, mas ainda preciso fingir que Pai é seu próprio nome, porque dizer Alfredo é esquisito demais.

Bati gentilmente a unha no filtro, deixando a guimba esfarinhar na escada.

Um vizinho do andar debaixo me viu em meu altar, em meu fumódromo, e balançou a cabeça desaprovando. Entrou em seu apartamento depois da olhada final cheia de revolta. Também entrei, com preguiça, para escolher a roupa da andança de logo mais.

Camisa de botão estampada, mas discreta, cor de noite para disfarçar.

Jeans folgado.

Os tênis de caminhada. Esqueci da meia, tive que voltar para calçar.

Fiquei em ansioso aguardo por muitas horas. E eu tinha um problema: minha vontade era extraviada muito fácil. Não é que eu me considere um manso desistente, mas a canseira vem quase automática. Acho que penso depressa, dolorosamente mais depressa do que escrevo, e isso me leva a uma transição frenética de emoções. Sem confluências, eu era pego por um frenesi esperançoso ao lembrar que veria os meninos dali a pouco, mas logo em seguida a desolação reivindicava seu lugar. Daí, eu perdia o desejo de circular e pensava em desmarcar o passeio, ficar na quietude da casa. O mesmo silêncio que me acalmava me deprimia.

Se num segundo eu me sentia fraco e entregue, bastava um respiro para reestabelecer as rédeas da minha conduta. Às vezes, eu conseguia levantar a barra das calças para cruzar o inferno. Às vezes, eu me aquiescia em atolar.

Pensava que viver o fluxo era a melhor alternativa. Não é como se a melancolia não me agregasse nada. Havia valor também na introspecção. Bem como tamponar a frustração com outros afazeres me parecia um escape à questão real. À questão do real.

Os sólidos eram enganosos na palma do meu toque. Como, então, a vida me cortava tão objetivamente?

Tenho alucinações que me deixam todo quebrado, chegam a quebrar meus parágrafos. Fiquei pensando bobagens e fui pensando nelas para a cozinha caçar comida.

Comi umas rosquinhas antes de dar hora para o meu giro com a trupe. Não marcamos um horário oficial, mas eles costumavam surgir na mesma badalada do relógio. Ironia essa gente subversiva de comportamento religioso.

Deu a hora prometida, mas ninguém veio. E eu, frustrado, tirei o sapato e joguei de canto em gesto de revolta. Espumei de raiva e emburrei na quina da casa. Sempre me transtornei ao ser largado de mão. Minha briga mais icônica com Úrsula adveio de um encontro furado. A maldita se atrasou arranjando uma menina para um velho exigente. O cliente quis trocar de puta meia dezena de vezes, alegando que nenhuma fazia o serviço direito e que ele estava disposto a desembolsar o dobro e mais um pouco por alguma que fizesse por ele as sujidades que queria. A cafetina promoveu tantas trocas para o senhor que se perdeu do nosso compromisso, um jantar, reservado havia uma semana, num bom japonês da cidade. Eu nunca fui fã de peixe cru, mas os olhos-puxados sabem fazer uma boa sopa de rabanete.

Fiquei na minha sala cavando um machucado, distraído em pensamentos maledicentes. Os filhos da mãe me largaram esperando. Decidi dormir para parar de sentir aquele absurdo injuriamento que tinha tomado conta.

Tentei ler para dormir. Ler é um negócio que me enterra num sono do caramba. Mas estava tão pilhado de raiva que nem isso adiantou.

Então eu comi uvas. Roendo as cascas.

Me ocupei imaginando um smoking que mandaria fazer em breve, sob medida, para deixar na posse de Úrsula. Se meu cadáver não ficasse muito transfigurado, acho que ela ia acabar me enterrando, apesar do meu suplício repetido de que queria ser cremado.

Enquanto estava enfiado nisso, minha campainha tocou e meu coração, àquela hora tão gelado, foi aquecido por uma gratidão de banho fervente.

"Juntou seus trapos já?", falou o Donato quando, sem antes checar pelo olho-mágico, escancarei a casa para ele. "Vamos!"

"Tô pronto", respondeu um estabanado Bartolomeu, que em seguida bateu os olhos no pé descalço. "Deixa eu só botar um sapato."

"O pisante", comentou meu amigo.

Ri sem entender. Peguei também os meus óculos, achei que poderia parecer mais maduro aquele dia.

A gente saiu trotando ali pela Rua da Bahia mesmo, trepando para a direção da zona Sul. Subindo Bahia toda vida, dava para cair na Liberdade, refúgio das marimachos e outros variantes da espécie. Uns góticos tímidos também rodavam ali naqueles cantos. A gente seguiu, avante, cortando a Augusto de Lima, bem na esquina do Maletta, edifício dos viados também — eles se reproduzem absurdamente, desafiando os princípios fisiológicos. Alguma gente nos murmurou peditórios, mas Donato deu um chute na mão de um deles e foi o que bastou para os outros se acuarem.

Encontramos com os outros dois meninos por ali mesmo, surgiram carregando cervejas que Leandro desatarraxou no dente. Continuamos peregrinando, eu sem coragem de dizer que já tinha cansado da caminhada de dez minutos.

Cerveja quente e pés doídos, mas fui.

Eu era o mais calado toda vez que a gente se encontrava. Eles falavam energicamente em um linguajar que nem sempre me era claro, incrustado como estava na posição de senhor, enquanto meus amigos eram novatos nas dores da vida.

Nos tempos áureos da juventude, quando deveria tê-lo feito, não conheci a cidade nem vivi a noite. É claro que tive minha boemia, mas em geral era bem solitária. Sentava para beber desacompanhado nos botequins ou ficava encurvado num banco de praça analisando os passantes.

Na universidade, quando convidado para as rodas de vagabundo que largavam a aula por uma hora de birita, eu comparecia sem afinco aos eventos sociais, nos quais sempre acabava isolado do papo, acabrunhado encarando a cerveja esquentar no copo. Os homens mais altivos ficavam de pé no bar, gesticulando e entoando piadas em alta voz, enquanto as meninas riam cobrindo a boca com guardanapo. Mas eu, que não estava para esses teatros, ficava só. Matutava coisas que não tinham nada a ver com as discussões do grupo e se alguém me convocava ao diálogo — "O que foi, Bartolomeu? Onde tá com a sua cabeça?" — eu amaldiçoava o intrometido e respondia:

"Em um pensamento distante"E não era mentira.

Sabia que estava longe dos outros, acessando uma reflexão que não condizia com o ranger enferrujado da mesa de boteco. Então cerrava os olhos, deixando abertos só o suficiente para ver as sombras das pessoas ao redor — mas a mente viajava por sebes revoltas e comunhões artísticas que eu nunca tive.

Atento às vibrações, segui com meus amigos morro acima, até a Liberdade.

Compramos cerveja de um ambulante com caixa de isopor sobre um carrinho de mão. Estava trincando de gelada e fiquei com medo de uma dor de garganta. Vi que junto com as cervejas ele vendia água com gás e groselha e quase senti o sabor rosado naquele líquido amarelo.

Ficamos vendo a noite e as mulheres como se fôssemos aves de rapina recém-saídas, esfomeadas, do ninhário. Estátuas vivas se mexendo para a curiosidade das crianças, cães correndo ao lado dos Apolos descamisados que faziam caminhada. Viramos a cara quando um grupo de taxistas começou uma discussão na esquina frente ao Niemeyer, mas logo todo mundo se acertou e nem tivemos a doçura de presenciar uma briga.

Meninos se entendiam fácil — os três perderam a paciência com nosso programa pacato e sugeriram pegar um petisco no *fast food* mais embaixo.

Descendo a rua, entramos no canto predileto dos afetados, com os bares de drinques. Iam aumentando extraordinariamente os índices de homens de cabelo pintado usando camisas largas de botão com pochetes transpassadas. Jovens sapatões de cabeça raspada rodavam de mãos dadas. À medida que afundávamos: tatuagens psicodélicas, olhos de glitter, bigodes grossos sobre bocas de batom e mãos peludas com unhas esmaltadas. Era tudo uma violência. Senti minhas vistas conspurcadas e minha garganta enodoada e achei que fosse golfar.

Os três comeram batata frita e tomaram soda, depois o Donato chegou com um hambúrguer para cada, incluindo um de cheddar e picles para o amigo mais idoso. Me empanturrei e deu um certo sono, mas não me senti no direito de quebrar a marcha com os companheiros. Ainda me veio uma casquinha mista que tomei com dificuldade, forçando um vômito a fazer caminho reverso e se vomitar para dentro. Conversamos sobre a cidade e como a erva estava ficando ruim nas esquinas. Falamos de como tudo andava caro no mercado — eu estava tomando cappuccino com água porque não tinha mais dinheiro para o leite. Reclamamos dos botecos conceituais cheios de gente enquanto contávamos o troco para tomar mais uma breja.

Dissuadimos os sapatões da mesa do lado a nos dar cigarro e emprestar isqueiro. Deu para ver a consideração atravessar seus rostos — não queriam doar coisa alguma, mas se assustaram com o porte dos meus amigos. O medo repulsivo se inturgescendo nos olhos dos gays quase me deixava de pau duro. Nunca devolvemos o que nos emprestaram; saímos para fumar e de lá caminhamos, na surdina, para a noite.

Graças aos contatos deles, ganhamos umas doses de cachaça nos bares por onde rodamos. Me irritava ver que nos botecos mais sujos já havia chegado aquela gente mais baixa, os abastados que dissimulam pobreza, vestindo roupas de etiquetas conhecidas sobre as mesas plásticas e dividindo o caraoquê com bêbados que cantam suas desgraças. Teatro do picaresco.

Fizemos o caminho de retorno, ali mesmo por onde viemos, quebrando nos bares só para buscar mais um copo de cachaça. A praça estava mais lotada na volta e plantamos os rabos debaixo do coreto para olhar as piranhas. Eu tinha pouca afinidade com a conquista, ficava mudo na minha, vendo-os espichando o olho para baixo duma saia e assobiando para as ditas novinhas, safadas, gostosas.

Eu pensei que havia nessa interação alguma coisa de espiritual. Não só na minha amizade recente, mas nas cantadas meninis, xaveco fácil, carregavam uma beleza urbana. O brilho vil do fogaréu impetuoso; a querência delinquente dos três pela vida. Uma sensação de preenchimento me empalava quando com eles, como a histérica que recebe o caralho faltante nos forames quentes; com a mesma glória que ela engole o cacete e senta até o talo e revolve sua cavidade membranosa para ser abarrotada, atulhada do topo de sua falta elementar. Ainda que eu ficasse mais calado do que os pássaros tristes, não era porque a voz tinha trincado na garganta, mas o contrário: porque estava enterrada ali pela mão do afeto que eu nutria. Tamponagem transcendental.

E eu também percebia, acompanhado deles, que nunca na vida tinha sido tão ouvido. O mundo e a perversão do mundo tentaram fazer força para me emudecer, mas no máximo me deixaram rouco — e depois de pigarrear vinha um brado forte que lacerava meu tórax, o grito da tragédia. Quando os via odiar o que eu odiava me subia um amor fervente, que era a afirmação da validade da minha existência. Por anos havia sido um velho amargo. Agora, era só prazerosamente azedo.

Divindade era até mesmo aquela bebida estranha que Donato chegou trazendo, surrupiada da caixa térmica de um ambulante distraído. Misto de vinho ruim e açaí que desceu rasgando. Catuçaí, disseram.

À meia-luz, vimos duas bichas trocando indecências. Naquela distância toda, o que tínhamos era um recorte de sua heresia iluminado pelo feixe de lua que descendia, dissolvido pela ramagem. Estavam nos bancos centrais, perto de onde os pais prestativos davam a mão para as filhas de patins. Acima, no palco do coreto, irrompiam violinos apressados e uma flauta ligeiramente fora do tom. Tomamos um trago sincronizado de cigarro sem dar ideia para o que a sinfônica no alto tocava engasgada pelos alto-falantes. A atenção se perdia um minuto nas enxutas trintonas chupando picolé, mas inevitavelmente voltava aos viados, um pedindo ao outro achego no peito, ambos vazando penugem nas mangas das camisas — fizemos negativas com a cabeça.

Achávamos foco em algum canto, lendo folhetos caídos que sacolejavam ao vento como o feno dos velhos filmes, mas a presença dos pederastas logo ali feria a cena.

Áureo fingiu que tinha uma faca na cintura e que a sacava em golpes habilidosos, falando que eles mereciam ser trinchados, feitos em postas; rimos. Imaginei peixes úmidos, pelas metades, se debatendo. Maciez úmida de peixe.

Donato, que estava ensopado de um suor iridescente, esverdeado na luz do coreto, levantou e remexeu na portinhola que ficava ali embaixo do monumento. É da minha crença que aquele espaço nunca ficou destrancado. Cavoucando, ele tirou uns apetrechos de limpeza — dançou com um rodo e quem via a orquestra olhou torto. Fingindo varrer, ele veio por entre os arbustos à nossa direção. Com um aceno conjunto da cabeça, levantaram os meninos na rapidez de tiros ascendidos ao céu, como tripulantes necessitados de socorro. Leandro me chamou com um sacolejo da mão para andar com eles até o outro extremo da praça.

Gingaram na frente e fui junto, ensimesmado na música que se orquestrava por cima das moitas verdejantes — eu conhecia aquele som de algum lugar. Era um jazz preguiçoso, do tipo que eu gostava quando estava num dia afetado.

Leandro marcou o percurso na terra dos jardins com o cabo da vassoura; retirou a cabeça das cerdas e tacou de canto. Ficou só o pau. Tinha uma última dose da tal catuaba, então passaram a garrafa para cada um dar sua golada. Chegando em mim, sobrou só uma gota. Lancei o plástico vazio em qualquer canto e tirei um lenço do bolso porque deu ânsia de pigarrear. Saltamos a mureta que separava a área gramada do caminho cimentado.

Aconteceu que Áureo de fato estava de coldre cheio e extorquiu um punhal rebrilhante do cós bem quando cruzamos as bichas. Lacerou uma delas contra o banco de ripas brancas em uma sucessão de metidas indômitas.

A outra se açodou em direção aos museus, ofegando e correndo, mas foi traída pelo calço do sapato que se ateve a uma pedra e a bicha desbarrancou no cascalho. Caída sobre uma moita hirsuta, olhou por cima do ombro. Suas costas racharam o cabo da vassoura quando foi cravado em seu lombo — antes, umas pauladas direto na cabeça, como um batismo. Desceram-lhe o pé e murros pesados de benção. *Lacrimosa dies illa.* Os viados estrondeavam de desespero, mas nenhum decibel de grito incomodava a boa gente, porque a orquestra tocava alto.

5

Eu estou bem — e obrigado. Repeti como um mantra.

Deitado no sofá, via-me envolto em memórias mofadas, atiradas para o alto em um acesso de ira que só de falar me enrubesce. Levei o baú da família para a sala e varri o fundo com as mãos enrijecidas de raiva e raiva, mandando cada migalha para cima como as serpentinas nas tormentas de carnaval. Eu sempre me enfurnei em casa no carnaval, aí uma data que detesto.

E sobre as mãos ainda: todos os anos de escrita endureceram-me. Os ossos doíam horrivelmente de noite, coisa que me acordava. Ficava estudando, em sonolência, qual movimento adormecido tinha feito pressão sobre meus membros. Mas chegava à conclusão de que não tinha deitado sobre as mãos, elas doíam por doer, como se os tendões estivessem protestando contra sua função. Cada vez que eles se retorciam, eu acordava do sono fraco sondando a situação, sentindo uma dureza incomum em todos os cantos — e a tentação de estalar os dedos vinha de uma ânsia masoquista; quanto mais eu apertava, mais me excruciava de dor, mas também sentia que os estava relaxando.

Ela me passou o chá, sempre a mesma solução para todo problema. Não estava ruim — o chá. Acho que... frutas vermelhas, mais alguma coisa florida. "Que zona", ela averiguou, também servida na porcelana que a gente tinha ganhado de uma prima longínqua. Bebericou com muita avidez, o que me fez perceber que ela não estava tomando nada quente; talvez suco ou água mesmo. Não tinha quase porra nenhuma na minha geladeira. "Uma zona", voltou a ofender, mas tinha razão em sua crítica higiênica. Derrubei dois Miró dos pregos quando enfureci contra o apoio. Uma penca de livros caíra, eles abertos, em torno do sofá em que eu me estirara, um braço pendendo como se podre, com a mão arrastando o dorso no chão, onde faltava o tapete, os meninos tinham levado o meu embora. O outro braço dificultava em segurar a xícara, então a barriga túmida dava apoio, como um monte de areia erguido em cima da minha pélvis, o umbigo meio por cortar, estranho. Quando eu era pequeno, me intrigavam os umbigos que era para fora, meio apontados, e eu perguntava ao meu pai porque uns eram assim, como o meu que eu cutucava em todo banho, e porque noutros faltava esse pedaço de gente, esse pequeno broto embrionário. Ele falava que era coisa de canhoto, mas eu descobri a farsa teórica mais tarde — eu não sou canhoto — e a dúvida voltou.

Acho que ela estava bebendo uísque, porque foi à cozinha e ouvi o barulho do que parecia um cantil metálico. Desenroscou a tampa do frasco, botou-a na pia, encheu a xícara, voltou a rosquear. Sentou-se na beirada de granito, que meu ouvido não me mente. Quando fazia isso, geralmente é porque queria chorar escondido após alguma discussão em que lhe faltava razão.

Fiquei clicando a corda do abajur na mesa de canto, acendendo e interrompendo a lâmpada que já desejava encerrar seus dias de atividade. Também cansado, deixei pender a mão que brincava, alisei meu rosto em autopiedade, manha necessária, e me senti doente; até então insistia na negativa, falando que só me faltavam umas horas proveitosas de sono. Mas doía, sim, o fundo dos olhos. Mastigava os dentes para tentar relaxar a mandíbula tensa.

Eu estava encasulado numa manta.

O sol ardia os últimos frisos de intensa luz lá fora, mas meus pés enrijeciam álgidos. Outros mantos no chão, com páginas rasgadas, peões de minha infância, retratos que alimentavam fungos, retratos intactos desimportantes de parentes de terceiro grau, aquela foto da Rúbia. Uma saia puída que Íngride usou em um recital, com três bolsos embatumados de saudosismo. Frascos meus e dela, codeína, brincos de pérola, quase toda tralha fora da validade.

Úrsula voltou para sentar na cadeira de antes, olhando-me de cima como gostava. Não me opus a esse posicionamento hierárquico. Nem me detive olhando-a quando abriu a boca:

"Hoje faz um mês do velório, é esquisito".

"Esquisito que fez um mês?", perguntei cutucando as unhas.

"Estranho que foi com aquela bruteza lá que mataram ela. Ainda tão assistindo às fitas da segurança, mas não vai dar nada."

"Nunca deu."

"Me frustra, a você não incomoda?", perguntou.

"Sei das coisas como são. Conformismo, senso da realidade, esses termos que se confundem."

Ela ficou calada, talento que geralmente não tinha, mas que vinha apurando nas nossas últimas conversas. Dessa vez, surpreendentemente, eu é que estranhei. Disse para ela:

"Acha que sou rabugento? Um homem rabugento" Ela pensou por um minuto, mas nem me ofendi, não. Deu até tempo de bebericar seu uísque antes da resposta.

"Acho que você é um homem, isso já basta", e ela me olhou como quem desvenda um enigma.

"Não acho suficiente", disse eu sem achar suficiente. "Vai falar que somos rabugentos por predisposição? Coisa do filo?"

Ela riu.

"Acho que é coisa da criação. Homem é manso, vai se acomodando na queixa e fica nessa, falando de tudo como se fosse pouco."

"Não acho que eu sou assim. Acho tudo é muito, as coisas vão pesando em cima de mim", falei em gesto de confissão, como aqueles que abrem peito quando veem um homem em hábitos de padre.

"Eu bem que sei", ela veio rasgando feito me decifrasse, mas não sabia da profundidade, eu percebi.

"Hum", gemi com descaso.

"Você sofre de uma coisa maior", continuou ela sem saber ainda da profundidade.

"Pois é", eu mudei a interjeição, mas não o desapreço pelo discurso.

Nem a olhei nos olhos porque não é do meu gosto constranger ninguém. "Desculpe pela rudeza de não lhe oferecer o cigarro que eu acendi". Ela prosseguiu professando:

"Você sofre do tumor filosófico"Opa, agora tínhamos esbarrado em um subterrâneo meu, em uma questão intracelular, por assim dizer. Fiquei abismado com seu jogo de palavras e a respeitei naquele momento; por mais que as crianças de hoje digam que respeito é coisa de cristão, eu ainda o acho necessário, e o acharia elementar ainda que fosse um ateu bandido vazio de tudo. Tem que saber cantar de galo nos poleiros que lhe pertencem; tem que saber calar o bico quando outro vem cheio das esporas.

"Que porra", falei cortado por um trago, "que porra que você tá falando?"

"É um cisto filosófico, um tumor sem remissão. Sei da coisa que te persegue", declamou.

Havia sem dúvida alguma nicotina e um grau de erva circulando, mas não tanto para transmutar Úrsula em meu par intelectual. Só a realidade poderia ser mais improvável que a fantasia.

"Eu sei também que os caroços vão crescendo e você gasta seus dias pensando nas possibilidades", agora ela estava com um olhar vazio. "Fica pensando nas bifurcações do destino, no que poderia ter sido diferente."

"Não fica brincando como se me conhecesse."

"Mas eu te conheço."

"Para, porra", eu implorei com rudeza e então reacendi a guimba que apagou com a umidade do cinzeiro.

"O que poderia ter sido é só uma abstração, Bartolomeu."

Aí achei que ela descambou para a vulgaridade, citando gringo para cima de mim. Respondi com a mesma literatura ruim:

"Toda existência é ilusória, a vida é roda de rato".

Eu quis mudar o foco, dar outra cara para a conversa que já tinha engatado em um rumo desagradável e me cansava. Dei mais uma bebida e comentei o mais amistoso que pude:

"Esse chá, ele é bom, hem".

A vagabunda me ignorou. Em vez de comentar meu comentário, foi levada à distração por uma das minhas revistas de curiosidades que estava no chão.

"Ô Úrsula, acho bom você ir embora, que os meus amigos vão passar aqui mais tarde."

"Aquele bando de pirralho? Toma vergonha, Bartolomeu."

"Vai logo que eu ainda tenho que passar na funerária antes de eles chegarem."

"Mas já não foi lá hoje, homem?"

"É que o Aragão pediu pra eu ajudar com um cadáver que chegou lá agora, disse que a coisa tá feia."

Ela levantou calada e já foi abrindo a porta. Antes pegou a bolsa, colocou seu cantil dentro e um frasco de vidro que deve ter afanado das minhas drogas que estavam espalhadas.

Abaixou pegando um saco com pó branco:

"Você não vai usar essa merda, né?"

Falei:

"Deixa aí onde achou".

E só para provocá-la:

"Ei, Úrsula. Tô pensando em voltar ao doutor Chaves, me consultar de novo".

Folheando, ela me falou:

"Nem adianta. Acho que você tem que parar mesmo".

Ela saiu deixando um rastro de perfume e bebida. Eu bati a porta, não quis prestar atenção no que ela conversou com o porteiro e fui para o quarto colocar uma jaqueta por cima dos braços antes de sair à cidade. Ainda estava com frio e as pontadas no estômago começavam a piorar.

Tomei os mesmos passos de costume, andando mais leve do que respirava; estava com um pouco de falta de ar. Duas quebradas de esquina e já estava na funerária. Pisei no capacho para enxugar a lama que embebeu meu sapato. Acho que tinha garoado mais cedo.

Diana estava fora do posto, disse Aragão que ela vinha faltando nos últimos dias porque estava resfriada.

Entrando na sala, vi o velho de costas. Cumprimentei-o e ele deu um resmungo. Já tínhamos nos visto mais cedo, não carecíamos de muita formalidade. Curvei-me ao prendedor e peguei um jaleco; pus a luva enfarinhada e perguntei:

"Quê que eu preciso fazer?"

Aragão comentou que a farfúncia não estava fácil. Perguntei se eu tinha de catar o bisturi — ele falou que já tinha reservado o que carecia na bancada, em cima da toalha de papel. Peguei agulha e linha de sutura e me movi ao ataque. O corpo apontava com os mamilos para cima e a boca entreaberta cor de morta, como ficava a minha se chupasse muitos picolés. Fiquei a postos, esperando Aragão me dar espaço para costurar, mas ele ficava virando o pulso para ver as horas e então ciscava o lábio de cima no de baixo com ansioso desgosto. Perguntei o que havia de incômodo; fui muito simpático. Falou que já tinha perdido uma cachoeirada de horas com o cliente. Era aniversário de Rute. Ia levá-la para a mesma churrascaria dos últimos anos, que imitava um rancho com porteira e tudo.

"Vai então", propus.

"Como assim, Bartolomeu?"

Falei que ele fosse, que eu sabia que a Rute era um chute no saco.

"Ela vai te atazanar se você não chegar na hora", fiz de cúmplice.

"Aquela mulher é um inferno", obsecrou ele enquanto pegava a mochila, "mas eu já paguei pelo bolo e pelo sanfoneiro que vem na mesa".

Ele saiu com um tapa grato na minha lombar e roncou o motor de um carro velho que estava usando — presente da esposa.

Procurei um ponto de luz que me permitisse enxergar o buraco da agulha, passá-lo com a linha, mas estava escuro e demorei para firmar a mira. Errei uma vez porque tive uma fisgada no estômago. Deu certo, parti para cima. Vi na ficha que tinha sido assassinado; chamava Daniel. Metade do trabalho estava arrematada, mas eram tantos os rombos de faca naquela bicha que eu ia gastar mais umas horas remodelando os buracos.

6

A atração repentina da fechadura pela chave, raríssima, foi o que me deixou chegar à patente antes de liberar a golfada. Parecia mais era um cuspe, geleia sem corpo. Estava em solidão; os meninos se arredaram para o canto deles quando passamos pelo Museu da Moda, e eu nunca soube para onde é que eles iam ao findar dos nossos prazeres. Eu seguia para o apartamento tropical, que levava sol na parede do quarto o dia todo e à noite emanava para mim todo o calor que lhe fora destinado de onze da manhã às seis da tarde.

Vomitei o assento acolchoado e fraquejei em seguida, perdendo o equilíbrio e dando com a cara na cerâmica da pia. A catuaba quis implodir e me sentei na baba do vaso para escoar o interno do meu estômago, que caiu, líquido, nas labirínticas curvas da porcelana. Tirei o cartão de crédito do bolso, umas pastilhas, e joguei no piso. Sequei o rabo no papel, dobrei em dois após uma análise médica dos dejetos e lancei aos gorgomilos da latrina. Apanhei as pastilhas, chupei uma, joguei de volta no chão. Tinha uma memória dos viados sangrando impressa no meu baço, pressionando minhas tripas, me enjoando outra vez. Vi o primeiro entortar no banco com a barriga cravejada de feixes escorridos, camisa branca se tingindo de vermelho.

Tentei levantar com as calças arreadas, arrancando-as com os sapatos ainda calçados e mais a tontura do vômito... senti que ia tornar a desequilibrar e até tombar — segurei na caixa da descarga e fui para fora com a cueca presa aos joelhos massudos. Parei na cozinha antes de findar a lida no quarto, porque precisava de água e de uma bebida de verdade. Peguei um copo lagoinha e enchi da catuçaí que comprei na padaria; tem isso em todo lugar. Levei comigo para o quarto, onde me estampei nos tecidos de dormir, a moleza do meu pênis sobre as coxas vermelhas que tinham ficado se roçando o dia todo, o copo no criado-mudo lateral, o espelho do guarda-roupa disposto a mostrar minha miséria; a camiseta tinha respingos de sangue e farelos de folhagem seca.

Acho que dormi assim, porque me vi desperto na manhã quente do dia seguinte com a mesma postura. Nenhum movimento fora do lugar, que não o baque brusco que me despertou. Estava tendo um sonho ruim.

Sem cueca, fui para a cozinha passar um café. Vi que estava acabando o pó, raspei o fim da vasilha e pus no coador de pano. Bati uma pitada de canela para ver se agitava os ânimos que andavam na dormência. A boca estava seca e ainda tinha uma descomodidade estomacal incomodando; minhas mãos ficavam pressionando o abdome, como se fossem capazes de estancar a dor. Coloquei um bife para marinar no limão com pimenta preta em um recipiente de vidro do qual Úrsula se doeu ao se separar quando divorciamos. Fiquei com as panelas, ela levou os aparelhos de jantar. Mantive o sofá e o apoio de pé, mas ela tomou os cedês. Me doeu perder o elepê de *Tetê e o Lírio Selvagem*. Pelo menos a pintura era mesmo muito boa — ela fez um biquinho quando a gente estava em Copa naquela viagem, até eu lhe comprar o danado do quadro em uma loja de decoração. Eu trouxe o enfeite para Belo Horizonte a contragosto, mas, quando o parafusei, deu um casamento certo com a parede. Passei a olhá-lo todo dia até se tornar só mais uma coisa atravancando minha casa.

A água ferveu, passei o café, tomei um copo. Estava lembrando do sonho entre uma bocada e outra.

O sonho foi uma mixórdia de todas as casas em que vivi. O quarto era o do meu apartamento, mas as estrelas e planetas de plástico fluorescente no teto eram um sinal da infância. O corredor que ligava os quartos não correspondia, porém, a nenhuma das minhas moradias anteriores. Era, olha só, o corredor da funerária, visível pela porta entreaberta com os jalecos dependurados em ganchos cromados. O quarto era fresco e espaçoso, na cômoda um copo de leite ressecado. A cortina oscilava como uma respiração; como se um titã respirasse lá fora. Eu pulei da cama e notei meus pés muito azulados, se não pela cor de uma lua poderosa, por uma morte iminente a acontecer. Olhei dentro do copo, me deu nojo da raspa de leite. Fui à cozinha buscar água gelada. Crianças estavam conversando lá fora em voz muito alta — peguei a jarra no freezer e voltei pela mesma rota, mas duas coisas me distraíram: o aparelho de televisão na sala aceso pela imagem de um acidente e algo entre um rosnado e um bufar que acontecia no quarto próximo ao meu. Estava no meio-termo, sem conseguir observar direito a nenhum dos dois ambientes, parado bem no centro do corredor sonial. Resolvi me meter com metade da cara na porta entreaberta do quarto ao lado do meu, que guardava uma relva de trepadeiras e coqueiros, como um trópico indiferente à realidade de todo o resto do apartamento.

Colei meu olho túrgido na abertura iluminada a tempo de ver meu pai se debruçando em uma de suas amantes, os dois gingando, obscenos — ele lhe metia o pau na bunda e parecia muito bêbado por conta dos olhos pesados e da moleza dos músculos. Ela, que sentava com afinco na pica, mas estava coberta por uma folhagem, gemia grosso e aumentava a pressão da sentada. Parecia que estava beliscando as próprias tetas. Ele gozou dentro e ela se levantou empurrando a folha de palmeira, que era do tamanho de uma barca. Meu pai começou a lustrar um revólver e sua garota passou do meu lado sem conversar, sem até me perceber, e exibiu sua ausência de seios, sua carência de cabelo, sua pele queimada e um pau pesado entre as pernas, que respingava porra sobre os meus pés — enquanto Íngride entrescutava na sala e chorava, traída. Corri ao banheiro, vomitar!, e minha mãe veio atrás, dizendo:

"Tormento".

Sua voz foi encharcada pelas cachoeiras que lhe desciam dos olhos e fiquei em dúvida se ela tinha dito aquilo mesmo:

"O que você falou?"

"Torresmo", ela repetiu com voz chorada, me esticando uma cuia cheia deles até em cima.

Joguei o resto frio do café na pia e peguei o telefone sem fio que estava esquecido ali não sei por quê. Liguei para o doutor Chaves. Ele podia me ver na sexta seguinte.

Fortalecendo a minha crença de que ambos estavam mancomunados, Úrsula me passou uma ligação assim que desliguei a ligação com Chaves. Atendi depois de hesitar um tempo, vendo seu número piscar na bina.

"Diz."

"Sou eu, Bartolomeu."

"Sei que é. Tá dirigindo? Parece uma buzina no fundo."

"Estou no trânsito aqui na Guaicurus."

"Buscando puta ou o quê?", coloquei mais café no copo, apesar de que estava me enchendo de calor beber aquilo debaixo da janela ensolarada.

"Buscando puta mesmo. Tinha uma menina aqui, novinha e tudo — dá seta, seu merda! — foi um babaca aqui, Bartolomeu, que não dá seta. Mas tinha uma menina lá", ela buzinou, "que merecia crescer na vida".

"Crescer como puta?"

"Se fazer mais puta", falou Úrsula rindo.

"Cada um floresce como pode", concluí.

"Respeito as existências. Esse, que é meu princípio, qualquer dia no meio da vida vai ser o meu fim", profetizou. E disse mais:

"Você é uma figura, Bartolomeu".

"Sou caricatura", eu me permiti essa sensibilidade.

"Vem cá. Tá em casa?"

"Estou, mas..."

Ela não me deixou terminar:

"Tá inspirado?"

"Não."

"Então tá bom. Inspiração é Deus te mostrando vivo. Se você não tá vivo, pode se ocupar comigo meia horinha", gargalhou. Estava divertida nesse dia.

"Se Deus gostasse de mim, não jogava na minha cara que ainda estou vivo."

Acho que nunca a vi mudar de semblante tão rápido. Sua voz passou de um tom para outro como um líquido se mudando em gás.

"Sei muito bem disso."

"Como assim?"

"Sei lá. Não fica falando umas coisas dessas que qualquer dia eu te enfio um veneno sem você nem saber. E é bom você me agradecer antes de dar seu último suspiro", falou ela, obscura no início, mas em seguida voltando a emitir a risada pesada.

"Chego aí mais tarde", alertou, "não me espera de cueca que não quero ver essa desgraça".

Como ela tinha mandado, agradeci: "Obrigado".

Desligamos.

Com a direção da brisa, rumei para o quarto desabitado, os lençóis estendidos apesar de eu ter dormido em cima deles. Queria fingir ler um livro até que a visita chegasse, ensaiar os olhares que iam encimar as lentes grosseiras que iam refletir a página de um livro do Torquato Neto — que estalaria as páginas nunca abertas, um ranger das costuras. Só servia para impressionar visitas mesmo.

Levei a mão no interno da gaveta, meus olhos de vidro não estavam ali. Bati nos bolsos. Revirei as calças da noite anterior. Nem sinal deles. Pensando bem, se vasculhasse em uma dobra da memória, podia me lembrar de deixá-los cair na Liberdade em meio ao corre-corre da última expedição de morte que fiz.

Fiquei tentando lembrar se tinha ouvido os óculos caírem, depois pensei em quem os encontraria.

As pluralidades das metáforas me atravessaram. Os desalinhos do universo se provaram coincidências e eu pensei que pudesse desmaiar de lucidez. Espetei o dedo em um alfinete que estava na cômoda. Sangrou, eu não estava sonhando. Mesmo assim eu duvidei. Achava que aquele estado de absorção do real era coisa do sonho, de um delírio ou de um cansaço caprichado.

Foi tudo pelos ares. Comecei a escarafunchar o baú da família, jogando livros e álbuns de fotos para cima. Levei para a sala pensando em queimá-lo; o peso dificultava, parei com ele no corredor e tive que pular por cima dele.

Enfadado de tudo, de sangue, vômitos, caralhos duros, canivetes afiados rebrilhando à luz das estrelas, livros circulando entre gerações sem leitura nenhuma, óculos no meio-fio atestando minha culpa para algum policial.

Bem como os manicômios e os pais fortes, os dias de trabalho pelo salário que só dava para pagar esmola de mendigo, e os lavadores de para-brisas psicóticos no sinal às catorze horas gritando — "coitado é só do diabo, quem tá vivo não merece ser coitado" — asneiras. A permanência infindável do fim. Zumbindo em volta da lâmpada da minha consciência.

Relaxei o meu corpo cansado de pensar; o *por vir* é coisa demais.

Mas nunca me incomodou tão pouco a ciência da inconclusão.

Este livro foi composto em Fairfield para a Editora Moinhos,
em papel pólen soft, enquanto *Mal Secreto*, na voz de Jards Macalé tocava
durante uma noite que não prometia nada.
Era dezembro de 2019.

*

O Chile, há pouco tempo, estava em chamas.
E em guerra...